MIRA®

Der Preis dieses Bandes versteht sich einschließlich der gesetzlichen Mehrwertsteuer.

Umwelthinweis:
Dieses Buch wurde auf chlor- und säurefreiem Papier gedruckt.

Nalini Singh wurde auf den Fidschi-Inseln geboren und wuchs in Neuseeland auf. Drei Jahre lebte und arbeitete sie auch in Japan und bereiste den Fernen Osten. Als Autorin von zeitgenössischen Romances hat sie sich ebenso einen Namen gemacht wie mit paranormalen Romanen, die den Leser in das Reich des Übersinnlichen entführen.

Nalini Singh

Royal House of Shadows: Lord der toten Seelen

Roman

Aus dem Amerikanischen von
Justine Kapeller

MIRA®

MIRA® TASCHENBUCH
Band 65069
1. Auflage: Januar 2013

MIRA® TASCHENBÜCHER
erscheinen in der Harlequin Enterprises GmbH,
Valentinskamp 24, 20354 Hamburg
Geschäftsführer: Thomas Beckmann

Titel der nordamerikanischen Originalausgabe:
Lord Of The Abyss

Published by arrangement with
HARLEQUIN ENTERPRISES II B.V./S.àr.l

Konzeption/Reihengestaltung: fredebold&partner gmbh, Köln
Umschlaggestaltung: pecher und soiron, Köln
Redaktion: Daniela Peter
Titelabbildung: Harlequin Enterprises S.A., Schweiz
Satz: GGP Media GmbH, Pößneck
Druck und Bindearbeiten: CPI – Ebner & Spiegel, Ulm
Printed in Germany
Dieses Buch wurde auf FSC®-zertifiziertem Papier gedruckt.
ISBN 978-3-86278-494-3

www.mira-taschenbuch.de

PROLOG

Als ich zum ersten Male Feder und Tinte zur Hand nahm, die Werkzeuge des Hofchronisten, legte ich dabei den Eid ab, nur die Wahrheit niederzuschreiben. Jetzt schmerzt in meinen alten Knochen das Wissen, dass ich die Wahrheit, die ich festhalten muss, am liebsten auslöschen würde. Aber das kann nicht sein. Ich weiß, dass niemand mehr dieses Archiv lesen wird, aber die Geschichte muss dennoch niedergeschrieben werden. Die Vergangenheit darf nicht in Vergessenheit geraten. Und so muss ich beginnen.

Viele Jahre lang hatte der Blutmagier begehrliche Blicke auf das Königreich Elden geworfen, ein stolzes altes Land mit Reichtümern und Macht im Überfluss. Sein langlebiges Volk wurde vom guten König Aelfric und seiner weisen Königin Alvina regiert. Doch auch wenn sie starke Regenten waren, brutal waren sie nie, und unter ihrer schützenden Hand gedieh das Volk von Elden.

Genau wie ihre Kinder.

Nicolai war der Älteste und, wie manch einer sagte, auch der mit dem schwärzesten Herzen.

Dayn war der Zweitgeborene, und seine Augen sahen alles.

Breena war sanft von Gemüt und geliebt von der Mutter, dem Vater und all ihren Brüdern.

Und Micah, der Jüngste, hatte noch ein unschuldiges Herz. Lange nach seinen Geschwistern geboren, war er gerade fünf Jahre alt geworden, als die schwärzesten aller Schatten sich über Elden legten. Es geschah am Morgen nach einer Nacht der Freude, um eben diesen Jahrestag zu feiern. Doch das Singen und Tanzen war lange zur Ruhe gekommen, und über der Burg hing noch dunkel der Schlaf, als der Blutmagier an ihren Toren erschien – an seiner Seite Monster, die in allen Königreichen ihresgleichen suchten.

Vielleicht waren sie einst Spinnen gewesen, doch jetzt waren sie schreckliche Kreaturen mit rasiermesserscharfen Klingen an ihren pelzigen Beinen und einem Hunger auf menschliches Fleisch. Ihre Augen flackerten rot.

Begleitet wurden sie von Männern, die zu riesigen Monstern mit Fäusten wie Stahlhämmern mutiert waren, und von winzigen krabbelnden Insekten, die sich in den Boden gruben und ihn vergifteten.

An den Händen des Blutmagiers klebte der Lebenssaft seiner Opfer, und seine Macht war immens, finster und bösartig. Es schien, als könnte nichts ihm Einhalt gebieten, aber König und Königin wollten ihr Volk nicht solcher Dunkelheit ausliefern, auch wenn der Blutmagier sie mit dem Versprechen eines schnellen Todes zu locken suchte.

König Aelfric besaß selbst beträchtliche Macht und verwundete den Magier mit einem heftigen Stoß, doch der Feind starb nicht, so genährt war er von der fauligen Schlechtheit seiner bösartigen Kraft. Wieder und wieder griff der Blutmagier an, bis der König selbst aus den Augen zu bluten begann.

Die Königin, geschwächt von der Schlacht gegen die Kreaturen des Magiers, musste zusehen, wie der König unter den ständigen Angriffen des Bösen zu fallen drohte, und wusste den Kampf verloren. Mit ihrer letzten gemeinsamen Kraft, denn ihre Lebensgeister waren vereint, opferten sie ihr Leben, um einen großen Zauber zu wirken, einen, der seitdem nie wiederholt wurde und der vielleicht nie bekannt werden wird.

Es gibt eine Blutlinie, die Mutter und Kind verbindet, eine Linie, die nie gebrochen werden kann. Und diese Linie benutzte die Königin, um ihre Kinder aus Elden zu verbannen. Sie brachte ihre Kinder in Sicherheit, damit sie eines Ta-

ges zurückkehren und ihr Geburtsrecht einfordern konnten.

Es war die letzte Liebesgabe einer Mutter, doch der Blutmagier prahlt noch heute damit, dass Königin Alvina versagt hat und er ihre Magie am Ende fehlleiten konnte, sodass die Erben von Elden nicht in eine sichere Zuflucht, sondern in den Tod geschickt wurden. Es lebt niemand mehr, der ihm widersprechen könnte.

Aus den königlichen Chroniken von Elden, am dritten Tag der Regentschaft des Blutmagiers

1. KAPITEL

Er ist das schönste Monster, das ich je gesehen habe. Das war Lilianas erster Gedanke, als sie sich schwach und ausgelaugt auf dem schwarzen Marmorboden wiederfand. Ihr Gesicht spiegelte sich in der glatten Oberfläche. Während sie dalag, sah sie, wie sich am Ende des Raumes der, den sie den Lord der Schwarzen Burg nannten, von seinem Thron aus Ebenholz erhob und die zehn Stufen mit einer gelassenen Eleganz hinabschritt, die von Macht zeugte, von Kraft … und von Tod.

Sie versuchte verzweifelt, eine Hand zur Faust zu ballen, versuchte, sich auf die Knie zu erheben, um ihm nicht in einer so unterlegenen Stellung begegnen zu müssen. Doch ihr Körper war unerträglich geschwächt, weil sie für ihren Übertritt viel Blut hatte vergießen müssen. Es klebte noch an ihren Handgelenken, auch wenn ihre Magie die Wunden bereits geschlossen hatte. Ihr Vater hätte, ohne zu zögern, das Leben eines anderen geopfert und hätte sie einen Dummkopf genannt, weil sie ihr eigenes Blut benutzte.

„Schwach." Dieses Urteil hatte er ihr schon mehr als einmal an den Kopf geworfen. „Da nimmt man sich eine schöne Hexe zur Frau und bekommt dafür nichts als ein heulendes Balg mit dem Gesicht einer Vogelscheuche."

Als sie spürte, wie die vibrierenden Schritte des Monsters langsam näher kamen, atmete sie tief ein und hörte, wie die Luft in ihrer Kehle rasselte. So sollte es nicht sein. Der Zauber hätte sie im Wald außerhalb seines Reiches absetzen sollen, nicht mitten in seiner Großen Halle, wo nur er allein zwischen ihr und den monströsen Gestalten in seinen Mauern stand. Sie konnte Blicke auf sich spüren, Hunderte Blicke. Und doch gab niemand einen Ton von sich.

Die Schritte hatten sie fast erreicht.

Grausamkeit war sie gewohnt, schließlich war sie als Tochter des Blutmagiers aufgewachsen. Doch von diesem Mann, diesem „Monster“, sagte man, er wäre vollkommen herzlos und hätte keine Seele. Seine Burg beinhaltete die Pforte zum Abgrund, den Ort, an den die Diener des Bösen nach ihrem Tod verbannt wurden, um im Reich der Basilisken und Schlangen ewige Qualen zu erleiden. Und er war der Wächter dieses schrecklichen Ortes. Man sagte, dass selbst die Unmenschlichsten unter den Toten zu zittern anfingen, wenn sie sein Antlitz erblicken mussten.

Doch als er sich neben sie hockte und seine schweren Stiefel in ihr Blickfeld kamen, wusste sie, dass es eine Lüge gewesen sein musste.

Er war überhaupt nicht hässlich.

Starke Hände packten sie an den Schultern und zerrten sie grob hoch auf die Knie.

Und dann starrte sie dem Monster ins Angesicht.

Von der Sonne gebleichtes Haar, wintergrüne Augen und eine Haut, die noch an diesem dunklen Ort ohne eine Spur von Wärme den goldenen Schimmer des Sommers bewahrte. Er könnte als Modell für den legendären Märchenprinzen herhalten, den sie aus ihren Kinderbüchern kannte. Nur dass der Märchenprinz nie eine Rüstung aus undurchdringlichem Schwarz trug und in seinen Augen keine Albträume lauerten.

„Wer ist das?“, fragte er leise, viel zu leise.

Ihr stellten sich die Nackenhaare auf. Sie versuchte, ihre Zunge zu einer Antwort zu zwingen, aber ihr Körper verweigerte jegliche Zusammenarbeit. Sie war immer noch wie betäubt von dem Sprung aus dem geraubten Königreich ihres Vaters an diesen Ort, die letzte düstere Bastion zwischen den Lebenden und den verkommensten aller Toten.

„Ein Eindringling.“ Er strich ihr die Haare aus dem

Gesicht, eine fast zärtliche Geste – wenn man ignorierte, dass er dabei Panzerstulpen trug, die seine Unterarme bis zu den Händen überzogen wie ein schwarzes Spinnennetz. Seine Knöchel waren mit winzigen Rasierklingen versehen und die Fingerspitzen mit scharfen Krallen besetzt, so schwarz wie seine Rüstung. „Niemand hat es je gewagt, ungeladen in die Schwarze Burg einzudringen …" Seine grünen Augen flackerten. „Noch nie."

Als sie in sein Gesicht sah, erkannte sie darin nur den Wächter. Er erinnert sich nicht, wurde ihr plötzlich klar. Es gab keine Spuren mehr von dem Jungen, der er einst gewesen sein musste. *Keine.* Und das konnte nur eines bedeuten – der Legende nach war es Königin Alvina gewesen, die den letzten verzweifelten Zauber gesprochen hatte, der ihre Kinder aus Elden verbannte, aber Lilianas Vater hatte seitdem immer damit geprahlt, dass es ihm gelungen war, die Magie der Königin mit seiner eigenen zu durchkreuzen.

Nur Liliana allein wusste, was der Blutmagier ihr einst in einem Anfall von Wut verraten hatte: Er glaubte, versagt zu haben. Vielleicht hatte er das bei den drei ältesten Kindern, aber nicht beim Jüngsten … nicht bei Micah. Der Blutzauber ihres Vaters hatte ihn fest im Griff gehabt, während das Kind zum Mann herangewachsen war – zum gefürchteten Lord der Schwarzen Burg.

Oh, das würde ihrem Vater gefallen. So sehr gefallen. Denn wenn er einen Zauber aussprach, gelang es den Verzauberten nur selten, falls überhaupt, den Schleier zu durchbrechen und sich selbst wiederzufinden. Lilianas Mutter war das nie gelungen – sie streifte bis zum heutigen Tag wie ein Geist durch die Gänge der Burg, eine schlanke Frau mit honigbrauner Haut, wie sie in Eldens südlichen Gefilden üblich war, und mit goldenen mandelförmigen Augen.

Irina hielt sich für die Herrin einer großen Burg, kinderlos und mit nur einer Pflicht: sich um die Bedürfnisse ihres Herrn zu kümmern – auch wenn diese Bedürfnisse ihre Nächte mit Schreien erfüllten und fast jeden Tag einen Ring von blauen Flecken um ihren Hals hinterließen. Ihr Blick glitt über ihre eigene Tochter hinweg, selbst wenn Liliana direkt vor ihr stand und ihre Mutter anflehte, sich an sie zu erinnern, sie zu erkennen.

Ganz im Gegensatz zu den wintergrünen Augen, die ihr gerade ins Gesicht blickten und die sie sahen, auch wenn sie es nicht wollte. Sie hatte sich unbemerkt in seinen Haushalt einschleichen wollen, um erst so viel wie möglich über ihn in Erfahrung zu bringen, ehe sie versuchte, ihm die Wahrheit über seine Vergangenheit zu eröffnen. Auf einen Gedächtnisverlust war sie vorbereitet, denn als Elden gefallen war, war er gerade fünf Jahre alt gewesen. Doch wenn er in den hinterhältigen Klauen der Magie ihres Vaters gefangen war, dann machte das ihre Aufgabe tausendmal schwerer. Das Werk des Blutmagiers hatte es an sich, mit der Zeit zu mutieren, sie konnte also nicht wissen, welche Wirkung der Zauber noch gehabt hatte.

„Was mache ich bloß mit dir?", fragte der Lord der Schwarzen Burg und der Wächter des Abgrundes mit kaum merklichem, bedrohlich amüsiertem Unterton. „Da ich noch nie einen Eindringling gehabt habe, macht mich deine Anwesenheit etwas ratlos."

Ihr wurde klar, dass er mit ihr spielte, spielte wie eine Katze mit einer Maus, die sie fressen wollte – sobald sie ihren Spaß mit ihr gehabt hatte.

Wut verlieh ihr die Kraft, sein Starren zu erwidern. Ihr ganzes Leben hatte sie gegen ihren Vater angekämpft, der immer wieder versucht hatte, sie zu brechen, und das hatte sie hart werden lassen. Vielleicht nützte es nichts, aber sie konnte nicht anders, wie auch ein Tier in der Falle nicht anders konnte, als sich zu wehren.

Er blinzelte. „Interessant." Er fuhr mit den Stahlspitzen seiner Finger über ihre Wange, ehe er sie wieder mit beiden Händen an den Schultern packte und zerrte, bis sie aufrecht vor ihm stand.

Sie schwankte und wäre vornübergefallen, wenn er sie nicht gehalten hätte. So stützte sie sich nur mit einer Hand an seiner kalten schwarzen Rüstung ab. Sie fühlte sich an wie Stein. Das musste der Zauber ihres Vaters sein, der mit der Zeit gewachsen war und aus dem Gefängnis seiner Gedanken eine körperliche Wahrheit geformt hatte. Um den Zauber zu beenden, musste sie erst seine Rüstung entfernen.

Doch ehe sie daran auch nur denken konnte, musste sie erst einmal überleben.

„In den Kerker mit ihr", sagte das Monster schließlich. „Bard!"

Schwere Tritte brachten den Boden zum Beben. Eine Sekunde später wurde Liliana von Armen, dick wie Baumstämme, hochgehoben, und das Monster sah dabei zu. „Bring sie in den Kerker", sagte er. „Ich kümmere mich nach der Jagd um sie."

Der Befehl hallte bedrohlich in Lilianas Kopf nach, während sie in unnachgiebigem Griff aus der Halle getragen wurde. In der seltsam flüsternden Stille, die in der aus nacktem Stein erbauten Burg herrschte, konnte sie sogar einen lauten gleichmäßigen Herzschlag unter ihrer Wange spüren, so langsam, dass er nicht mehr menschlich sein konnte. Es gelang ihr nicht, den Kopf zu drehen, sie konnte also nicht sehen, wer – oder was – sie so mühelos trug, bis sie einen Korridor voll schwarzer Spiegel betraten.

Das Gesicht sah aus, als wäre es von einem Kind aus Lehm geformt. Überall waren Knoten und Dellen, missgestaltet, ohne wirkliche Form. Er hatte Ohren, aber diese riesigen

Ausstülpungen hingen viel zu hoch an seinem Kopf. Und seine Nase … Sie konnte sie nicht genau erkennen, aber vielleicht war sie der kleine Knubbel, der zwischen seinen missgebildeten Wangen und unter seiner vorstehenden Stirn verborgen lag.

Hässlich, dachte sie, er ist wirklich hässlich.

Das machte ihr ein wenig Mut. Vielleicht hätte ein solches Wesen ja etwas Mitleid mit ihr. „Bitte", gelang es ihr, durch eine trockene und schmerzende Kehle zu flüstern.

Eines der Ohren schien zu zucken, aber das Wesen blieb nicht einmal stehen auf seinem unbeirrbaren Weg in den Kerker. Sie versuchte es noch einmal, mit demselben Ergebnis. Ihr wurde klar, dass er nicht stehen bleiben würde, egal, was passierte. Denn das Monster würde ihn sonst bestrafen. Sie wusste nur zu gut, was für einen Käfig diese Art Angst schaffen konnte, also schwieg sie und sparte sich ihre Kraft.

Und das war gut so, denn Bards große langsame Schritte trugen sie schon bald in einen dunklen Gang mit bröckelnden Mauern. Das einzige Licht kam von einer flackernden Fackel. Dann entdeckte sie die Treppe. Der Abstieg den bedrohlichen Schlund der Burg hinab war so schmal und eng, dass Bard mehrmals mit dem Kopf an der Decke entlangschleifte und seine Schultern kaum hindurchpassten. Sie spürte, wie auch ihre Füße die Steine streiften, aber Bard drückte sie einfach noch enger an sich, sodass sie sich nicht verletzen konnte.

Nicht um ihretwillen, da machte sie sich nichts vor. Nein, er wollte sich einfach nur nicht rechtfertigen müssen, falls die Gefangene auf eine Art Schaden nahm, die nicht vom Lord der Dunklen Burg befohlen worden war.

Die Treppe schien sich unendlich lang hinabzuwinden, bis Liliana sich fragte, ob man sie vielleicht in die Eingeweide des Abgrundes selbst trug. Doch der Kerker, in den man sie schließlich brachte, war auf grausame Weise echt und von dieser Welt. Der Gang war von einer Fackel beleuchtet, die gerade genug Licht spendete, um erkennen zu können, dass jede Zelle ein schwarzer Block war – die einzige Öffnung ein kleines vergittertes Fenster. Sie lauschte, hörte aber nur Stille. Entweder gab es keine anderen Gefangenen … oder sie waren schon lange tot.

Bard öffnete die Tür der ersten Zelle und legte sie auf ein Lager aus Stroh in der Ecke. Er sah ihr in die Augen, und sie atmete scharf ein. Seine großen Augen voller Traurigkeit schienen eher zu einem Gelehrten oder einem Arzt zu passen, und in ihnen schimmerte Mitleid. Aber er schüttelte nur den Kopf, als sie den Mund öffnete.

Sie konnte keine Gnade von ihm erwarten, nicht an diesem Ort.

Bevor er die Zelle verließ, grunzte er und rüttelte an einem Gegenstand in der gegenüberliegenden Ecke. Dann knallte er die Tür zu und ließ sie in so tiefer Dunkelheit allein, dass sie ihr vollkommen schien. Doch da flackerte ein trüber Lichtschein von der Fackel auf dem Gang hinein, gerade genug, um sich in der Zelle zu bewegen.

Sie nahm all ihre Kraft zusammen und kroch in die andere Ecke. Das, womit Bard gerasselt hatte, hatte wie ein Metalleimer geklungen. Es schien ihr Stunden zu dauern, bis ihre Hände dagegenstießen, und sie tastete sich vorsichtig an den Seiten hinauf, bis sie die Finger hineintauchen konnte.

Wasser.

Ihre Kehle fühlte sich auf einmal an, als wäre sie mit Glasscherben ausgekleidet. Allein der Durst gab ihr die Kraft, sich auf die Knie zu erheben, mit ihren Händen eine Schale zu formen und zu trinken. Das Wasser war kühl und frisch und süß. Kleine Tropfen perlten ihre Handgelenke hinab. Die Versuchung, gierig so viel wie möglich auf einmal zu schlürfen, war groß. Aber sie gestattete sich nur einige Mundvoll, weil sie wusste, dass ihr leerer Magen rebellieren würde, wenn sie zu viel trank.

Ihre Augen hatten sich langsam an die Dunkelheit gewöhnt, und sie entdeckte neben dem Schlaflager einen Behälter aus Stahl. Darin fand sie einen kleinen Laib Brot. Der Hunger grollte in ihrem Magen wie ein wildes Tier, nachdem sie tagelang nichts gegessen hatte, also riss sie ein Stück ab und kaute daran. Das Brot war nicht schimmelig oder altbacken, aber es war klumpig und hart – als wäre es der Auftrag des Bäckers gewesen, es so ungenießbar wie möglich zu machen.

Rechts von ihr raschelte etwas, und sie hörte kleine Pfoten über den Stein kratzen.

Sie drehte sich nach dem Geräusch um und entdeckte zwei glänzende Augen in der Dunkelheit. Der Anblick flößte manchen Frauen Furcht ein, wie Liliana wusste, aber sie hatte sich diese Kreaturen schon in der Burg ihres Vaters zu Freunden gemacht. Trotzdem betrachtete sie ihren Mitbewohner kritisch. Es war ein kleines zitterndes Ding, so mager, dass sich die Knochen durch die Haut abzeichneten. Kaum eine Bedrohung. Sie riss ein kleines Stück Brot ab und streckte es dem Wesen hin. „Komm, kleiner Freund."

Die Maus erstarrte.

Liliana hielt das Brot weiter ausgestreckt und konnte fast sehen, wie die kleine Kreatur hin- und hergerissen war zwischen Hunger und Fluchtinstinkt. Hunger gewann, und die Maus schoss hervor, um ihr das Brot aus der Hand zu schnappen. Einen Augenblick später war sie schon verschwunden. Aber wenn ihr Bauch sie zwingt, dachte Liliana, wird sie schon wiederkommen.

Sie legte das restliche Brot zurück in den Behälter und verschloss ihn. Dann stellte sie ihn neben den Wassereimer und legte sich aufs Stroh. Für einen Kerker ist es gar nicht so schlecht, dachte sie benommen, als ihr Körper begann, sich zu entspannen. Das Monster brauchte dringend von ihrem Vater ein paar Lektionen, wie man aus seinem Kerker ein dreckiges Loch voller Schreie und Verzweiflung machte.

Der Traum fing immer gleich an.

„Nein, Bitty. Nicht so." Sie war noch klein, vielleicht fünf, kniete auf dem Boden und ermahnte mit erhobenem Zeigefinger ein langhaariges weißes Kaninchen, das ihr bester Freund war. „Du musst ihn holen."

Da Bitty viel lieber fraß und sich sonnte, zuckte er nur, wenn sie ihm den Ball zuwarf. Seufzend stand sie auf und holte den Ball selbst, aber sie war nicht wirklich verärgert. Bitty war ein gutes Haustier. Sie durfte ihm die langen seidigen Ohren streicheln, soviel sie wollte, und manchmal raffte er sich sogar dazu auf, ihr durchs Zimmer zu folgen.

„Komm schon, Faulpelz", sagte sie und zog ihn sich auf den Schoß. „Uff, bist du schwer. Kein Salat mehr für dich."

Unter ihren Händen spürte sie seinen raschen Herzschlag und seinen warmen flauschigen Körper. Sie rappelte sich mit dem schweren Gewicht im Arm auf. „Gehen wir in den Garten. Wenn du ganz brav bist, stehle ich dir ein paar Erdbeeren."

An dieser Stelle öffnete sich die Tür.

Und der Traum veränderte sich.

Der Mann im Türrahmen, mit schwarzem Haar, das er streng aus der Stirn gekämmt hatte, mit kalten schiefergrauen Augen und leichendürrem Körper, war ihr Vater. Einen Augenblick lang erstarrte sie und befürchtete, er hätte das mit den Erdbeeren gehört, doch dann lächelte er, und ihre Angst wurde ein wenig kleiner. Nur ein wenig. Denn selbst mit ihren fünf Jahren wusste sie, dass es nie etwas Gutes bedeutete, wenn er sie aufsuchte. „Vater?“

Er schlenderte in ihr Zimmer und hielt den Blick auf Bitty gerichtet. „Du hast dich gut um ihn gekümmert.“

Sie nickte. „Ich habe ihn richtig gut umsorgt.“ Bitty war das einzig Nette, was ihr Vater je für sie getan hatte.

„Das sehe ich.“ Er lächelte wieder, aber diese Augen ... Sie waren auf eine Art falsch, die ihr im Bauch wehtat. „Komm mit mir, Liliana. Nein“, sagte er, als sie Bitty auf den Boden setzen wollte, „nimm dein Haustier mit. Ich brauche ihn.“

Die Worte machten ihr Angst, aber sie war erst fünf. Bitty eng an ihre Brust gepresst, stolperte sie ihrem Vater nach, und dann hinauf ... hinauf ... immer weiter hinauf.

„Wie gedankenlos von mir“, sagte er, als sie auf halber Strecke waren. „Die ganzen Stufen müssen schwierig für dich sein. Lass mich das Tier nehmen.“

Liliana war sich sicher, dass das Kaninchen zuckte, und hielt es fester. „Nein, es geht schon“, sagte sie und versuchte, nicht zu schnaufen.

Aus Augen wie schmutziges Eis starrte ihr Vater sie einen langen Augenblick an, ehe er sich umdrehte und weiter die enge Wendeltreppe hinaufstieg, die in das Turmzimmer führte. Das Magiezimmer. Wo sie niemals, auf keinen Fall, hindurfte.

Heute jedoch öffnete er die Tür und sagte: „Es wird Zeit, dass du lernst, woher du kommst.“

Sie konnte nirgendwo anders hin, er würde sie überall finden. Also betrat sie diesen Raum voller seltsamer Düfte und Bücher. Er war nicht so düster, wie sie befürchtet hatte, und nirgends war Blut. Vor Erleichterung lächelte sie hoffnungsvoll. Alle sagten immer, dass ihr Vater ein Blutmagier war, aber hier war kein Blut, also mussten sie sich irren.

Sie sah auf und begegnete seinem Blick, als er sich über sie beugte, um ihr Bitty aus den widerstrebenden Armen zu nehmen. Ihr Lächeln verblasste, und sie schmeckte den metallischen Geschmack der Angst auf ihrer Zunge.

„So ein gesundes Tier", murmelte er und trug den Hasen zu einer Art Vogelbad aus Stein, das in die Mitte des runden Zimmers eingelassen war. Er ergriff Bitty bei den seidigen Ohren.

„Nein!", protestierte Liliana, als Bitty vor Angst quietschte. „Das tut ihm weh."

„Nicht lange." Und dann zog ihr Vater ein langes scharfes Messer aus seinem Mantel.

Bittys Blut färbte das Silber der Klinge dunkelrot, ehe es hinab in die flache Schüssel floss, die kein Vogelbad war.

„Komm her, Liliana."

Sie schüttelte den Kopf, schluchzte und wich zurück.

„Komm her", sagte er wieder, im gleichen ruhigen Tonfall.

Ihre Füße bewegten sich trotz ihrer Angst und gegen ihren Willen vorwärts, bis ihr Vater sie am Kragen ihres Kleides packen und ihr Gesicht dicht an die Oberfläche von Bittys erkaltendem Blut herabziehen konnte. Ihre lähmende Angst spiegelte sich in der roten Lache. „Sieh hin", sagte er. „Sieh, was du bist."

2. KAPITEL

Liliana erwachte mit einem stummen Schrei auf den Lippen. Ihr Mund fühlte sich an wie mit Watte ausgestopft, und in ihrem Kopf empfand sie nichts als die kalte Endgültigkeit des Todes. Sie brauchte einige Zeit, um zu merken, dass die Tür zu ihrer Zelle offen stand. Bard sah sie mit seinen großen, traurigen schwarzen Augen an.

„Hallo“, sagte sie, und ihre Stimme klang angespannt durch die Nachwirkungen ihres Albtraums.

Er winkte sie zu sich.

Sie stand auf und bereitete sich darauf vor, ein Schwindelgefühl niederzukämpfen, aber ihr Körper blieb aufrecht. Erleichtert trat sie hinaus und folgte Bards behäbigen Schritten durch den schwach beleuchteten Gang, bis er vor einer weiteren schmalen Tür stehen blieb. Als er nichts weiter tat, öffnete sie die Tür und merkte, wie ihre Wangen sich röteten. „Ich brauche nur einen Augenblick.“

Sie erledigte ihr Geschäft und benutzte den Spiegel aus schwarzem Glas, um sich selbst, so gut es ging, herzurichten – sie konnte nichts gegen ihre Hakennase machen oder die Augen wie schmutziges Eis, die in der honigbraunen Haut ihrer Mutter so aussahen, oder ihre strohigen, zottigen schwarzen Haare, und schon gar nichts gegen den riesigen Mund mit den schmalen Lippen, der wie ein Schnitt im Gesicht aussah, aber sie konnte sich wenigstens das Haar aus dem Gesicht streichen und hinter die Ohren stecken, und sie konnte sich das Blut von den Handgelenken waschen.

„Also gut“, sagte sie zu sich selbst. „Jetzt bist du hier. Du musst tun, wozu du hergekommen bist.“ Auch wenn sie keine Ahnung hatte, wie.

Während ihrer Kindheit hatte sie von den Sklaven ihres Vaters immer wieder geflüsterte Gerüchte über die vier

Königskinder gehört, die wahren Erben des Juwels, das Elden einst gewesen war. Die Hoffnung in ihren wispernden Stimmen hatte auch in Liliana Hoffnung genährt und in ihr Träume von einer Zukunft geweckt, in der nicht die scharfe und beißende Angst ihr ständiger Begleiter war.

Und dann, vor einem Monat, hatte ein immer stärker werdendes Gefühl, dass etwas ganz und gar nicht stimmte, sie in den Toten Wald mit seinem eitrigen Gestank und den kratzenden Zweigen getrieben. Sie wollte dort eine Vision herbeirufen, wie ihr Vater es nicht konnte, weil sein Blut zu verdorben war. Und dort hatte sie gesehen, was die Zukunft bringen würde.

Die Erben von Elden würden zurückkehren.

Alle … bis auf einen.

Der Wächter des Abgrundes würde an diesem schicksalhaften Tag nicht bei ihnen sein. Und ohne ihn bliebe der vierseitige Schlüssel der Macht unvollständig. Seine Brüder und seine Schwester würden gemeinsam mit ihren Partnern aus voller Kraft und ganzem Herzen kämpfen, um ihren Vater zu besiegen, aber sie würden verlieren, und Elden wäre für immer an die Bosheit des Blutmagiers verloren. Und so schrecklich das auch war, es war noch nicht das Schlimmste.

In dem Augenblick, in dem König und Königin – das Blut von Elden – ihren letzten Atemzug ausgehaucht hatten, hatte Elden begonnen, einen langsamen Tod zu sterben. Dieser Tod wäre vollkommen, wenn die Uhr am zwanzigsten Jahrestag der Invasion ihres Vaters Mitternacht schlug. Das wäre nicht so schrecklich, da dem Blutmagier dadurch die Macht genommen würde, aber auch das Volk von Elden war von Magie beseelt. Ohne sie würden die Untertanen einfach hinfallen, wo sie gerade standen, und nie mehr aufstehen.

Ihr Vater hatte viele Jahre damit verbracht, eine Lösung für das zu finden, was er eine „Krankheit“ nannte. Deswegen würde er die zurückgekehrten Erben nicht umbringen. Nein, sie hatte den ganzen Schrecken in ihrer Vision gesehen – er würde sie in Ketten legen und ihnen jeden Tag sorgfältige Schnitte zufügen lassen, Tag für Tag, Nacht für Nacht, damit ihr Blut ohne Unterlass auf die Erde tropfte und sie in dem Glauben ließ, dass das Blut von Elden zurückgekehrt war. Sie gehörten einer Rasse an, die Jahrhunderte lebte, und würden nicht so einfach sterben. Und so konnte ihr Vater weiterhin grausam …

Ein Knall ließ sie hochschrecken, und sie begriff, dass ihr Wächter gegen die Tür hämmerte, damit sie sich beeilte. „Ich komme“, sagte sie und wandte sich von ihrem Spiegelbild ab.

Bard schlurfte davon, sobald sie aus der Tür trat. Es war schwer, mit ihm mitzuhalten, denn er war viel größer als sie, und jeder seiner Schritte war fünfmal so groß wie ihre. „Master Bard“, rief sie, während sie ihm die Treppe hinauf nachrannte.

Er blieb nicht stehen, aber sie sah eines seiner riesigen Ohren zucken.

„Ich wünsche nicht zu sterben“, sagte sie zu seinem Rücken. „Was muss ich tun, um zu überleben?“

Bard schüttelte kaum merklich den Kopf.

Gab es keinen Weg zu überleben?

Oder wusste er nicht, wie?

Noch weigerte sie sich, in Panik zu verfallen. Sicherlich hatte der Zauber ihres Vaters die Seele des Jungen, der einst Prinz Micah gewesen war, nicht vollkommen zerstört, das konnte sie einfach nicht glauben. Sie wusste nicht viel über dieses jüngste Kind von König Aelfric und Königin Alvina, aber sie hatte genug Gerüchte gehört, um zu wissen, dass er ein beliebter Prinz gewesen war, der Sonnenschein der königlichen Familie und von ganz Elden.

Denn wer könnte ein Kind mit so strahlenden Augen nicht lieben?

Das hatte ihre alte Kinderfrau Mathilde in einer der Gutenachtgeschichten gesagt, die sie Liliana erzählt hatte. Liliana hatte Jahre gebraucht, um zu merken, dass Mathildes Gutenachtgeschichten wahre Begebenheiten aus Elden erzählten. Erst dann hatte sie verstanden, warum Mathilde in einer kalten Frühlingsnacht aus dem Kinderzimmer verschwunden war und nie mehr lebendig gesehen wurde.

Monate später hatte ihr Vater sie auf einen Spaziergang mitgenommen und ihr ein paar strahlend weiße Knochen in der trügerischen Dunkelheit des Toten Waldes gezeigt. Er hatte fast gelächelt dabei.

Trauer legte sich um ihr Herz beim Gedanken an die einzige Person, die sie je getröstet hatte, wenn sie weinte, aber Liliana zerdrückte diesen Schmerz gnadenlos. Mathilde war schon lange tot. Der jüngste Prinz von Elden aber lebte noch, und egal, was es kostete, Liliana würde ihn nach Elden zurückführen – ehe der letzte tödliche Glockenschlag zur Mitternacht ertönte.

Der Lord der Schwarzen Burg ertappte sich dabei, wie er auf seine Gefangene wartete. Es hatte länger gedauert als erwartet, die Seelen zu fangen, die für den Abgrund bestimmt waren und denen es irgendwie gelungen war, sich in den Ödlanden, die das Tor zum Abgrund umgaben, zu verstecken. Normalerweise bedeutete Zeit ihm nichts, aber in dieser Nacht hatte er gespürt, wie die Stunden verstrichen, und war sich dabei die ganze Zeit bewusst gewesen, dass in seinem Kerker eine Gefangene schlief, die es wagte, ihm in die Augen zu sehen.

Solche Gedanken war er nicht gewohnt, und sie machten ihn neugierig.

Also wartete er auf dem schwarzen Steinboden neben seinem Thron und sah den Bediensteten, allesamt Dorfbewohner, zu, wie sie ihre Arbeit in nervöser Ruhe erledigten. So war es, seit er sich erinnern konnte. Sie hatten Angst vor ihm, auch wenn sie ihm dienten. So sollte es auch sein, und so würde es immer sein, denn der Wächter des Abgrundes musste ein Monster sein.

Gerade als er ungeduldig werden wollte, ließ das Donnern von Bards Schritten die Steine erzittern, und dann öffneten sich die schweren Türen am Ende der Halle mit tiefem Dröhnen. Der Lord der Schwarzen Burg sah auf, als Bard hereinkam. Seine Gefangene war nirgends zu sehen – bis Bard zur Seite trat und die seltsame Kreatur hinter seinem Rücken enthüllte.

Sie sah aus ... als passte nichts zusammen. Ihre glatte goldbraune Haut erinnerte ihn an den Honig des Rotblütenbaumes, aber ihre Augen waren nur winzige Flecken ohne bestimmbare Farbe. Ihr Mund – viel zu groß, und ihre Hakennase beherrschte alle anderen Gesichtszüge. Ihr Haar war eine zottige Matte wie das Stroh in den Ställen, und sie humpelte, als wäre ein Bein kürzer als das andere.

Sie sah wirklich überhaupt nicht attraktiv aus. Und doch blieb er neugierig.

Denn sie hatte ihm in die Augen gesehen.

Das hatte niemand mehr gewagt, seit ... Er konnte sich an das letzte Mal nicht mehr erinnern.

„Du hast die Nacht also überlebt“, sagte er.

Sie zupfte einen Strohhalm vom groben Stoff ihres sackartigen braunen Kleides. „Die Unterkunft war sehr angenehm, vielen Dank.“

Er blinzelte über ihre unerwartete Antwort und spürte, wie seine Bediensteten erstarrten. Er wusste nicht, was sie von ihm erwarteten. Genau wie er nicht wusste, was er tat, wenn der Fluch über ihn kam. Er wusste nur, dass danach Teile der Burg zerstört waren und die Bediensteten ihm auswichen wie Insekten, die fürchteten, zerquetscht zu werden. „Darüber muss ich mit Bard reden“, murmelte er.

„Oh, gebt ihm nicht die Schuld dafür, dass ich es bequem hatte“, sagte die seltsame Kreatur und winkte mit einer knochigen Hand ab. „Ihr müsst verstehen, ich bin an einen Steinboden gewöhnt, Stroh ist für mich schon der reinste Luxus.“

„Wer bist du?“ Wer auch immer sie war, sie konnte ihm nichts anhaben. Niemand konnte das. Niemand konnte ihn auch nur berühren durch die schwarze Rüstung, die ihn vom Hals bis zu den Fußknöcheln bedeckte. In letzter Zeit spürte er sogar, wie die schwarzen Tentakel ihm durch die Haare fuhren. Er wusste, dass die Rüstung bald auch sein Gesicht bedecken würde, und das war gut. Das Böse konnte ihm dann weniger anhaben, wenn er Jagd auf dessen Anhänger machte.

„Liliana.“ Die Gefangene sah ihn aus ihren winzigen Augen ohne bestimmbare Farbe verwegen an. „Ich bin Liliana. Wer seid Ihr?“

Er legte den Kopf schräg und fragte sich, ob sie alle Sinne beieinander hatte. Niemand hätte es je gewagt, so mit ihm zu sprechen. „Ich bin der Wächter des Abgrundes und Lord der Schwarzen Burg“, antwortete er amüsiert.

„Habt Ihr keinen Namen?“, flüsterte sie leise.

Er erstarrte innerlich. „Der Lord braucht keinen Namen.“ Aber er hatte einen gehabt, vor langer Zeit. So lange war es her, dass ihm Wellen der Dunkelheit durch den Kopf rollten, wenn er nur daran dachte, und der monströse Fluch in ihm danach lechzte, Gestalt anzunehmen.

Er schnippte mit den Fingern nach Bard. „Bring sie zurück!“

Liliana hätte sich in den Hintern treten können, als eine massige Hand sie davonzerrte, sodass ihre Hacken über den Boden schleiften. Sie hatte zu viel auf einmal gewollt, zu schnell, und die hinterhältige Magie ihres Vaters hatte wie die giftigste aller Schlangen zurückgeschlagen. „Wartet!“, rief sie der unnachgiebigen Rüstung nach. „Wartet!“

Als ihr Gefängniswärter stehen blieb, um die Tür zu öffnen, sah sie sich wild um und versuchte etwas zu finden, mit dem sie sich retten konnte. Es gab keine Waffen an der Wand, und selbst wenn, sie war keine Kriegerin. Die Diener hatten zu viel Angst, als dass sie ihr helfen würden. Sie überlegte sich, das Brot zu werfen, das sie auf der riesigen Speisetafel links von sich entdeckte – hart genug sah es jedenfalls aus.

Oh.

„Ich kann kochen!“, brüllte sie, als Bard anfing, sie durch die Tür zu zerren. „Ich koche Euch das köstlichste Mahl, das Ihr je im Leben gegessen habt, wenn Ihr …“

Die Tür begann zuzufallen, noch während sie sprach.

„Bard.“

Der hässliche Riese blieb stehen, als er die Stimme seines Herrn hörte.

„Bring sie in die Küche“, befahl der Lord. „Wenn sie lügt, wirf sie in den Kessel.“

Ihr wurde schwindelig vor Erleichterung, aber es gelang ihr, sich umzudrehen und neben Bard herzuhumpeln, als er sie losließ und sie einen anderen Gang hinabführte. „Das mit dem Kessel war nur ein Witz, oder? Ihr habt hier keinen Kessel, der groß genug für einen Menschen ist?“

Bard blieb stehen, seufzte und starrte sie mit seinen großen feuchten Augen an. Als er sprach, klang es wie aus einer tiefen Höhle, so schwer und donnernd, dass es ihr in den Ohren dröhnte. „Wir“, sagte er, „haben Messer.“

Liliana wusste nicht, ob er sich, genau wie sein Herr, auf

ihre Kosten einen Spaß erlaubte, also schloss sie den Mund und sagte nichts mehr. Sie folgte ihm durch schmucklose schwarze Korridore, eine einzige breite Stufe hinab und durch eine schwere Holztür in einen warmen und süß duftenden Raum.

Eine koboldartige Gestalt, die neben einer großen freistehenden Arbeitsfläche in der Mitte stand, schreckte hoch. „Bard!“, sagte die Frau mit unerwartet hoher und süßer Stimme. Ihr Gesicht war winzig und auf ungewöhnliche Weise zerknittert – in den Mundwinkeln und am Nasenrücken. Der Rest ihrer Haut, die die Farbe von Erde nach einem Regenschauer hatte, war straff und glatt, und die faltigen Spitzen ihrer Ohren ragten durch dunkles Haar, das sie zu einem dicken Zopf zusammengenommen hatte.

Eine Brownie, dachte Liliana staunend. Sie war kein Kobold, sondern eine Brownie, eine Kreatur, die ihr Vater in Elden ausgerottet hatte, weil ihr Blut seine Magie so unglaublich verstärkte.

Bard schob Liliana mit seiner großen Pranke in den Raum. „Neue Köchin.“ Einen Augenblick später war er verschwunden.

Die Brownie machte ein enttäuschtes Gesicht.

Liliana fühlte sich furchtbar schuldig. Sie ging zu ihr hin und stellte sich ihr gegenüber an die Arbeitsfläche. „Es tut mir leid.“ Sie hatte nicht einmal darüber nachgedacht. „Ich wollte nur nicht zurück in den Kerker geworfen werden, deshalb habe ich gesagt, dass ich kochen kann.“

Die Frau sah Liliana an und blinzelte. „Oh nein, oh nein, ich bin ein schrecklicher Koch, bin ich wirklich.“ Sie nahm ein Brötchen von einem Tablett auf der Bank und ließ es auf den Boden fallen. Es sprang wieder hoch. „Ich weiß selber nicht, warum der Lord mich nicht schon lange hat köpfen lassen. Vielleicht, oh ja, vielleicht gefällt ihm, wie sehr mein

Essen an diesen Ort passt."

Von ihrer Freundlichkeit überrascht, sagte Liliana: „Aber du hast gerade so enttäuscht ausgesehen."

Die Frau errötete an den Ohrenspitzen. „Oh nein, das war nichts. Überhaupt nichts. Ich bin Jissa."

„Liliana."

Jissa streckte die Hand aus und zupfte an Lilianas zerknittertem und mit Blut verklebtem Kleid. „Eine gute Köchin bin ich nicht, aber ich halte alles sauber. Du bist *nicht* sauber."

„Nein." Liliana kratzte sich beschämt am Kopf. „Ein Bad hätte ich wirklich sehr gern."

„Du musst dich beeilen, wirklich sehr beeilen, wenn du noch eine Mahlzeit kochen willst", warnte Jissa sie und unterstrich ihre Worte mit dem Nudelholz. „Wenn der Lord beim ersten Glockenschlag noch nicht sein Abendessen hat, wird er dich wieder in den Kerker stecken." Die Brownie huschte, während sie sprach, umher und bedeutete Liliana mit schnellen vogelartigen Bewegungen, ihr zu folgen. „Mittagessen gibt es heute nicht. In der Burg ist er nämlich nicht."

Liliana rannte ihr nach und merkte, dass sie in ein kleines Badezimmer geführt wurde, wo Jissa bereits eine Pumpe betätigte, um die Wanne zu füllen. „Das kann ich doch …"

Die Brownie schüttelte den Kopf. „Zieh dich aus, und steig ein, sofort ein." Sie klang ungeduldig. „Tut mir leid, dass es kalt sein muss, wirklich sehr kalt, aber es ist keine Zeit, das Wasser zu erhitzen."

Liliana hatte so viele Tage im Kerker ihres Vaters gesessen, weil sie sich geweigert hatte, einem Mann die Kehle durchzuschneiden, und dann noch die eine Nacht hier. Sie war nur froh über die Möglichkeit, sich zu waschen. Also gab sie jede Scham auf, zog sich alle Kleider aus und stieg in das eiskalte Bad. Zitternd nahm sie das grobe Seifenstück vom Rand, steckte den Kopf unter die Pumpe und machte sich die Haare nass.

Während sie ihr Haar einseifte, sagte Jissa: „Du bist nicht gut gebaut, wirklich nicht."

Von anderen wäre das eine Beleidigung gewesen, aber Jissa sagte einfach nur die Wahrheit, also nickte Liliana. „Stimmt." Ihre Brüste waren so klein, dass sie im Grunde nicht existierten, und darunter ragten ihre Rippen durch die Haut. Ihr Hintern war im Vergleich dazu riesig, und eines ihrer Beine war kürzer als das andere.

„Hier wirst du gut hinpassen, ja, das wirst du", sagte Jissa mit einem plötzlichen Lächeln, das ihr einen abenteuerlichen Charme verlieh. „Denn *er* ist die einzig schöne Gestalt hier, und selbst er verwandelt sich in ein Monster."

Liliana tauchte lachend den Kopf unter Wasser und wusch sich den Seifenschaum aus den Haaren, ehe sie sich erneut einseifte. Jissa hörte auf zu pumpen und lehnte sich gegen die Pumpe, als müsse sie sich von der Anstrengung erholen.

„Wo kommst du her, Jissa?", fragte Liliana und strich sich die Seife mit einem Genuss über die Arme, den auch das eiskalte Wasser nicht trüben konnte. „Du bist doch sicher kein Wesen aus dem Abgrund." In der Brownie steckte nichts Böses – darauf würde Liliana ihr Leben verwetten.

Jissa machte ein trauriges Gesicht. „Ein Wald in den Bergen, weit von hier, so weit", flüsterte sie. „Der Blutmagier ist in unser Dorf gekommen und hat unsere Magie gestohlen. Gestohlen und gestohlen. Ich habe überlebt, aber er hat gesagt, er kann meinen Anblick nicht ertragen, also hat er mich mit einem Zauber aus den Königreichen verbannt, aus der Welt verbannt. Hier hat der Zauber mich hingebracht."

Liliana zog sich der Magen zusammen. Sie wusste, dass Jissa sie hassen würde, wenn sie erfuhr, dass das Blut dieses Mörders in ihren Adern floss, aber Liliana brauchte ihre Freundschaft. Also biss sie sich auf die Zunge und stellte sich unter die Pumpe, als Jissa den Hebel wieder betätigte.

Es tut mir leid, flüsterte sie tief in sich, *es tut mir leid, dass mein Blut schuld daran ist, dass deines vergossen wurde.*

3. KAPITEL

Nachdem sie ihr Bad beendet hatte, stieg Liliana aus der Wanne und rubbelte sich mit einem kratzigen kleinen Handtuch ab, während Jissa verschwand – und mit einer schwarzen Tunika zurückkam, die Liliana bis auf die Oberschenkel reichte, dazu schwarze enge Hosen und weiche schwarze Stiefel. „Ich glaube, die sollen eigentlich für Laufburschen sein“, sagte sie und streckte Liliana die Kleider hin, „als es noch Männer hier gegeben hat, die gelaufen sind. Waren nie welche da in den Jahren, die ich hier gelebt habe. Noch nie, noch nie.“

„Danke, das sieht sehr bequem aus.“ Die Hosen passten recht gut, aber die Tunika war so weit, dass sie dankbar für das dünne Seil war, das Jissa ihr als Gürtel mitgebracht hatte. „Hättest du einen Kamm, den ich … danke.“ Sie kämmte ihr verfilztes Haar, nahm die ganze Masse streng aus ihrem Gesicht und band sie mit einem kleineren Stück Seil zusammen. In den Spiegel sah sie nicht. Sie hatte nicht das Bedürfnis, ihr Gesicht zu sehen, „das sogar einen Ghul zurück in seine Behausung treibt“.

„Kannst du wirklich kochen?“, fragte Jissa auf dem Weg zurück in die Küche.

„Ja. In der Burg, wo ich aufgewachsen bin, habe ich viele Stunden in der Küche verbracht.“ Trotz seines abgemagerten Körpers aß der Blutmagier gern, deswegen tat er dem Koch keine Gewalt an. Darum war der Mann einer der wenigen Bediensteten der Burg gewesen, der es wagen konnte, ein wenig freundlich zu dem Kind zu sein, das sich in den Schatten versteckte, um nicht die Aufmerksamkeit seines Vaters zu erregen.

„Was für Zutaten gibt es?“, fragte Liliana die Brownie, um diese Erinnerungen abzuschütteln. Dieses Kind gab es schon lange nicht mehr, und seine Unschuld war in unzählige Stücke zersprungen. Die Frau, die es geworden war, würde sich von nichts aufhalten lassen – nicht einmal von dem Monster, das in dieser Burg herrschte.

„Oh, viele Dinge." Jissa trat an die Arbeitsplatte und fuhr mit der Hand über die fast leere Fläche, die daraufhin plötzlich überfloss vor saftigen roten und orangen Paprika, Karotten, Kohl, reifen Früchten jeder Art, einem Korb voll grüner Blätter, die nach dem Kochen nussig schmeckten, und vielem mehr.

Liliana nahm staunend eine Paprika in die Hand. „Wo kommt das alles her?"

„Aus dem Dorf", sagte Jissa auf die sachliche Art, die Liliana bereits vertraut war.

„In dieser Welt gibt es ein Dorf?" Sie hatte immer angenommen, dass der Abgrund ein unheilvoller Ort ohne jede Spur von Leben war – andererseits mussten die Bediensteten, die sie gesehen hatte, ja auch von irgendwoher stammen.

„Natürlich." Jissa sah sie an, als hielte sie Liliana für sehr dumm. „Wir sind die Pforte zum Abgrund. Nur die Pforte."

„Ja, verstehe." Die Schwarze Burg war noch Teil der Welt der Lebenden. „Ist das Dorf in der Nähe?"

Jissa schüttelte den Kopf, sodass ihr Zopf schaukelte. „Man muss durch das Tor der Schwarzen Burg, und dann muss man durch den Wald bis zur Siedlung gehen. Den dunklen flüsternden Wald. Flüster, flüster. Aber nicht so schlimm." Sie warf Liliana einen eindringlichen Blick zu, als wolle sie sich vergewissern, dass diese sie verstand.

Auf Lilianas Nicken hin fuhr Jissa fort: „Ich gehe schnell und schneller mit Bard, wenn wir Vorräte brauchen, und kaufe von den Kaufleuten mit dem Gold des Lords. Dies und das und auch noch dies." Plötzlich neigte sie den Kopf, um ihre Miene zu verbergen, aber ihre Worte blieben weiter sachlich. „Bard trägt alles zurück für mich. Er trägt immer."

„*Er* hat Gold?" Die Möbel, die Liliana bisher gesehen hatte, waren praktisch, aber bis auf einige düstere Wandteppiche gab es nichts Schönes, nichts, was Reichtum verriet. Alles war schwarz und hart und kalt.

„Das ist Gesetz des Abgrundes, erstes Gesetz, schon immer Gesetz." Jissa räumte das Gemüse zur Seite, um einen Teil der Bank freizulegen. „Weißt du es nicht?" Sie beantwortete ihre eigene Frage, ohne abzuwarten. „Böses Gold und böse Schätze kommen mit den Verdammten zur Schwarzen Burg." Sie bleckte kurz die scharfen spitzen Zähne. „Nur wenn ein Unschuldiger, ein Unschuldiger, verstehst du, leiden müsste, wenn man die Schätze nimmt, nur dann nicht."

Liliana dachte an die Truhen ihres Vaters und wusste, dass dieses Gesetz noch ein weiterer Grund war, aus dem er ewig leben wollte, auch wenn sie zu einer Rasse gehörten, die jahrhundertelang lebte. Er hatte sie mit in seine Schatzkammer genommen, nachdem er den armen Bitty ausgeblutet hatte. Gold in unzähligen Haufen, Juwelen glitzerten an Ketten, an denen immer noch das Lebensblut ihrer letzten Besitzer klebte, Ringe an knochigen Fingern; es war ein funkelnder Albtraum gewesen.

„Das", hatte ihr Vater mit ausgebreiteten Armen gesagt, „ist, was du haben könntest, wenn du nicht so schwach wärest." Er hatte eine Kette hochgehoben, an deren tropfenförmigen Diamanten noch braunes Blut klebte, und sie ihr um den Hals gelegt. „Spüre es. Spüre das Blut."

Sie hatte es gespürt. Und sich an ihrem eigenen Erbrochenen verschluckt. Ihr Vater hatte ihr für diese „Schwäche" so fest ins Gesicht geschlagen, dass sie in einen Haufen Goldmünzen zurückstolperte. Er hatte ihr die Kette so heftig abgerissen, dass Liliana zu bluten anfing. Bis heute trug sie die

Narbe an ihrem Hals – sie erinnerte Liliana ständig an den Eid, den sie damals als schutzloses Kind geleistet hatte: Nie würde sie so sein wie er, egal, was er ihr antat.

Und er hatte ihr Dinge angetan, die er selbst seinen Feinden nicht zugefügt hätte.

„In den Kerker kommst du, wenn du nicht kochst."

Liliana kam mit einem Ruck zurück in die Gegenwart, nickte und suchte sich einige duftende Früchte in leuchtenden Farben zusammen. „Schneidest du die für mich klein, Jissa?"

Die Brownie nahm ein Messer, während Liliana sich auf die Suche nach Mehl, Butter und Milch machte und anfing, auf einer Ecke der Arbeitsfläche eine Pastete auszurollen. „Das Dorf", fragte sie, während sie arbeiteten, „lebst du dort?" Das hätte sie gut verstanden – die Schwarze Burg war ein düsterer Ort voll wachsamer Geister und schimmernder Dunkelheit.

„Kann ich nicht." Jissas Traurigkeit erfüllte den Raum, senkte sich auf Lilianas Haut und drang bis in ihre Knochen. „Habe ich versucht, als ich hergekommen bin, und dann bin ich ... gestorben, war ganz tot, nach zwei Tagen. Der Lord hat mich zurück hierher gebracht, und ich habe wieder gelebt."

Lilianas Herz stockte. Jetzt verstand sie. Egal, woran Jissa sich zu erinnern glaubte, sie hatte das Massaker ihres Dorfes nicht überlebt. Der Blutmagier hatte einen Zauber, den er Schlummer nannte. So ein harmloser Name für etwas so Böses. Er benutzte ihn für magische Kreaturen, die reinen Blutes und doch selten waren. Statt sie umzubringen, wenn er bereits voller Macht war, brach er ihnen den Hals, flüsterte im Augenblick des Todes aber einen Zauber, der sie schlafend am Leben erhielt.

Liliana war einmal mit den Opfern ihres Vaters in ein

Zimmer gesperrt gewesen, aber es hatte ihr keine Angst eingejagt, wie es seine Absicht gewesen war. Sie war dankbar gewesen, weil ihre Magie ihr sagte, dass diese Wesen keine Seelen mehr besaßen. Sie waren entkommen. Anders als Jissa. Was auch immer ihr Vater der Brownie angetan hatte, es hatte sie hier im Grenzland zwischen Leben und Tod eingesperrt. „Es tut mir leid."

„Warum?" Verwirrung. „Du bist nicht der Blutmagier. Nein, bist du nicht."

Jissa anzulügen, wenn auch nur dadurch, dass sie ihr die Wahrheit verschwieg, stach Liliana wie Messer in der Brust.

Jissa sprach wieder. „In der Eistruhe ist Fleisch. Ich kann …"

„*Nein*. Es kommt kein Fleisch auf den Tisch." Ihr eigenes Blut war das einzige, das sie je vergießen wollte. Ihrem Vater hatte es Spaß gemacht, sie zu zwingen, dabei zuzusehen, wie er langsam magische Kreatur um magische Kreatur gefoltert und verstümmelt hatte. Als sie sechs Jahre alt gewesen war, hatte er damit angefangen, Zauber zu flüstern, die sie zwangen, die gleichen schrecklichen Taten zu begehen, auch wenn sie dabei schrie und schrie und schrie.

Vier Jahre hatte es gedauert, bis sie stark genug war, um seine Zauber mit ihrer eigenen Magie zu blockieren. Daraufhin hatte er angefangen, alle Bediensteten zu verletzen, die es wagten, mit ihr zu sprechen oder ihr sonst eine kleine Freundlichkeit zu erweisen – alle, bis auf den Koch. Also hatte sie gelernt zu schweigen.

„Oh." Jissa runzelte die Stirn und versenkte die kleinen scharfen Zähne in ihrer Unterlippe. „Fleisch, er isst immer das Fleisch", flüsterte sie. „Selbst ich, so schlechter Koch, kann nicht machen, dass es schrecklich schmeckt."

„Keine Angst, Jissa", sagte Liliana und knetete den Teig entschlossen mit den Händen. Vor sich sah sie Augen, die wintergrün waren und unglaublich schön, aber auch so tödlich. „Es wird ihm nicht fehlen.“

Die Glocke zum Abendessen tönte laut und hallend. Allein an einem Tisch aus dunklem, poliertem Holz, das fast schwarz wirkte, saß der Wächter des Abgrundes. Er hob seinen Kelch und trank einen Schluck roten Wein. „Wo bleibt mein Essen, Bard?“, fragte er, auch wenn er sich nicht auf das Essen freute, das diesen Namen kaum verdiente.

Wäre Jissa nicht bereits tot, er hätte sie sicher schon lange hinrichten lassen, weil sie versuchte, ihn auszuhungern. Heute war es natürlich die neue Gefangene, die seine Wut würde ertragen müssen. Er fragte sich, ob sie ihm wieder in die Augen sehen würde, wenn er sie zu einer weiteren Nacht im Kerker verurteilte.

„Ich sehe nach, mein Lord.“ Der große Mann drehte sich um, damit er die Tür öffnen konnte … und dahinter stand die Gefangene, Liliana, und bei ihr Jissa, und beide hielten riesige Tabletts in den Händen.

„Danke“, sagte Liliana mit viel zu breitem Lächeln. „Wir konnten die Tür nicht allein öffnen.“ Und dann trat sie mit ihren humpelnden Schritten in die Große Halle. Ihr Gesicht lag gnadenlos frei, weil sie die Haare zusammengenommen hatte.

Wieder merkte er, wie diese seltsame Gefangene ihn faszinierte.

Nachdem sie ihr Tablett auf den Tisch gestellt und abgewartet hatte, bis Jissa es ihr gleichtat, nahm sie die Deckel von den Schüsseln und fing an, ihm zu servieren. „Das“, sagte sie und legte eine kleine runde Tarte auf seinen Teller, „ist nicht meine beste Arbeit, aber Ihr habt mir auch nicht viel Zeit gelassen, mein Lord. Jissa hat mir erzählt, dass die Glocke zum Abendessen heute besonders früh läutet.“

Er hob den Bissen hoch und fragte sich, ob sie all ihr Essen in so winzigen Portionen servieren würde. Und ob ihre Worte eine Warnung sein sollten. Vielleicht hatte sie gelogen, was ihre Fähigkeiten in der Küche anging. Wenn das so war, musste er sie zurück in den Kerker schicken. Auf seiner Stirn bildeten sich tiefe Furchen. Sie faszinierte ihn genug, dass er sie weiter um sich haben wollte, aber er durfte sie nicht verschonen – er war schließlich der Wächter des Abgrundes. Gnade war eine Schwäche, die man ihm nicht vorwerfen konnte. Aber vielleicht würde er Bard bitten, ihr eine Decke zu bringen.

„Nun, mein Lord? Wollt Ihr nicht essen, oder habt Ihr Angst, dass ich Euch vergifte?" Die Frage war eine Frechheit, genau wie der winzige Bissen in seinen Händen.

Er überlegte, sie für ihre Dreistigkeit zu bestrafen, beschloss dann aber, dass sie wahrscheinlich geistesschwach war und es nicht besser wusste. „Der Wächter des Abgrundes kann nicht sterben."

Sie strich sich eine steife Haarsträhne hinter das Ohr. „Aber nur, solange Ihr Euch in der Burg befindet."

Sie amüsierte ihn, also beschloss er, ihr zu antworten. „Nein. Solange ich mich in dieser Welt befinde."

„Ich verstehe." Da war ein Flüstern in den Tiefen ihrer Augen, und er fragte sich, ob sie eine sehr gewitzte Spionin war, gekommen, um ihn zu töten.

Aber wer würde es wagen, die Klinge gegen den Lord der Schwarzen Burg zu erheben? Und warum sollte man ihm eine Kreatur schicken, die so schwach und winzig und seltsam war? Lächerlich. Also aß er die Tarte.

Eine Geschmacksexplosion – süß und frisch und würzig und … „Was hast du noch gemacht?" Er schluckte den winzigen Bissen und wartete ungeduldig, während sie ihm zwei weitere servierte.

Dann kam die Suppe, klar und mit kleinem runden Grünzeug darin. Sie erklärte ihm, dass es „Frühlingszwiebeln" waren. Er blinzelte und hatte das plötzliche unerklärliche Gefühl, dass er Zwiebeln nicht ausstehen konnte. Was für ein merkwürdiger Gedanke – er aß alles, was Jissa ihm vorsetzte. Andererseits hatte Jissas Essen auch keinen Geschmack. „Das soll mich satt machen?"

„Versucht es, mein Lord."

Den Löffel ließ er einfach liegen. Er nahm die Schüssel und trank.

Und trank.

Und trank.

Ein großes Quadrat aus vielen einzelnen Schichten lag vor ihm, als er mit der Suppe fertig war und die Schüssel beiseitestellte. Dieses Mal stellte er keine Fragen, sondern nahm einfach die Gabel und probierte einen Bissen.

Käse und dünner Teig und Paprika und Kohl, Tomaten und noch andere Dinge, Gewürze, die er nicht benennen konnte, die aber auf seiner Zunge flackernd zum Leben erwachten. Er aß seinen Teller rasch und genussvoll leer. „Was gibt es als Nächstes?"

Sie löffelte weichen und luftigen Reis auf seinen Teller, ehe sie ihn mit einer Art Eintopf überhäufte, der voller verschiedener Gemüse zu sein schien, die ihn zu einem Sturm der Farben machten. „Wo ist das Fleisch?"

Seine seltsame kleine Gefangene stellte die Schüssel hin und verschränkte die Arme. „Das koche ich nicht. Wenn Ihr Fleisch wünscht, könnt Ihr Jissa darum bitten."

Er war Lord der Schwarzen Burg und des Abgrundes. Er war nicht gewöhnt, dass man sich ihm widersetzte. Aber er war es auch nicht gewöhnt, Speisen vorgesetzt zu bekommen, die ihn sehnsüchtig auf den nächsten Gang warten ließen. Also kostete er den Gemüseeintopf auf Reis. Es war eine sämige Mischung voller Geschmack, die warm und befriedigend in seinem Bauch lag. Er aß auf und schob den Teller von sich. „Du wirst weiter für mich kochen."

Ein kurzes Nicken – als hätte sie eine Wahl gehabt. „Ich hatte keine Zeit, einen richtigen Nachtisch zuzubereiten, mein Lord, aber ich hoffe, das hier reicht auch."

Sie stellte einen Teller mit Obstscheiben vor ihn hin, saftig und frisch, und daneben einen Topf mit etwas Süßem und Zähflüssigem, dessen Duft ihn in der Nase kitzelte. „Was ist das?"

Ein kleines Lächeln. „Versucht es, mein Lord."

Er war so lange nicht mehr auf irgendeine Weise angelächelt worden, dass etwas in ihm knackte und aufbrach, als er ihr ins Gesicht sah. „Nein, du wirst es mir sagen", fuhr er sie grob an. Auf einmal fand er die Sache nicht mehr lustig.

Sie zuckte nicht einmal zusammen. „Honig mit ein wenig Vanille und Gewürzen. Manchmal nennt man es Nektar."

Mehr, bitte!

Er schüttelte den Kopf und versuchte, sich von der seltsamen Kinderstimme zu befreien. Er kannte kein solches Kind, und die kleinsten Bewohner dieser Welt kamen nie durch die Pforte zum Abgrund. Sie hatten nicht die Zeit gehabt, so böse zu werden, dass man sie an diesen Ort der Folter und der Buße verbannen musste.

Mehr, Mama!

„Nimm das weg!", befahl er und schob den Stuhl so heftig zurück, dass er auf den Boden fiel. „Und bring mir so etwas nie wieder."

Seine Gefangene sagte nichts, während sie – mit Jissas Hilfe – die Reste der Mahlzeit abräumte. Mit langen Schritten ging er ans andere Ende der Großen Halle und benutzte die Macht dieses Ortes, um sich an der Wand über dem Thron emporzuheben. Von dort nahm er sich eine riesige

Sichel, schwarz wie seine Rüstung. Ihre Klinge glühte weiß, sobald seine Hand sie berührte.

Er bemerkte, dass Liliana ihm zusah, wie er zu Boden schwebte und sich umdrehte, um in die kalte Dunkelheit zur Seelenjagd hinauszutreten.

Lilianas Blick verweilte auf der Tür, durch die der dunkle Lord verschwunden war. Das Echo des fallenden Stuhls hallte noch in ihren Ohren. Etwas in ihm hatte sich an die Süßigkeit erinnert, die von den Kindern in Elden so geliebt wurde. Etwas in ihm *wusste es*.

„Liliana." Jissas Hand zog an ihrem Arm. „Gehen, gehen, wir müssen gehen. Nicht schön zu sehen, wie die Seelen in den Abgrund gezerrt werden. Immer versuchen sie zu entkommen. Betteln und Flehen und Feilschen."

„Wo ist die Pforte?"

„Unten, unter unseren Füßen. Tief, tief unter der Burg."

Liliana betrachtete den schwarzen Marmorboden und fragte sich, was sie finden würde, wenn sie ihn aufbrach. Wahrscheinlich nichts als Stein. Denn man sagte, dass nur die schwärzesten Seelen und der Wächter des Abgrundes selbst die schrecklichen Ödlande voller Schreie und Schrecken sehen konnten. Und das war der Ort, dem sich der jüngste Königssohn von Elden jede Nacht stellen musste. Dieser Ort war es, der ihn zu dem machte, was er war.

„Jetzt essen wir", unterbrach Jissas helle Stimme ihre trüben Gedanken. „Du und ich und Bard, wir essen dein leckeres Essen."

„Und die anderen Diener?", fragte Liliana, nachdem sie den Tisch in der Großen Halle leer geräumt hatten und zurück in die Küche gegangen waren.

„Sind wieder ins Dorf zurück." Runde Augen glänzten vor untröstlicher Traurigkeit. „Nach Hause gegangen."

Lilianas Hass auf ihren Vater verstärkte sich noch, falls das überhaupt möglich war. „Setz dich“, sagte sie. „Iss. Ich bin gleich wieder da, nachdem ich das hier“, sie nahm eine Tarte, „einem anderen Freund gebracht habe.“

Als Bard sich ebenfalls erhob, sagte Liliana: „Wohin sollte ich gehen, Kerkermeister? Und was würde ich zu stehlen wagen?“ Damit schritt sie durch die Tür und hinab in den Kerker. Die Tür zu ihrer Zelle war geschlossen, aber nicht verriegelt.

Sie trat ein und legte die kleine Tarte neben den Behälter mit dem Brot. „Kleiner Freund“, flüsterte sie, „das ist für dich.“

Stille. Dann ein leises Geräusch, wie ein kleiner Körper, der vor Hoffnung zitterte.

Liliana stand auf, verließ die Zelle und schloss die Tür hinter sich. Sie wollte gerade in die Wärme der Küche zurückkehren, als die anderen Zellen ihre Neugierde weckten. Sie hatte in der Nacht zuvor nichts als Schweigen gehört, aber da war sie schwach und erschöpft gewesen.

Sie griff sich die Fackel von der Wand, deren Flammen grausige Schatten über die bröckelnden Steine tanzen ließen, und ging tiefer in die Kälte hinein. Die erste Zelle neben ihrer war leer, die nächste ebenso. Aber die dritte, die dritte war sehr wohl belegt.

„Schwesssster“, drang ein zischendes Flüstern daraus, als Liliana mit der Fackel nah an das kleine vergitterte Fenster in der Tür kam, „hilfffff miiiir.“

4. KAPITEL

Blinzelnd versuchte Liliana, in der Zelle etwas zu erkennen. Aber da war nur Schwarz, ein unmögliches Schwarz, so dicht, dass das Licht ihrer Fackel daran abzuprallen schien. Liliana zögerte. Sie war nicht dumm. In der Schwarzen Burg befand sich die Pforte, durch die nur die Bösesten unter den Toten und der Wächter selbst gehen konnten – von ihrem eigenen kurzen Aufenthalt abgesehen, war es wenig wahrscheinlich, dass sich im Kerker Wesen befanden, die ihr kein Leid zufügen wollten.

Sie hielt die Fackel wie einen Schild vor sich und wich zurück.

Ein Rascheln, als ob sich eine große Kreatur der Tür näherte. „Schwessster, dasss issst ein Fehler. Ich habe nichtssss falsch gemacht."

„Dann", sagte sie und blieb weiter auf Abstand, „wärest du nicht in den Abgrund gezerrt worden." Es hieß, der Abgrund sei die einzige Konstante zwischen den Welten, seine Magie elementar, unveränderlich – wenn die Seele verrottet und faulig war, konnte man ihm nicht entkommen, sobald man sich von seinem sterblichen Fleisch gelöst hatte.

„Bissst du dir da ssso sssicher?"

„Ja", sagte sie und merkte plötzlich, dass sie schon wieder fast an der Zellentür stand.

Sie erinnerte sich nicht, sich bewegt zu haben.

Und sie konnte ihren Blick nicht von dem quadratischen Fenster in der Zellentür lösen.

„Komm näher, Schwesssster."

Liliana musste schlucken und versuchte, ihre Finger so fest in den Ballen ihrer freien Hand zu drücken, dass ihre Nägel Halbmonde in ihr Fleisch schnitten und sie anfing zu bluten. Aber es dauerte zu lange, und sie wusste, wenn sie erst nahe genug war, würde die boshafte Kreatur auf der anderen Seite sie ergreifen und …

„Halt."

Dieses einzelne kalte Wort wurde von einer tiefen Stimme gesprochen, in der eine eigene Dunkelheit widerhallte.

Hinter der Tür erklang ein aufgebrachtes Zischen, ehe der Lord der Schwarzen Burg seine gepanzerte Hand hob und ein Spiegel aus schwarzem Glas sich über das Fenster ausbreitete. Erst dann drehte er sich zu ihr um, und seine Augen, seine Augen …

Sie stolperte unwillkürlich zurück, als sie das Schwarz darin sah. Jede Spur von Grün war verschwunden. Er sah sie mit tödlichem Blick an und trat näher, bis er ihren Kiefer packen und in seinen kalten Stahlklauen festhalten konnte. „Willst du so gern eine weitere Nacht in den Kerkern verbringen?" Ebenso sanft wie die erste Frage, die er ihr in dieser Welt gestellt hatte.

Sie versuchte, den Kopf zu schütteln, aber er hielt sie fest. „Ich bin zu neugierig, mein Lord", presste sie heraus. „Das ist mein größter Fehler."

Aus irgendeinem Grund lockerte er seinen Griff. „Was wolltest du hier sehen?"

„Ich wollte wissen, ob Ihr noch mehr Gefangene habt."

Schwarze Tentakel waberten um seine Iris, grausig – und ein Zeichen, dass er unter einem Zauber stand. Wenn sie keinen Weg fand, diesen Zauber umzukehren, würde er bald ganz in undurchdringlichem Schwarz gefangen sein.

„Warum", fragte sie, als er nicht antwortete, „ist diese Kreatur hier und nicht im Abgrund?"

„Die Pforte zu öffnen ist schwere Arbeit", sagte er und rieb mit dem Daumen wie abwesend über ihr Kinn. Die scharfe Spitze liebkoste ihre Lippe, doch die Berührung konnte im Handumdrehen tödlich werden. „Es macht weniger Mühe, erst mehrere Verdammte zu sammeln und sie dann alle zusammen abzuliefern."

„Fürchtet Ihr nicht, was sie Euren Bediensteten antun könnten?" Es war schwer zu sprechen, wenn er sie so berührte und sein großer Körper ihr so nahe war.

„Meine Bediensteten sind klug genug, um zu wissen, dass sie nach Einbruch der Dunkelheit in den Kerkern nichts mehr zu suchen haben."

Sie errötete und fragte sich, warum er sie so anstarrte. Sie wusste, dass sie hässlich war, aber musste er sie deshalb so ansehen, als wäre sie ein Insekt? „Diesen Fehler werde ich nicht noch einmal begehen."

Er ließ sie los und fragte: „Aber wirst du weiter neugierig sein?"

Vielleicht wäre es besser zu lügen, aber Lilianas Mund öffnete sich, und die Worte purzelten heraus. „Ja, die Burg ist faszinierend." Genau wie ihr Lord. Wer wäre er geworden, wenn ihr Vater den Thron von Elden nicht an sich gerissen hätte? Ein Prinz, golden und rein? Gebildet und elegant und von erlesenem Geschmack?

Sie konnte ihn sich so nicht vorstellen, diesen Mann mit dem eisigen Tod in seinem Blick, seiner Stimme, seiner Berührung. „Habt Ihr Eure Jagd beendet?" Er war nicht lange fort gewesen … oder sie hatte viel länger im Bann der Kreatur gestanden, als ihr bewusst war.

„Ja, für den Augenblick", sagte er, und seine Augen hatten immer noch die bedrückende Farbe von Mitternacht. „Komm. Ich zeige dir meine Burg."

Erstaunt über das Angebot ging sie ihm nach.

„Passss auf, Schwessster", sagte das zischende Flüstern hinter dem Spiegel, „kein Mädchen ist sicher vor dem Lord der Schwarzen Burg."

Sie spürte den Ärger auf dem Gesicht des tödlichen

Mannes an ihrer Seite eher, als dass sie ihn sah, doch sie selbst schnaubte nur. „Offensichtlich kannst du nicht sehr gut sehen“, sagte sie zu dem Ding hinter der verschlossenen Tür, „sonst wüsstest du, dass ich nicht die Art Mädchen bin, die irgendein Mann verführen wollte.“

Sie sah sich zum Wächter des Abgrundes um und bemerkte, dass er sie wieder anstarrte. Noch einmal fühlte sie sich wie ein Käfer oder ein Insekt. Aber sie drückte nur ihre Schultern durch und sagte: „Eure Burg, mein Lord?“

Eine lange Pause entstand, in der ihr ein eisiger Schweißtropfen die Wirbelsäule hinunterlief, ehe er sie die Wendeltreppe hinauf in das dunkle Herz seiner Behausung führte. In dem Korridor mit den schwarzen Spiegeln zögerte sie, und er fragte: „Willst du ihn sehen?“

Wo sie auch hinsah, entdeckte sie nur Spiegelbilder. Sie sah ihn, so groß und sonnengebräunt und schmerzhaft schön – und sich selbst, so klein und unattraktiv. „Wen?“, fragte sie und wandte sich von ihrem eigenen Bild ab.

„Den Abgrund.“ Er streckte eine Hand aus, ohne ihre Antwort abzuwarten, und die Spiegel füllten sich mit Bildern von unvergleichlicher Grausamkeit. Erst waren da nur schwarze und grüne Flammen und der Eindruck, dass etwas brannte. Aber dann konnte sie Gesichter erkennen, verzerrte Gesichter, die in Schmerz ertranken. Kratzende Hände, die um Hilfe rangen, ehe sie bei dem Versuch zu entkommen die eigenen Augen auskratzten. Gliedmaßen, die im Schwarz schwammen und zuckten, als könnten sie noch Schmerz empfinden.

Und die Schreie. Stumm. Endlos. Ewig.

Sie legte sich die Hände über die Ohren und schüttelte den Kopf. „Hört auf.“

„Hast du Mitleid mit ihnen?“ Er legte seinen Finger auf das Abbild eines geschundenen Gesichtes, dessen rote Augen sich vor Schrecken weiteten, als ein Basilisk sich an seinem Körper gütlich tat. „Er hat seine Kinder an den … einen Magier verkauft. Der … Magier hat sie gefoltert und ermordet, weil er so zu seiner Macht kommt. Das wusste dieser Mann."

Auch wenn sie inmitten solch schrecklicher Qualen stand, hörte sie sein Zögern. „Blutmagier", schien es, konnte er nicht aussprechen. Und wenn er sich an ihren Vater erinnerte, wenn auch nur in den tiefsten Tiefen seiner Psyche, dann bestand die Hoffnung, dass er sich an seine Familie erinnern konnte, dass er sich daran erinnern würde, was er tun musste, ehe es zu spät war.

„Bitte", flüsterte sie und fühlte sich, als bluteten ihre Ohren von den stummen Schreien, die unaufhörlich in ihrem Kopf widerhallten.

„Dieser dort", er deutete auf ein weiteres Gesicht, so verbrannt, dass das Fleisch geschmolzen war, aber mit vollkommen wachen Augen, „hat Kreaturen eingefangen, die er für minderwertig hielt – Brownies wie Jissa, die weisen Gazellen des Flachlands, Höhlentrolle, so klein und scheu – und sie zu seinem Vergnügen geschlachtet. Und sie hier hat einen ganzen Wald vergiftet, damit die Kreaturen der Erde starben und sie ihr Land für sich haben konnte."

Sie konnte die drängenden Schreie nicht länger ertragen. Ihr Magen zog sich zusammen unter den Schrecken, die er in ihrem Kopf entstehen ließ, der ohnehin zu viel Schrecken gesehen hatte. Liliana stürzte sich auf ihn, presste ihr Gesicht in seinen Rücken und trommelte mit den Händen gegen den harten Panzer seiner Rüstung. „Aufhören, sonst koche ich nie wieder für Euch."

Ein Augenblick des Zögerns.

Die Bilder verschwanden.

Frieden.

„Du wirst für mich kochen." Ein Befehl – aber sie hörte auch etwas in seiner Stimme, das fast wie Enttäuschung klang.

Blinzelnd fragte sie sich, ob er versucht hatte, ihr etwas zu zeigen, was ihm wichtig war, etwas, von dem er dachte, dass sie es *gern* sehen würde. Sicherlich nicht, denn er war der Lord der Schwarzen Burg, und doch ... Er war allein. Ein Monster, das als letzte Bastion vor allen anderen Monstern stand. „Man sagt", flüsterte sie, „dass es einst keinen Abgrund gegeben hat. Die Welt war unschuldig und ihre Bevölkerung, Alt und Jung, noch unverdorben."

Er drehte sich zu ihr um. Seine Brauen hingen schwer über Augen, die wieder wunderschön wintergrün strahlten. „Du erzählst Märchen."

„Vielleicht." Doch egal, was sie glauben wollte, in Wahrheit hatte sie zu viel gesehen, um nicht zu begreifen, dass es immer Leute geben würde, deren Seelen von Grund auf bösartig waren. „Ich kenne viele Märchen."

Er legte den Kopf schräg. „Wie viele?"

„Viele", wiederholte sie und sah in seinem interessierten Gesichtsausdruck eine Möglichkeit, den Jungen zu erreichen, der in diesem tödlichen Wächter lebte, der dort noch leben musste. Wenn sie sich irrte, wenn dieser Junge schon lange tot war, zerquetscht unter dem Gewicht der Jahre, unter der Rüstung, die der Zauber ihres Vaters auf ihn gelegt hatte und die seine Seele erkalten ließ, dann waren sie alle verloren. Ihr Vater würde für immer regieren, und Elden würde zu einem weiteren Abgrund werden.

Nachdem man ihr genug Zeit für eine Mahlzeit „gestattet" hatte, fand sie sich in der Großen Halle wieder. Es war vielleicht eine halbe Stunde später, und sie fühlte noch immer Hunderte Blicke auf sich – wie an dem Tag, an dem sie erschöpft und desorientiert auf dem Marmorboden angekommen war. Doch als sie ihren Kopf mit steifem Stolz hob, bereit, einem Publikum entgegenzustarren, sah sie nur Leere. „Wer beobachtet uns?"

Der Lord der Schwarzen Burg drehte sich um. Er hatte bereits einen Stiefel auf die Stufen gesetzt, die zu seinem Thronsessel in der gleichen namensgebenden Farbe führten, der so hart und schmucklos war wie der Mann selbst. „Die Bewohner", sagte er, als wäre das ganz selbstverständlich.

„Die Bewohner?", hakte sie nach und kämpfte gegen den Drang, die Arme um sich zu schlingen. „Des Abgrunds?" Die Legenden besagten, dass der Wächter trotz der gnadenlosen Berufung, die seine nächtliche Pflicht war, immer reinen Herzens sein musste. In diese uralte Legende hatte sie all ihre Hoffnung gelegt, aber wenn er es den schwärenden Seelen, die für den Abgrund bestimmt waren, erlaubte zu verweilen …

„Natürlich nicht." Sein grimmiger Blick ließ jedes Haar an ihrem Körper sich aufrichten. „Es gibt noch andere Seelen, die sich zu der Burg hingezogen fühlen."

„Warum?"

„Sie kommen, und sie gehen nicht mehr." Die knappe Antwort verriet, dass sie mit ihren Fragen seine Geduld strapazierte. „Die Schwarze Burg heißt sie willkommen."

Liliana spürte einen Hauch von Verständnis und fragte sich, ob sie mehr Verbündete haben könnte, als sie vermutete.

„Du wirst mir jetzt die Geschichte erzählen." Mit diesem Befehl setzte er sich in seinen Thronsessel.

Obwohl ihr die Haare noch zu Berge standen, stemmte sie die Hände in die Hüften und sagte: „Es wäre einfacher, wenn ich nicht brüllen müsste, mein Lord!" Er saß erhöht und weit entfernt, wie ein arroganter Kaiser.

Er winkte sie zu sich. „Du darfst zu meinen Füßen sitzen."

Liliana ließ die Hände von den Hüften sinken und ballte sie zu Fäusten. Ihr ganzer Körper erstarrte. Zu seinen Füßen sitzen? Wie ein Tier? *Nein.* Wenn ihr Vater sie ihr ganzes Leben nicht gebrochen hatte, würde es der Wächter des Abgrundes sicher nicht schaffen! Aber als sie ihren Mund öffnete, um ihrer Wut eine Stimme zu verleihen, spürte sie geisterhafte Finger auf ihren Lippen, hörte sie *fast* ein Flüstern.

Der Schock schnitt ihr die Antwort ab, zähmte ihre Wut, brachte sie zum Nachdenken.

Sie blickte hinauf in das Gesicht des dunklen Lords, der ihr den Befehl erteilt hatte. Sie sah seine Ungeduld, doch sie sah auch ein schnelles Aufblitzen von Vorfreude. „Ist das eine Ehre, mein Lord?", fragte sie, und die Erkenntnis kam über sie wie ein goldener Regen. „Unter Eurem Thron zu sitzen?"

„Du stellst seltsame Fragen, Liliana." Er sagte zum ersten Mal ihren Namen, und es fühlte sich wie ein neuer Zauber an, der sie in schwarze Tentakel hüllte, auf denen leuchtend grüne Flecken schimmerten. „Dieser Thron gehört allein dem Wächter. Jeder Blender, der es wagt, sich hierherzusetzen, stirbt einen fürchterlichen Tod."

Also war es wirklich eine große Ehre, so nah bei ihm sein zu dürfen.

Deshalb schluckte sie ihren Stolz herunter und kletterte die Stufen zum Thron hinauf – aber sie setzte sich nicht zu seinen Füßen, weil sie das nicht konnte, für niemanden. Stattdessen hockte sie sich ein Stück von ihm entfernt hin, um ihm ins Gesicht sehen zu können. „Es war einmal", fing sie an, und ihr Puls dröhnte wie Donner in ihren Ohren – denn jetzt konnte alles enden, in einem einzigen falschen Schritt, „ein Land mit Namen Elden."

Ein Flüstern erhob sich im Raum, geisterhafte Stimmen,

die immer lauter murmelten.

„Ruhe!“ Der Lord fuhr mit der Hand durch die Luft.

Schweigen breitete sich aus.

„Weiter.“

Neugierde auf die geisterhaften Bewohner regte sich plötzlich in ihr, aber sie behielt ihre Fragen für sich. Zuerst musste sie herausfinden, ob der Abgrund den letzten Erben gerettet hatte – oder ihn verschlungen. „Dieses Land, dieses Elden, war ein Ort voller Pracht und Wunder. Sein Volk alterte so langsam, dass manche es unsterblich nannten, aber sie waren nicht wirklich unsterblich, sie konnten sterben, doch erst nach Hunderten von Jahren, in denen sie lebten und lernten.

„Weil sie das Lernen so sehr liebten, waren sie bekannt für ihr Wissen und ihren Kunstverstand, und ihre Bibliotheken gehörten zu den besten in allen Königreichen.“ Sie wartete, ob ihr Publikum sie unterbrechen würde, doch die Geister lauschten so gebannt wie der Mann mit den grünen Augen auf dem schwarzen Thron. Also fuhr sie fort. „Elden war auch ein Land voll magischer Energie, und die Leiber seines Volkes waren davon durchdrungen.“ Diese Energie hatte Elden seine Macht verliehen – und es zu einer Zielscheibe gemacht. „Aller Reichtum und alles Wohl von Elden gingen von König und Königin aus. König Aelfric, sagte man …“

„Nein!“ Der Lord der Schwarzen Burg stand auf, die Hände zu Fäusten geballt, die Augen schwarz, und Tentakel glitten über sein ganzes Gesicht. „Diesen Namen wirst du nicht benutzen.“

„Das ist nur ein Name in einem Märchen“, sagte sie, auch wenn die gnadenlose Kälte in seinem Blick ihren Magen verkrampfen ließ. Ihr wurde in diesem Augenblick bewusst, dass er ihrem Leben mit nur einer Bewegung seiner rasiermesserbesetzten Hand ein Ende bereiten konnte. „Er ist nicht echt." Diese kleine Notlüge fand sie verzeihlich, solange sie ihr half, die giftigen Spinnweben zu durchdringen, die der Zauber ihres Vaters auf ihn gelegt hatte. „Ihr seid doch sicher kein Kind mehr, das noch Angst vor Märchen hat." Sie riskierte viel, denn für diese Dreistigkeit könnte er sie umbringen, aber es stand einfach zu viel auf dem Spiel, um vorsichtig zu sein.

„Du wagst es, mich infrage zu stellen?" Leise Worte. Tödliche Worte. „Ich werde ..."

„Wenn Ihr immer alle in den Kerker steckt, mein Lord", sagte sie und fegte sich ein unsichtbares Staubkorn von der Tunika, um ihre zitternden Hände zu verbergen, „wäre es ein Wunder, wenn Ihr überhaupt Freunde habt."

Seine Augen wurden in einem Wimpernschlag grün, und die Tentakel der Rüstung verschwanden aus seinem Gesicht. „Der Wächter des Abgrunds hat keine Freunde."

Einsamkeit verstand sie. Oh ja, sie verstand, wie sie einen schneiden und beißen konnte, bis man blutete. „Das überrascht mich nicht", sagte sie, statt ihm ihre Freundschaft anzubieten. Hätte sie das getan, hätte er sie nur wieder in den Schlund der Burg werfen lassen – er war ein mächtiger und stolzer Mann, und seine Arroganz hatte er sich durch finstere Arbeit verdient. „Keine leichte Aufgabe", sagte sie und riskierte damit zum zweiten Mal in ebenso wenigen Minuten ihr Leben. „Jemandem eine Geschichte zu erzählen, der jeden einsperrt, der ihm widerspricht, meine ich."

Wut ließ seine Knochen scharf unter der Haut hervortreten, aber dann leuchteten die grünen Augen auf. „Erzähl das Märchen, Liliana. Ich verspreche dir, ob gut oder schlecht, du wirst die Nacht nicht im Kerker verbringen."

Liliana traute dem Leuchten nicht. Ihr Herz schlug heftig gegen ihre Rippen, und ihre Hände wurden feucht. „Was habt Ihr mit mir vor?"

5. KAPITEL

Er lächelte. Und ihr stockte der Atem, als sie seine herzzerreißende Schönheit vor sich sah. Jetzt begriff sie, jetzt erkannte sie das Kind, das er einst gewesen sein musste. Ein Kind, das ein ganzes Königreich für sich eingenommen hatte. Doch seine Worte waren nicht die eines Kindes, sondern die eines intelligenten und gefährlichen Mannes. „Du musst dir doch vorstellen können, was der Wächter des Abgrunds dir antun kann."

Sie musste ihre ganze Willenskraft zusammennehmen, um ihre Stimme wieder zu erheben, denn sie wollte ihn nur noch anstarren, diesen verlorenen Prinzen, der zu einem düsteren Fremden geworden war. „König Aelfric ...", sie sah, wie er die Hände fest um die Armlehnen seines Thrones klammerte, aber er sagte nichts, „... war weise und mächtig. Es steht geschrieben, dass sein Volk alles für ihn getan hätte, weil es ihn so sehr liebte." Sie hatte viele Stunden in den Archiven verbracht, die ihr Vater nie betrat, obwohl er selbst einen Chronisten beschäftigte, der seine „großen Taten" niederschrieb.

„Könige werden nicht geliebt", unterbrach der Wächter des Abgrunds sie barsch. „Sie herrschen. Sie können nicht nett sein dabei."

Liliana rieb sich mit einer Faust übers Herz. „Manche Könige herrschen, und manche regieren", flüsterte sie. „Manche sind beliebt, manche nicht. Aelfric war es, denn er war gerecht und führte sein Volk mit sanfter Hand."

„Gerechtigkeit allein schafft keine Liebe."

Sie sah ihm in die Augen, die undurchdringlich geworden waren, und fragte sich, ob er ihr eine Frage stellte oder einfach eine Aussage machte. „In Elden", fuhr sie fort, „reichte es." Als er sie nicht wieder unterbrach, sprach sie weiter:

„Sein Volk dürstete nach Wissen und liebte es zu reisen. Manche fanden sogar einen Weg in eine Welt ohne Magie und kehrten mit den fantastischsten Geschichten zurück."

Die Geister flüsterten ihren Unglauben, und der Lord der Schwarzen Burg schnaubte verächtlich. „Eine Welt ohne Magie? Das ist, als redete man von einer Welt ohne Luft."

„Das ist meine Geschichte", sagte Liliana mit einem gezierten Schnaufen und strich ihre schwarze Tunika glatt. Sie war formlos wie ein Kartoffelsack, aber immer noch besser als das hässliche braune Kleid.

„Wenn sie Euch nicht gefällt", fuhr sie fort und streckte dabei ihre riesige Hakennase in die Luft, „müsst Ihr ja nicht zuhören."

Noch nie hatte jemand solche Worte in einem solchen Tonfall zu ihm gesagt, aber auch wenn ein Teil ihrer Geschichte eine ursprüngliche Wut in ihm weckte, war sie doch fesselnd und viel besser als alles, was er in den letzten Jahren gehört hatte. Im Dorf gab es einen Geschichtenerzähler, aber wenn der Wächter des Abgrundes ihn in die Schwarze Burg lud, bebte und zitterte der alte Mann so sehr, dass man befürchten musste, er könnte zerbrechen. Und seine Zähne klapperten die ganze Zeit als Begleitmusik.

„Fahr fort", sagte er zu seiner seltsamen Geschichtenerzählern, dieser Liliana, die aus dem Nichts aufgetaucht war und an der eine Magie hing, die ihm bekannt vorkommen sollte, eine Magie, die in ihm eine lang vergessene Wut weckte … und verborgene Erinnerungen.

Er schüttelte den Gedanken sofort ab – er war der Wächter des Abgrundes, und so war es immer gewesen, seit er in der Schwarzen Burg die Augen geöffnet hatte. Andere Erinnerungen hatte er nicht. „Liliana", ermahnte er sie, als sie nicht sofort gehorchte.

Sie hob den Kopf. „In diesem Land ohne Magie", sie kniff

streng die Augen zusammen, als die geisterhaften Bewohner der Schwarzen Burg amüsiert kicherten, „heißt es, wird alles von mechanischen Kreaturen erledigt. Sie bauen Monolithe mit grausigen Biestern aus Metall, und sie haben sogar Vögel, die auf Stahlschwingen durch die Luft fliegen."

Kalt. Kalt. Kalt, flüsterten die Bewohner, aber der Lord fragte sich, wie diese riesigen Strukturen aussehen mochten. Doch als er die Lider schloss, sah er nur eine Burg, groß und solide. Bunte Banner hingen von ihren Zinnen hinab, während Feuertänzer sie umkreisten und Vögel der Morgenröte ein Ständchen sangen. Die Fenster waren aus so dünnem Glas, dass sie wie Luft schienen, und das Gebäude ragte über den reinen blauen Wassern eines kristallklaren Sees.

Die ganze Szene war in goldenes Licht getaucht.

Unmöglich, dachte er. So ein Licht hatte die Schwarze Burg noch nie berührt, auch nicht die karge Wüste und die brodelnden Lavabecken, aus denen die Ödlande bestanden. Vielleicht hatte er von diesem goldenen Schloss in einem anderen Märchen gelesen, als er noch ein Kind gewesen war.

Aber ... er war nie ein Kind gewesen.

„Mein Lord."

Er drehte sich um und begegnete Lilianas fragendem Blick. Ihre Augen hatten eine so seltsame Farbe. Weder blau noch grau. „Genug", sagte er und stand auf. „Du kannst heute Nacht in der Küche schlafen. Bard!"

Liliana erhob sich bereits. „Hat Euch meine Geschichte nicht gefallen?", fragte sie, als Bard von seinem Wachposten draußen in die Große Halle hereingestapft kam.

Er starrte sie an und sah in ihre seltsamen Augen, die durch seine harte glänzend schwarze Rüstung zu dringen schienen und etwas in ihm sahen, das es nicht geben sollte, nicht geben konnte. „Wenn du aufwachst, machst du mir Frühstück." Damit drehte er sich um und ging durch den Torbogen hinaus in die nachtschwarze Welt.

Während sie Bards massiger Gestalt in die Küche folgte, spürte Liliana, wie geisterhafte Finger an ihren Haaren zogen. Dann noch einmal. „Aufhören", murmelte sie leise. Als sie immer weitermachten, blieb sie stehen, stemmte die Fäuste in die Hüften und klopfte mit einem Fuß auf den Boden der Burg. „Ich habe nicht vor, das Märchen weiterzuerzählen, bis der Lord es wünscht." Sie starrte die Luft wütend an. „Wenn ihr mich ärgert, mache ich nicht einmal das."

Als sie sich wieder umdrehte, merkte sie, dass Bard sie mit seinen feuchten Augen anstarrte, die so weise und tief waren. „Tu nicht so, als könntest du sie nicht hören", meinte sie und verschränkte die Arme.

Bard sagte nichts, sondern ging einfach weiter zur Küche.

Immerhin ließen die Geister sie jetzt in Ruhe und flüsterten davon.

„Danke", sagte sie, als er die Tür öffnete, die in den gemütlichen Raum führte.

Er wartete, bis sie drinnen war, ehe er die Tür wieder zudrückte.

Dann hörte sie, wie ein Riegel ins Schloss fiel. „So viel zu Vertrauen." Immer noch ein wenig überrascht, dass sie den Wächter des Abgrunds überlebt hatte, sah sie sich nach etwas um, aus dem sie sich eine Schlafstatt bauen konnte. Mehlsäcke vielleicht oder … „Jissa, du Schatz." Ein paar gefaltete Decken und ein weiches Kissen lagen ordentlich vor dem Herd, den jemand geschürt hatte, damit er die ganze Nacht brannte und sie nicht frieren musste.

Lächelnd faltete sie die Decken auseinander und merkte, dass eine von ihnen schwer war. Sie schien mit einer Art Baumwolle gestopft zu sein. Mit dieser Decke auf dem erwärmten Boden neben dem Herd war es fast so bequem wie in einem richtigen Bett – und sie hatte schon seit Monaten in keinem geschlafen, weil man sie in ein leeres Steinzimmer verbannt hatte, als Strafe dafür, dass sie ihrem Vater nicht gehorchte. Eingeschlossen hatte er sie nicht, weil es ihm Freude bereitete, sie mit dem Anblick ihrer Mutter zu quälen, die in den Gängen der Burg umherirrte, das Gesicht stets geschwollen und blau angelaufen von seinen Fäusten.

Ein stechender Hauch von Eisen.

Sie musste sich zusammennehmen, um ihre Fäuste zu öffnen und ihre Gedanken von dem Hass abzulenken, den sie für diesen Mann empfand, dessen Blut in ihren Adern floss. Ihr Gesicht brannte vor pochender Wut, also stand sie auf, um sich eiskaltes Wasser auf die Wangen zu spritzen, ehe sie sich auf die Suche nach noch etwas zu essen machte. Wie sehr ihr Magen auch bei diesen Erinnerungen rebellierte, sie musste bei Kräften bleiben, wenn sie sich mit dem gefährlichen goldenen Prinzen einlassen wollte, der diesen Ort regierte.

Sie nahm eine dicke Scheibe Brot, schnitt sich dazu ein großes Stück rauchigen Käse ab und rollte beides zusammen. Der erste Bissen war köstlich und beruhigte ihren Magen, der zweite noch mehr. Dann hörte sie das Tapsen kleiner Pfoten. Sie brach ein kleines Stück Käse ab und ging in die Ecke, in der sie kleine dunkle Augen glänzen sehen konnte und Knochen, die sich unter Fell abzeichneten. „Hier, bitte sehr, mein kleiner Freund."

Sie zog sich zurück, nachdem sie den Käse auf den Boden gelegt hatte. Erst als ihr Freund sein Mahl verspeist hatte, ging sie noch einmal zurück, um ihm ein zweites Stück hinzulegen. Es war nicht gut, ihn zu schnell zu füttern, wenn er so lange gehungert hatte.

Das galt auch für den Lord der Schwarzen Burg.

Sie hatte zu schnell zu viel gewollt, als sie gleich von Elden und seinem Vater angefangen hatte, nur weil sie wusste, dass die Zeit unerbittlich knapper wurde. Aus seiner heftigen Reaktion auf König Aelfrics Namen folgerte sie, dass der Zauber des Blutmagiers noch tiefer reichte, als sie geglaubt hatte. Nicht einmal ein Riss zeigte sich in der Schale des schwarzen Panzers, der ihn vor seiner Vergangenheit abschottete.

Die Sorge lag bleischwer in ihren Eingeweiden und raubte ihrem Mahl den Geschmack, aber sie zwang sich, es trotzdem aufzuessen und danach noch einen kleinen Apfel. Alle Macht, die sie hatte, kam aus ihrem eigenen Blut, und sie konnte sich nicht erlauben, dieses Blut dünn und schwach werden zu lassen. Sollte ihr Vater sie finden …

Galle, bitter und sauer, stieg in ihrer Kehle hoch.

„Nein“, flüsterte sie. „*Nein.*“ Er würde sie nicht finden. Sie hatte den Aufenthaltsort des jüngsten Prinzen erst durch ihre Visionen ausfindig gemacht, und selbst dann hatte sie noch fünf Versuche gebraucht, um in die Welt zu gelangen, die den meisten nur als schreckliche Legende bekannt war. Die ersten zwei fehlgeschlagenen Versuche waren nicht so schlimm gewesen – sie hatte nach Hause zurückkehren können, ehe ihr Vater etwas bemerkte. Beim dritten Mal hatte sie sich den Arm gebrochen, weil sie falsch gelandet war, und beim vierten … hatte der Blutmagier sie erwartet.

Ihre Haut zog sich zusammen, als ob sie wieder die Rasiermesserpeitsche darauf spürte.

„Aber ich bin nicht gebrochen.“ Das musste sie sich immer in Erinnerung rufen. In jener Nacht, als sie mit aufgepeitschtem Rücken dagelegen hatte, nackt an eine massive Steintafel gekettet, durch deren Rillen ihr Blut in Sammelbehälter floss, hatte sie den Blutmagier davon überzeugen können, dass ihre Zauber nur dem Ziel dienten, einen Talisman zu finden, der ihre Mutter heilen konnte.

Er hatte ihr geglaubt. Es hatte ihn schrecklich amüsiert, wie weh es ihr tat, dass Irina sie nie auch nur ansah.

„Egal, was du tust …“, er hielt inne, um mit dem Finger eine nässende Wunde entlangzufahren, „sie gehört mir.“ Er lachte, als er einen Schritt zurücktrat und die Peitsche fast halbherzig über ihren bereits zerschundenen Rücken schnalzen ließ.

Blut quoll aus ihrem wunden Fleisch, lief ihre Rippen hinab in die Rillen. „Sie ist meine Mutter.“ Eine Mutter, die sie liebte.

Noch ein Lachen, aus tiefster Brust, als hätte er im Leben noch nicht so etwas Lächerliches gehört. „Dann erlaube ich dir, diesen wundervollen Talisman zu finden. Zeig ihn mir, wenn du ihn hast.“ Ein Peitschenhieb auf ihre Schulter. „Ich denke, meinen Haustierchen wird die Zeit mit dir Spaß machen.“

Spinnen – riesige mutierte Tiere, die er für einen anderen Zauber brauchte – fielen von der Decke und krabbelten über ihren ganzen Körper. Pelzige Beine kratzten an ihrem Fleisch, zangenbewehrte Mäuler saugten an den offenen Wunden auf ihrem Rücken. Voller Panik versuchte sie, mithilfe ihrer Zauberkraft zu fliehen, aber ihr Vater war stärker, und die Fesseln hielten stand.

Die ganze Zeit, während die Spinnen sie terrorisierten, saß er so, dass sie ihn sehen konnte, und trug ein kleines Lächeln auf seinen Lippen.

Der Wächter des Abgrunds glitt am Himmel entlang. Seine Flügel durchschnitten die Nachtluft wie die der Fledermaus zu seiner Rechten, dunkel und ledrig. Er wusste nicht, was mit den Flügeln passierte, wenn er landete – sie erschienen einfach, wenn er sie brauchte, und verschwanden, wenn er sie nicht mehr wünschte.

Ein Geschenk des Abgrundes.

Er dachte an Lilianas Geschichte von einer Welt ohne

Magie und schnaubte erneut. Als könnte ein solches Land je existieren. Einen Augenblick später kam ihm der andere Teil der Geschichte in den Sinn, über *jenen* Ort, dessen Namen er nicht denken konnte, ohne rasende Kopfschmerzen zu bekommen, als würde ein Amboss von innen gegen seinen Schädel geschlagen. Er flog schneller und schneller, um dem unnachgiebigen Druck zu entfliehen.

Ein Flüstern von öliger Bosheit.

Nachdem er seine Beute ausfindig gemacht hatte, bewegte er sich mit wilder Geschwindigkeit darauf zu. Der Schatten in Menschengestalt rannte auf die Grenzen der Welt zu, um seinem Schicksal zu entkommen – vergebliche Mühe. Die Mehrheit der Verdammten wachte nach dem Tod auf und fand sich in der heulenden Kälte des Abgrundes wieder, aber manchen gelang es, sich in den Ödlanden festzukrallen.

Sie mussten gefangen und durch die Pforte geschickt werden, denn er konnte nicht riskieren, dass sie sich in die andere Richtung wendeten und versuchten, von einem der Dorfbewohner Besitz zu nehmen. Manchmal allerdings erlaubte er es ihnen zu rennen – denn da draußen warteten Kreaturen, die selbst Schatten fangen konnten und sie mit scharfen Zähnen zermalmten, ehe sie kreischende schwarze Fetzen ausspuckten.

Eine Lektion, die niemand ein zweites Mal durchmachen wollte.

Er schwebte auf Schwingen hinab, die für tödliche Stille geschaffen waren, und schloss die Hände um die Arme der Gestalt. Sie wehrte sich, war panisch, dass irgendetwas sie überhaupt halten konnte – sie war kaum mehr als Rauch –, aber der Lord dieses Ortes hatte jene, die für den Abgrund bestimmt waren, schon immer fassen können.

Schließlich existierte er nur aus diesem einen Grund.

Weinen, Angst, ein kleines Kind an einem dunklen, dunklen Ort.

Die seltsamen Bilder in seinen Gedanken waren vermutlich das Ergebnis eines Angriffs durch die Kreatur in seinen Klauen, also fesselte er den Schatten mit schweren schwarzen Seilen, die mit seinem eigenen Blut getränkt waren und dafür sorgten, dass er nie mehr versuchen würde aufzubegehren. Dann flog er durch die kalte mondlose und sternenklare Nacht. Er war ungeduldig, wollte die anderen endlich fangen und in die Schwarze Burg zurückkehren. Um seine Last loszuwerden, mehr nicht.

Doch nachdem er gelandet war und die Schatten in Käfige gesperrt hatte, aus denen es kein Entkommen gab, ging er nicht in seine eigenen Gemächer, sondern in die Küche. Das Schloss an der Tür hielt ihn nicht auf. Alles in der Schwarzen Burg gehorchte seinem Lord, ob Fleisch, Geist oder Metall. Alles bis auf die Frau, die neben dem heißen Ofen tief schlummerte.

Er trat näher und blickte auf sie hinab. Sie war nicht schön, diese Liliana mit der starken Magie in ihrem Blut, die er kannte und doch nicht benennen konnte, diese Geschichtenerzählerin mit ihren weit hergeholten Märchen, die sie erzählte, als wären sie die reine Wahrheit. Ihre Nase war zu groß, ihre Augen standen zu eng zusammen, ihr Haar war nicht mehr als schwarzes Stroh.

Und doch …

Er sah sie an, bis sie seufzte und sich zu ihm umdrehte, als wolle sie ihn einladen.

Er hockte sich hin, streckte eine Hand nach ihr aus – und sah den Panzer an seinem Unterarm, das Spinnennetz, das seinen Handrücken hinabkroch bis zu den scharfen Klauen auf seinen Nägeln, die unzerstörbare Rüstung, die ihn vor allem Bösen beschützte und ihn vor der Welt verschloss. Er stand auf, ballte die Hand zur Faust und verließ die Küche. Die Tür fiel hinter ihm ins Schloss.

Er starrte den Riegel eine lange, lange Zeit an.

Wenn er die Tür offen ließ, entschloss sie sich vielleicht zu gehen.

Er schob den Riegel vor.

Das hatte nichts mit Liliana zu tun. Er wollte nur den Rest von ihrem lächerlichen Märchen hören.

6. KAPITEL

Liliana wurde durch das Geräusch kleiner Schritte in der Küche geweckt. „Jissa?"

„Ja, ich bin es. Ich mache süße, süße Schokolade."

Liliana setzte sich sofort mit einem Ruck auf. „Wo hast du die her?"

Jissa lächelte und zeigte dabei eine Reihe spitzer Zähne. „*Er* hat einmal welche mitgebracht. Von nirgendwo, irgendwo, weiß nicht, wo."

Erstaunt darüber, dass dieses schöne Monster mit den wintergrünen Augen Schokolade mochte, stand Liliana auf und drehte sich das Haar zu einem Knoten. „Er muss sie sehr mögen, um extra danach gesucht zu haben", sagte sie und trat an die Waschschüssel in der Ecke.

„Ich habe ihm welche gemacht, als er sie das erste Mal mitgebracht hat, ja, habe ich. Ein Schluck, und er hat gesagt, sie schmeckt nicht richtig. Nicht richtig." Jissa goss die Flüssigkeit in zwei kleine Tassen. „Ist doch richtig!"

Nachdem sie sich das Gesicht gewaschen und abgetrocknet hatte, nahm Liliana einen Schluck von der dunklen süßen Flüssigkeit, die ihr dennoch einen Schauer über den Rücken jagte. Sie kannte und liebte den Geschmack nur aus einem Grund: Der Koch hatte eine Schwäche dafür gehabt, und an den Tagen, an denen ihr Vater sie mit Gewalt zum Schweigen gebracht hatte, hatte der freundliche Mann seinen Vorrat mit ihr geteilt. Gewalt und Schokolade waren in ihrem Unterbewusstsein untrennbar miteinander verbunden, aber sie ließ nicht zu, dass ihr das den Genuss dieser Köstlichkeit verdarb. „Du hast recht. Sie ist perfekt." Liliana leckte sich einen Tropfen von den Lippen und erinnerte sich, dass der Koch nach etwas gegriffen hatte, um es über die heiße Flüssigkeit zu streuen. „Es sei denn …"

Jissa, die gerade die Zutaten für ein Brot zusammensuchte, hörte nicht zu. „Sollen wir heute Morgen Haferbrei mit Obst machen, Liliana?“

„Vielleicht können wir das Obst in den Brotteig tun“, murmelte Liliana und stellte ihre Schokolade hin, um in den Schränken zu suchen. „Das schmeckt sicher gut, wenn wir es rösten.“

„Wonach suchst du?“

„Zimt.“

Jissa schüttelte traurig den Kopf. „Nein, kenne ich nicht. Habe ich noch nie gehört.“

„Ich bin mir sicher, hier ist irgendwo welcher.“ Wenn der jüngste Sohn von Elden Schokolade gefunden und mit nach Hause gebracht hatte, dann konnte er genauso gut nach dem Gewürz gesucht haben, das in seiner Heimat so häufig vorkam, dass man damit alles würzte, von Aufläufen bis zu Süßigkeiten … und die heiße Schokolade eines kleinen Jungen. Ein Quietschen begrüßte sie, als sie einen der unteren Schränke öffnete.

„Maus? Eine Maus!“ Jissa drehte sich mit hoch erhobenem Nudelholz um, das Gesicht wild verzogen. „Ekliges Vieh! Zeig sie mir, zeig sie Jissa.“

Liliana schloss die Tür. „Das war nur ein quietschendes Scharnier. Vergiss den Zuckersirup nicht, sonst ist das Brot nicht süß genug.“

„Du liebe Zeit!“ Jissa ließ abgelenkt ihr Nudelholz auf den Tisch fallen und rannte los, um den Sirup zu holen.

Sobald sie weit genug weg war, öffnete Liliana die Tür einen Spalt, legte den Finger auf die Lippen und flüsterte: „Hast du den Zimt gesehen?“

Kleine schwarze Augen leuchteten sie aus der Dunkelheit an, ehe ihr kleiner Freund herausgeschossen kam und auf der Schrankkante entlang bis in die hinterste Ecke der

Küche rannte. Er schlüpfte gerade unter ein großes Regal, als Jissa zurückkehrte. „Oh, du musst mir helfen, Liliana“, wimmerte die Brownie. „Er mag einfach nicht, was ich mache, überhaupt nicht mag er es. Ich will nicht, dass du zurück in den kalten, so kalten Kerker geworfen wirst.“

„Ich helfe dir, keine Sorge. Gib mir nur einen Augenblick.“ Nachdem sie das Regal erreicht hatte, unter dem die Maus verschwunden war, betrachtete sie die vielen Reihen dunkelbrauner Gläser. Keines war beschriftet. „Na gut“, murmelte sie, doch dann entdeckte sie ein Aufblitzen von grauem Fell, das an der Seite der Regale entlangflitzte. Einen Augenblick später wurde ein Glas nur einen Millimeter nach vorn geschoben.

Sie griff danach und öffnete den Deckel. Darin befanden sich mehrere lange Stangen Zimt. „Danke“, formte sie mit den Lippen.

Die Maus zuckte mit der Nase, ehe sie hinter den Gläsern verschwand.

Liliana drehte sich um und stellte das Glas neben die kleine Dose mit der Schokolade. Dann half sie Jissa dabei, das Früchtebrot zuzubereiten, und machte dazu ein paar knusprige Gebäckstücke, die sie mit Konfitüre bestrich und mit frisch gerührter Butter.

„Oh, aber kein Fleisch.“ Jissa rang die Hände. „Er wird knurren und fauchen, und meine Knochen werden klappern, aneinanderklappern werden sie.“

Liliana hatte den Wächter des Abgrundes schon knurren gehört, und auch wenn es erschreckend war, in ihren Träumen verfolgte es sie auf eine ganz andere Weise – sie hatte geträumt, wie er das gleiche wilde Geräusch an der Haut einer Frau machte … an *ihrer* Haut. Und jetzt, da sie sich die Erinnerung erlaubt hatte, konnte sie nicht verhindern, dass eine sündige Fantasie über sie kam. Es musste wohl bedeuten, dass sie den Verstand verloren hatte – denn welche Frau wollte den dunklen Lord in ihrem Bett?

„Fauchen und knurren", sorgte Jissa sich immer noch. „Fleisch wird er verlangen! Fleisch!"

„Wir werden sehen", sagte sie mit trockener Kehle und fing an, den Zimt zu reiben, bis er ein Haufen feiner Staub war, den sie zurück in das Glas schaufelte. „Wo steht die Milch?"

Der Wächter des Abgrundes hatte nicht geschlafen. Er schlief nie. Wenn sich die Nacht über die Schwarze Burg legte, strich er in Begleitung der Geister durch die Korridore. Manchmal ging er noch einmal auf die Jagd, denn das war sein Daseinszweck, und manchmal machte er sich hinter dem Dorf, im Land der Dämmerung, auf die Suche nach jenen wie Jissa und Bard.

Er wusste nicht, warum er die Brownie und den unförmigen Riesen gerettet hatte. Es hatte ihn auch nie jemand um eine Erklärung gebeten, aber vielleicht würde seine Geschichtenerzählerin es tun. Wenn sie eine so unverschämte Frage stellte, würde er antworten, dass er Bedienstete brauchte. Eine Lüge. Er fragte sich, ob sie es merken würde und ihn deswegen konfrontierte. Hmm …

Mit diesem verlockenden Gedanken betrat er die Große Halle und blieb stehen.

Der Tisch war mit geröstetem Brot, Gebäck und Früchten gedeckt. Aber nicht deswegen blieb er stehen. Es war der Duft, der in der Luft hing, süß und würzig zugleich. Er war sich bewusst, dass Liliana verdächtig demütig neben der Tafel stand, als er den schwarzen Steinboden der Burg überquerte, sich an seinen Platz setzte und die Tasse mit der dampfenden Flüssigkeit hochnahm, die an seinem Ellenbogen stand.

Sie war sämig und dunkel, und er erkannte sie als heiße Schokolade. Aber dieser Duft …

Er atmete ihn tief ein und spürte, wie sein Verstand sich regte und ihn in Erinnerungen stürzte, die nicht seine eigenen sein konnten – auch wenn er merkte, dass er sie nur ungern aufgeben würde.

Das Lachen einer Frau. Weiche Hände auf seiner Stirn. Zufriedenheit.

„Trinkt", flüsterte jemand neben ihm. „Trinkt."

Er sah zu seiner Gefangenen auf, die mit Sicherheit eine Magierin war, jemand, auf den er unter keinen Umständen hören sollte. Aber er setzte dennoch die Tasse an die Lippen. Süß und sündig und wild brannte sich der Geschmack in seine Sinne, brachte ihn an Orte, die er nicht kannte, und zeigte ihm ein Kaleidoskop aus Gesichtern, die er im Abgrund nie gesehen hatte.

Das Gesicht der Frau sah er am deutlichsten. Augen, so leuchtend und grün, Haar in der Farbe von Sonnenlicht und ein Gesicht, so schön und elegant, dass es wehtat, sie anzusehen. Aber sie lachte, dieses Wesen aus reiner Magie, beugte sich vor und presste die Lippen auf seine Stirn.

Stur, immer so stur, mein Kleiner.

„Was für eine Zauberei ist das?" Er stellte die leere Tasse mit einem Knall hin und stand auf, um die Gefangene, die ihn wahrscheinlich vergiftet hatte, wütend anzustarren.

Liliana zuckte nicht zusammen, wie sie sollte. „Kein Zauber, mein Lord. Es ist nur ein Gewürz namens Zimt."

Zimt, davon bekommt er nie genug.

Er schüttelte den Kopf, um die geisterhafte Stimme loszuwerden, die etwas in seiner Brust zerreißen und zerbrechen ließ, und starrte Liliana an. Dann fragte er in der sanften Stimme, mit der er die Dorfbewohner zum Zittern brachte: „Wo ist mein Frühstück?" Er fuhr mit der scharfen Spitze seines Handschuhs ihren Kiefer entlang. „Ich rieche kein Fleisch."

„Euer Frühstück steht direkt vor Euch." Sie wurde bleich ... aber sie wich nicht zurück. „Und es ist köstlich, wie Ihr längst festgestellt hättet, wenn Ihr endlich aufhören würdet zu versuchen, mir Angst einzujagen." Sie streckte eine Hand aus, berührte ihn, legte die Hand auf die schwarze Rüstung an seinem Oberarm. „Bitte, setzt Euch."

Er war so fassungslos, dass jemand es wagte, ihn anzufassen, dass er gehorchte, ohne zu merken, was er tat. Als er sie anfahren wollte, verführte sie ihn zum Schweigen, indem sie ihm Brot servierte, das mit Früchten gefüllt war und beträufelt mit Honig und Zucker und ... Zimt.

Dieses Mal kämpfte er gegen den Zauber des Duftes an.

Liliana lachte. Der Klang war wie ein unsichtbares Streicheln, das ihn durch seine Rüstung hindurch liebkoste. „Niemand hat mir verraten, dass der Lord der Schwarzen Burg so stur ist." Ihr Vater, wurde Liliana mit vor Hoffnung wild klopfendem Herzen klar, hatte wahrscheinlich nicht erkannt, welch unbeugsamer Willen in dem Kind gesteckt hatte, das dieser gefährliche Mann einst gewesen war. Vielleicht hatte viel mehr von dem Prinzen diese magische Gefangenschaft überlebt, als irgendjemand geahnt hatte – auch wenn sie vorsichtig dabei sein musste, wie weit sie ging. Er mochte ihr die instinktive Berührung erlaubt haben, aber er blieb der Lord der Schwarzen Burg, mächtig und tödlich.

„Sprich respektvoller mit mir", knurrte er sie an, aber seine Lippen waren mit Honig und Zucker verklebt, und das Haar fiel ihm in die Stirn. Einen Augenblick lang sah er unerträglich jung aus, herrlich zugänglich, und sein Mund wie ein Leckerbissen, an dem sie saugen durfte.

Sie spürte, wie dieser skandalöse Gedanke ihr die Röte in die Wangen trieb und wie ihre Brüste sich fest gegen den dünnen schwarzen Stoff ihrer Tunika spannten, und wich ein Stück vom Tisch zurück.

Eine starke Hand legte sich um ihr Handgelenk. Seine Handfläche war heiß und rau, und die Berührung der rasiermesserscharfen Spitzen, die aus seinem Handpanzer ragten, eine unausgesprochene Drohung. „Wo ist Bard?" Die Frage klang seidig.

„Vor der Tür", sagte sie und merkte, wie er sie zu sich hinabzog.

Sie leistete Widerstand.

Er zog weiter.

Bis ihre Lippen auf gleicher Höhe mit seinen waren.

Ihr Herz schlug so fest gegen ihren Brustkorb, dass es wehtat, aber sie konnte den Blick nicht von seinen zuckersüßen Lippen wenden. „Mein Lord?" Ihre Stimme war nur noch ein Krächzen.

Seine Mundwinkel hoben sich, als könne er ihre Gedanken lesen, und sie hielt den Atem an und wartete ab, was er tun würde. In diesem Augenblick kam ihr die plötzliche schockierende Eingebung, dass sie ihm jede Freiheit gestatten würde, egal wie ungezogen, wie düster, wenn er ihr nur erlaubte, seine Lippen zu kosten, seinen Mund zu probieren.

„Du stinkst, Liliana." Er ließ ihr Handgelenk los. „Du musst baden."

Ihr Gesicht wurde so heiß, dass sie unter der Bräune ihrer Haut vermutlich dunkelrot anlief. Sie wich zurück. „Die Badezimmer sind im Kerker und in der Küche eher bescheiden", fuhr sie ihn an und wollte am liebsten den Kerzenständer in der Mitte der Tafel in seinem schönen Schädel versenken.

Er sah sie an, während er in ein Stück Gebäck biss, und sie hätte schwören können, dass Gelächter in seinen Augen blitzte. Aber natürlich wusste der Wächter des Abgrunds nicht, wie man lachte. „Du erinnerst mich an eine Kreatur im Dorf“, sagte er ihr, während er Gebäck um Gebäck verschlang wie ein gieriges ungezogenes Kind. „Der Bäcker hält sie sich als Haustier, aber dieses Kätzchen faucht und kratzt nach jedem, dem sie begegnet.“

Er neckte sie wirklich. „Diese fauchende Katze ist Eure Köchin“, sagte sie, weil sie sich nicht einfach zurücklehnen und ihm alles durchgehen lassen konnte. Auch wenn keine Frau, die bei Verstand war, sich mit dem Lord der Schwarzen Burg angelegt hätte. Aber anderseits bewiesen ihre sündigen Fantasien wohl, dass sie nicht mehr bei Verstand war. „Ich bitte darum, dass Ihr das nicht vergesst, sonst vergesse *ich* vielleicht, was Salz ist und was Chili.“

Er ignorierte die Drohung und winkte sie zu sich. „Schenk mir noch mehr Schokolade ein.“ Der Befehl eines Kaisers an seine Konkubine. „Und dann darfst du baden gehen.“

Sie wollte ihm wirklich gern die Kanne über den Kopf ziehen, aber sie goss ihm nur die zähe Flüssigkeit in die Tasse und sah zu, wie sein Blick sich einen Moment in die Ferne richtete, als sein Bewusstsein versuchte, ihn in die Vergangenheit zu ziehen. Sie hatte ihm die Wahrheit gesagt. Sie hatte weder Zimt noch Schokolade verzaubert – aber einige Sinneseindrücke konnten so starke Erinnerungen hervorrufen, dass sie selbst eine Art Zauber waren. „Darf ich jetzt gehen?“

„Mein Lord“, sagte er und leckte sich einen Tropfen Schokolade von der Unterlippe.

Ihr ganzer Körper vibrierte. „Was?“

„Du hast vergessen, ‚mein Lord‘ zu sagen.“

Sie knirschte mit den Zähnen und stellte die Kanne besonders behutsam hin. „Darf ich gehen, *mein Lord*?“

Er nippte an seiner Schokolade und wartete einen Augenblick. „Nein.“

„Nein?“ Leuchtend rote Funken tanzten ihr vor den Augen.

„Ich bin noch nicht fertig mit dem Frühstück.“

Plötzlich sah sie den verwöhnten Königssohn genau vor sich – nur dass sie sich auch sicher war, dass er im Augenblick einen kichernden Schalk im Nacken hatte. Fast wie ein heranwachsender Junge, der die Zöpfe eines Mädchens zog, um sie zu ärgern.

Der Gedanke hätte lächerlich sein sollen im Angesicht des Wächters in seiner schwarzen Rüstung, deren Handpanzer mit spitzen Messern besetzt waren. Aber dieser Mann war in einem Käfig aus Zauberei aufgewachsen, der sich zu einer festen Rüstung verdichtet hatte. Genau wie sie selbst nie eine wirkliche Kindheit kennengelernt hatte, war er nie ein Junge gewesen und hatte nie Unsinn anstellen können. Dass er das jetzt vielleicht tat und mit ihr – das rief eine schreckliche Schwäche in ihr hervor, eine Schwäche, gegen die sie ankämpfen sollte; aber sie war machtlos.

Einige endlos lange Minuten später beendete er endlich seine Mahlzeit und stand auf. Er nahm noch eine Scheibe von dem gerösteten Früchtebrot und trat dicht vor sie. „Versuch es. Es ist sehr gut.“

Sie nahm es mit düsterer Miene entgegen, mit der sie ihre innere Verletzlichkeit zu verbergen versuchte. „Ich weiß. Ich habe es gemacht.“ Sie aß, obwohl sie nicht hungrig war, da sie während des Backens genascht hatte. Dann kniff sie die Augen zusammen, als er sich weiter über sie beugte. „Was noch?“

„Mein Lord.“

Oh, ich könnte ihn einfach … „Mein Lord.“

„Das kam nicht von Herzen.“

Sie lächelte, weil sie es sich nicht nur einbildete – er neckte sie wirklich. Sie aß das Brot auf und sank dann in einen lächerlich kunstvollen Knicks. „Oh, mein Lord", flötete sie und klimperte mit den Wimpern, „was kann ich arme kleine Magd noch für Euch tun?"

Ein rostiges Geräusch, grob und rau. Sie sah erschrocken auf – und merkte, dass der Wächter des Abgrundes lachte. Er war noch eindrucksvoller, als sie es sich vorgestellt hatte.

„Warum starrst du so?", fragte er und hielt mitten im Lachen inne.

„Ich wusste nicht, dass Ihr lachen könnt."

Eine Stille legte sich über den Raum, als hielten selbst die Geister den Atem an.

Zwischen seinen Brauen bildeten sich Furchen. „Ich erinnere mich nicht, schon einmal gelacht zu haben."

„Hat es Euch gefallen?"

Er dachte darüber nach. „Es fühlte sich seltsam an." Weiter antwortete er ihr nicht, stattdessen sagte er: „Komm, ich zeige dir, wo du baden wirst."

Wirst, nicht *darfst* oder gar *kannst*.

Sie knirschte mit den Zähnen, unterdrückte den Impuls, böse Flüche auf seinen goldenen Schopf hinabregnen zu lassen, und folgte ihm aus der Großen Halle hinaus. Nachdem sie durch eine Tür auf einen düsteren Korridor getreten waren, der in ein Nichts führte, das alles Licht in sich zu verschlucken schien, führte er sie eine Treppe hinauf, die von einem kleinen Fenster am mittleren Absatz nur spärlich beleuchtet wurde.

„Warum muss es hier drinnen so dunkel sein?", murmelte sie. „Man kann jederzeit stolpern und sich den Hals brechen."

„Das hier ist die Schwarze Burg."

„Ich weiß, dass dies die Pforte zum Abgrund ist, *mein Lord*, aber Ihr habt doch wohl nicht vor, hier auf Eurer Treppe Seelen zu ernten."

Er sah erst sie an und dann das kleine Fenster, das jetzt in ihrem Rücken lag. „Ich kann im Dunkeln sehen."

Sie horchte auf. „Wirklich?" Aber sie wusste schon, dass er nicht log. Wie sonst sollte er in pechschwarzer Nacht jagen können?

Er ging weiter die Treppe hinauf, ohne ihr zu antworten, und seine Rüstung glänzte selbst in diesem schwachen Licht. Sie starrte ihm nach, und ihr kam eine weitere Frage in den Sinn. „Wie badet Ihr?"

„Mistress Liliana, Ihr stellt die merkwürdigsten Fragen." Er drehte sich um und starrte sie voll dunkler Verlockung an. „Willst du dir ein Bad mit mir teilen?"

„Ich meine die Rüstung", sagte sie mit brennenden Wangen, „sie geht nicht ab – oder doch?" Falls doch, dann hatte ihr Vater einen Fehler gemacht. *Bitte, lass es so sein.*

Er blieb mit der Hand auf dem Geländer stehen. „Das muss sie, denn ich bin sauber." Aber er klang nicht sehr sicher. „Ich erinnere mich nicht daran, aber ich weiß, dass ich bade."

Das war ein Rätsel und eines, für dessen Lösung sie in seiner Nähe bleiben musste. Es würde ihr nicht allzu schwer fallen ... Nicht nur, weil der Wächter des Abgrunds ein wunderschönes Monster war. Sie hatte Schönheit in der Burg ihres Vaters kennengelernt – der Blutmagier selbst war ein hässlicher Mann, aber er hielt sich die atemberaubendsten Männer und Frauen als Höflinge. Doch sie hatte nur ein paar Spöttereien belauschen, eine verächtliche Grimasse hier und da bemerken müssen, um zu lernen, dass äußerliche Schönheit nichts über den Menschen dahinter aussagte.

Doch der Wächter – er hatte einen seltsamen Charme an sich, eine Wildheit voller Unschuld, die sie selbst schon lange verloren hatte. Er schien wirklich nicht zu begreifen, welchen Eindruck sein Aussehen machte, weil er in der Schwarzen Burg gefangen war und sowohl von seiner Beute als auch vom Volk seiner Welt nur mit Angst angesehen wurde. Wie klug er war, wusste er allerdings. Und Liliana stellte fest, dass ein tödlich faszinierender Verstand eine ebenso sündige Versuchung war wie die Lippen, die sie lecken wollte.

„Ihr wollt doch sicherlich nicht, dass ich verende, ehe wir das Badezimmer erreicht haben", sagte sie, um die Gedanken zu vertreiben, bei denen sich in ihrem ganzen Körper Wärme ausbreitete. Sie konnte es sich nicht leisten, Gefühle für ihn zu hegen, denn auch wenn er nie auf die gleiche Weise für sie empfinden würde, konnten solche Gedanken nur zu Ablenkung und letztendlich zu Versagen führen. Ihre Aufgabe war es, ihn zu wecken und nach Elden zurückzubringen, damit sein Königreich wieder atmen konnte und sein Volk nicht mehr unter der eisernen Hand des Blutmagiers geknechtet wurde.

„So schwach, Mistress Liliana?" Er blieb am Absatz der Treppe stehen und streckte eine Hand aus. Mit seinen grünen Augen sah er sie eindringlich an. „Komm."

7. KAPITEL

Sie hatte die Hand schon halb nach seiner ausgestreckt, als sie plötzlich zurückschreckte. Was, wenn er ihr beflecktes Blut bemerkte? „Ich bin schmutzig, mein Lord. Das habt Ihr selbst gesagt."

Seine Hand ballte sich zur Faust, während seine Augen sich zu Schwarz verdunkelten. Er drehte sich um und schob die Tür auf, und sie bekam das schreckliche Gefühl, ihn verletzt zu haben. Das konnte nicht sein. Sie war hakennasig, knochig, nur ein ungelenkes Ding. Welcher Mann wäre beleidigt, dass sie seine Hand nicht nahm?

Aber er steht unter einem Zauber, flüsterte ein anderer Teil ihres Verstandes. *Er kennt keine Freundschaft, keine Liebe, auch nicht die sanfte Berührung einer Frau.*

Liliana war die letzte Person auf der Welt, die jemandem diese Dinge beibringen konnte, aber selbst sie hatte als Kind den Koch zum Freund gehabt. Jetzt befürchtete sie, dass der Lord der Schwarzen Burg niemanden gehabt hatte. Sie biss sich auf die Unterlippe und ging ihm nach in das Zimmer. Er stand da, wandte ihr den Rücken zu und starrte aus dem Fenster. „Da rein." Er deutete nach rechts auf eine Tür.

Sie spähte hindurch und sah dort ein steinernes Becken voll klarem kühlen Wasser. Auf dem Rand lag ein Stück Seife neben einem weichen Handtuch. Als sie an der Seife roch, nahm sie frische Kräuter wahr. Der süße Duft und die milde Seife waren ein Luxus. Sie konnte nicht abwarten, anzufangen, tauchte den Finger in das Wasser, zuckte zusammen … und hatte eine Idee.

„Das Wasser ist sehr kalt", sagte sie und trat zurück an die Tür. „Ich werde zu einem kleinen Nichts zusammenschrumpfen."

Er schwieg.

Sie atmete tief durch und hoffte, dass sie sich nicht lächerlich machte, als sie zu ihm ging und ihm vorsichtig die Hand auf den Rücken legte, direkt unter dem Schulterblatt. Es schockierte sie, wie warm seine Rüstung sich anfühlte. Vorher war sie kalt gewesen, da war sie sich sicher, aber jetzt schien sie vor Leben zu pulsieren, als wäre sie ihm eine zweite Haut. „Bitte, mein Lord. Könnt Ihr nicht Eure Magie benutzen, um das Wasser für mich zu wärmen?"

Sie hätte auch ihre eigene benutzen können, aber das deckte dann vielleicht ihre Identität als Blutmagierin auf – und er war ein Prinz von Elden. Er trug unglaubliche Macht innerhalb seines Körpers, mächtiger als alle, die man ihm verliehen hatte, als er zum Wächter des Abgrunds gemacht worden war.

Er neigte den Kopf kaum merklich, als würde er über ihre Bitte nachdenken. Sein Haar schimmerte golden im Licht, das durch das Fenster hineinströmte. Ein tückischer Zug legte sich auf sein Gesicht. „Du wirst mir eine Geschichte erzählen, während du badest."

Der Atem stockte ihr in der Kehle. „Mein Lord, das ist inakzeptabel."

Er drehte sich um und starrte sie aus Augen an, die neugierig wie die einer Katze waren – und wieder ebenso grün. „Warum?"

„Na ja ..." Er verwirrte sie, dieser Mann voll Intelligenz und Dunkelheit und einer wilden Unschuld. „Ich kann nicht nackt Geschichten erzählen!", sagte sie schließlich.

Er zuckte mit den Schultern, die mit einem Panzer wie lebendige Haut bedeckt waren. „Das Wasser wird dich verhüllen." Und damit ging er voran in die Badekammer.

Als es ihr endlich gelang, sich aus ihrer schockierten Starre zu lösen und ihm zu folgen, dampfte die Oberfläche der großen Wanne bereits, und der Lord der Schwarzen Burg stand mit einem zufriedenen Lächeln daneben.

Sie spürte, wie ihre eigenen Lippen sich aufwärts bogen. „Ich kann es kaum abwarten, richtig zu baden." Ihr ganzer Körper kribbelte vor Vorfreude.

Als der große tödliche Mann vor ihr sich nicht regte, verschränkte sie die Arme. „Ich erzähle Euch eine Geschichte, aber ich ziehe mich nicht vor Euch aus."

Eine kurze angespannte Stille folgte, ehe seine Miene sich veränderte, das Lächeln verblasste und von etwas Heißerem ersetzt wurde, das überhaupt nicht mehr unschuldig war. Plötzlich war er nicht mehr der gefürchtete Lord, sondern einfach ein *Mann*, einer, der sie auf eine Weise ansah, wie sie noch nie ein Mann angesehen hatte.

Es verschloss ihr die Kehle, ließ Schmetterlinge in ihrem Bauch flattern, ihr wurde heiß, dann kalt ... Aber auch wenn ihr Vater es ihr oft an den Kopf geworfen hatte, Liliana war nicht dumm. Sie wusste, dass sie nicht die Art Frau war, die von Männern begehrt wurde. Nur einige Zauberer, die von ihrem Vater gefördert werden wollten, hatten versucht, ihr solche Gefühle vorzuspielen, obwohl sie die ganze Zeit von ihr abgestoßen waren.

Sie hatte das angeekelte Schaudern gesehen, das die Männer nicht hatten verbergen können, und das Grinsen, wenn sie glaubten, dass Liliana ihnen den Rücken zukehrte. Verletzt hatte sie das nicht. Ihr Herz war bereits so geschunden, dass sie solche Beleidigungen kaum spürte. Nichts, was sie taten, konnte je vergleichbar sein mit den Grausamkeiten ihres Vaters.

„Vielleicht bist du mein Fluch." Er lachte, während er sie zwang, sich vor ihn zu stellen, ein junges Mädchen, gerade zwölf Jahre alt, mit verwundbarem Herzen. „Ich habe mit der schönsten Frau in allen Königreichen gelegen und die hässlichste Kreatur gezeugt, die je geboren wurde. Ja,

vielleicht bist du die Strafe für meine Sünden."

Ein anderer Tag, in einem anderen Jahr.

„*Komm, Tochter, du hast doch keine Angst, deinem Vater zu helfen?*"

„*Vater, nein, ich …*"

„*Hast du Angst, die Magie entstellt dein Gesicht?*"

„*Die Säure …*" *Sie kreischte, weil er die Hand ausgestreckt und ihr mit einer einzigen Drehung die Nase gebrochen hatte.*

„*So*", *sagte er mit einem gehässigen Grinsen, während sie versuchte, das Blut mit ihrer Schürze aufzufangen.* „*Sie wird so hässlich wie eh und je verheilen, aber du musst dir keine Sorgen mehr um Schmerzen machen.*"

„Liliana."

Eine tiefe männliche Stimme, nicht die ihres Vaters, nicht verletzend und boshaft und …

„*Liliana.*" Ungeduld färbte dieses Mal ihren Namen und durchbrach den Nebel der Erinnerung.

Ihr Kopf fuhr hoch, und sie sah in wintergrüne Augen, die sagten, dass er sie wirklich gern nackt sehen würde. Ihr Blut erhitzte sich, aber sie erstickte das Brennen mit kalter Logik. Dieser Mann war nicht wie die anderen, er hatte nicht vor, sie zu demütigen – aber er konnte kaum viele Frauen kennen, wenn man sein Leben in der Schwarzen Burg betrachtete. Da überraschte es nicht, dass selbst das hässlichste Mädchen in allen Königreichen seine Aufmerksamkeit erregte.

„Ich habe gesagt, ich ziehe mich nicht vor Euch aus." Sie behielt die Arme weiter verschränkt und versteckte damit auch ihre aufgestellten Brustspitzen, die ihr peinlich waren.

Ein düsterer Ausdruck legte sich auf sein Gesicht, als er die Geste nachahmte. „Ich bin der Lord der Schwarzen Burg. Du bist meine Bedienstete." Eine gehobene Augenbraue. „Auch wenn du außerdem noch meine Gefangene bist."

„Badet Bard auch nackt vor Euch?“

„Ich wünsche nicht, dass Bard nackt vor mir badet.“

Sie funkelte ihn wütend an. Wenn sie jetzt nachgab, war alles vorbei. Um ihn nach Elden zurückzubringen, musste sie ihn herausfordern, ihn wecken. „Keine Geschichte.“

„Du wirst mir eine Geschichte erzählen oder im Kerker verhungern.“

„Schön.“

Ein Knurren. Ein wirkliches *Knurren*, eines, das über jeden Zentimeter ihrer Haut fuhr. Dann drehte er sich auf dem Absatz um und kehrte ihr den Rücken zu. „Zwei Minuten.“

„Ihr glaubt doch nicht, dass ich mich tatsächlich ausziehe, solange …“

„Jetzt eine Viertelminute weniger.“

„Das war gerade mal eine Sekunde!“ Als ihr klar wurde, dass er vorhatte zu schummeln, riss sie sich die Kleider – auch die Unterwäsche, die sie gestern gewaschen hatte – so schnell vom Leib, dass sie etwas reißen hörte, und krabbelte in die Wanne. Das Wasser wogte noch über den Wannenrand, als er sich wieder umdrehte.

Seine Enttäuschung war offenkundig. „Der Dampf verbirgt dich sehr gut.“

„Ja.“ Ihre Brust hob und senkte sich rasch, als sie versuchte, zu Atem zu kommen. „Das tut er.“

„Das nächste Mal mache ich das Wasser nicht so heiß.“ Er ging zu ihr und fing an, ihre Kleider einzusammeln. Dann starrte er die Kleidungsstücke an, besonders ihre Unterwäsche.

„Was“, presste sie endlich trotz ihrer Demütigung heraus, „*macht* Ihr da?“

„Ich sehe mir etwas an.“ Eine düstere Miene. „Die gefallen mir nicht.“ Sie sah fassungslos zu, wie er die Tunika, die Hosen und die Unterwäsche in kleine Streifen riss. „Die

Stiefel kannst du behalten."

„Aufhören!" Sie streckte die Hand über den Rand der Wanne aus, aber er fuhr einfach fort, methodisch den Stoff zu zerreißen, auch als ihre Finger den schwarzen Stein seiner Rüstung berührten. Allzu bald waren die Kleider zu einem Haufen Lumpen zusammengeschrumpft, die er mit einem Stiefel in die Ecke schob.

Sie wollte weinen, starrte ihn aber stattdessen wütend an. „Was soll ich jetzt anziehen?" Sie hatte ihr eigenes Kleid eingeweicht, um die Blutflecken zu entfernen, und es war noch nass.

„Erzähl mir eine Geschichte, und ich stehle dir ein Kleid."

Sie wusste nicht, ob das sein Ernst war – beide Teile seiner Aussage –, aber sie wusste, dass er sie genau da hatte, wo er sie haben wollte. Das würde sie lehren, sich nicht mit dem Wächter des Abgrundes anzulegen. Sie atmete langsam aus und tauchte dann ins Wasser, bis ihr Kopf bedeckt war, um ihren Verstand freizumachen und ihr Haar zu befeuchten. Als sie wieder auftauchte, machte sie ein erschrecktes und würdeloses Geräusch.

Er hockte neben der Wanne, die Arme auf den Rand gestützt und so nah, dass sie sich vorbeugen könnte und sein Gesicht mit den Lippen liebkosen ... *Du liebe Zeit.* Sie schluckte den wahnwitzigen Impuls herunter, der sie dazu bringen wollte, auf ihn zu reagieren wie auf einen Mann, der sie ansah wie einen besonders köstlichen Leckerbissen. Stattdessen glitt sie im Wasser zurück, bis ihr Rücken gegen den Rand stieß.

Sie waren sich immer noch zu nah, egal, wie riesig die Wanne sein mochte. „Wo ist die Seife?"

Er hob eine Hand und hielt sich das rechteckige Stück unter die Nase. „Riecht gut."

Wieder neckte er sie.

„Gebt sie mir."

„Nein."

Unerträglich frustriert bespritzte sie ihn mit Wasser. Zu spät fiel ihr ein, dass er ein mächtiger Mann war und so stark, dass er ihr wehtun konnte. Er schreckte zurück, aber als das Wasser ihn traf, wurde er nicht wütend. Stattdessen wischte er sich die Tropfen aus dem Gesicht und … lächelte.

Ihr Verstand setzte einfach aus.

Er war mehr als alles, was sie sich als Kind je vorgestellt hatte, wenn sie davon träumte, von den verlorenen Erben von Elden gerettet zu werden.

Und er roch noch einmal an ihrer Seife, als wäre es das Beste, das er je gerochen hatte. Würde er mit ihr das Gleiche tun, wenn sie sich mit dieser Seife wusch? Sie biss sich auf die Unterlippe und kniff den Mund zusammen, um sich wieder unter Kontrolle zu bekommen. Überwältigt von schockierendem Verlangen oder nicht, sie wollte nicht, dass der Wächter des Abgrundes an ihr schnüffelte. Er würde sie nur noch mehr hassen, wenn er schließlich herausfand, wessen Blut in ihren Adern floss.

Der Gedanke hätte sie abkühlen sollen, aber dann hielt er ihr die Seife hin … und zog sie wieder zurück, als sie eine Hand danach ausstreckte. Sie erstarrte. Er hielt sie ihr wieder hin … ein Stück weiter weg. Sie kannte dieses Spiel und spielte trotzdem mit … bis sie wieder da war, wo sie angefangen hatte, am Rand der Wanne, ganz nah an seinem Gesicht. „Gebt mir die Seife", flüsterte sie, „und ich erzähle Euch die Geschichte von drei Prinzen und einer Prinzessin." Sie verschwieg dieses Mal absichtlich den Namen des Königreichs Elden. Er traf ihn zu tief, und vielleicht würde er sich weigern zu hören, was sie weiter zu sagen hatte.

Er zögerte. „Komm näher."

„Das ist nahe genug." Sie konnte jede einzelne seiner

goldenen Wimpern sehen, die Augen von so leuchtendem Grün umrahmten, dass sie sich in ihrer Klarheit verlieren könnte.

Nein.

Die Blutmagie in ihrem Inneren spie dieses Wort aus wie einen Peitschenschlag, erinnerte sie daran, dass sie keine Zeit hatte, sich in seinen Augen zu verlieren. Sie durfte nicht vergessen, dass sie hier war, um ihn aus seinem verzauberten Gefängnis zu befreien und ihn nach Hause, nach Elden, zu bringen.

Danach …

Ihr Herz tat einen bittersüßen Sprung, denn sie hatte kaum eine Chance, ihren Vater zu überleben. Selbst wenn sie es tat, war sie immer noch die Tochter des Blutmagiers. Wenn man sie im Königreich von Elden nicht hinrichten ließ, weil sie ihnen den verlorenen Prinzen zurückgebracht hatte, dann würde man sie doch mindestens hinter die Grenzlande des Reiches verbannen, an die leeren dunklen Orte, an denen sich nur noch die Steinbeißer herumtrieben.

„Liliana."

Sie blinzelte, als sie die männliche Stimme hörte, und streckte eine Hand nach der Seife aus. Er zog sie so schnell weg, dass sie fast aufstand, um danach zu greifen, und vergaß, dass sie sehr, sehr nackt war. „Wollt Ihr, dass ich sauber werde, oder nicht?", fragte sie und ließ sich wieder hinabsinken.

Er setzte eine nachdenkliche Miene auf.

Die Haut an ihren Schultern fing unter seinem eindringlichen Blick an zu kribbeln, und sie verschränkte unter Wasser die Arme. „Schön. Dann also keine Geschichte."

Er lehnte sich auf den Rand und lächelte zufrieden. Sie wollte diese Lippen so dringend kosten, dass es fast schmerzte „Du hast keine Kleider." Sein Tonfall war seidig.

Sie sperrte den Mund auf, weil er ihr praktisch sagte, dass sie gefangen saß, bis er beschloss, sie gehen zu lassen. „Ihr … ich …" Sie klappte den Mund wieder zu, drehte sich um und fing an, nur mit Wasser an ihrer Haut zu reiben.

„Liliana."

Sie versuchte, nicht darüber nachzudenken, dass sie gerade einem Mann den Rücken gekehrt hatte, der selbst den Schatten Angst einjagte, und betrachtete finster einen Fleck, der in ihre Haut eingeprägt zu sein schien. Ihr wurde schlecht bei dem Gedanken, wie dreckig sie war … *Oh.* Das war kein Dreck. Es war eine Brandwunde, eine alte, so alt, dass sie die meiste Zeit nicht daran dachte.

Komm her, Liliana. Der Salamander will dir nur Hallo sagen.

Sie hatte an jenem Tag geschrien, bis sie heiser war, und er hatte so heftig gelacht, dass ihm Tränen über das Gesicht gelaufen waren.

„Liliana."

Der Lord der Schwarzen Burg sprach ihren Namen wie einen Befehl aus, so wie ihr Vater es getan hatte – doch statt ihr Blut zum Gefrieren zu bringen, weckte sein leiser Befehl an ihren geheimsten Stellen eine sinnliche Hitze.

„*Liliana*."

Jetzt lag eine gefährliche Ungeduld in seinem Ton. Ein Teil von ihr, der Teil, der damit aufgewachsen war, sich vor der Wut eines Mannes zu fürchten, sagte ihr, sie sollte sich augenblicklich umdrehen und ihm geben, was er wollte. Aber der andere Teil – der genervte und frustrierte weibliche Teil – brachte sie dazu, weiter die Wand anzustarren und sich stur zu verweigern. Vielleicht war es so einfach … oder vielleicht tat sie es, damit er ihr wehtat und so die Verletzlichkeit, die in ihr erwacht war, im Keim erstickte, diese Weichheit, die ihr Angst einjagte.

„Hier, du kannst deine Seife haben."

Misstrauisch sah sie über die Schulter. Die Seife lag auf dem Beckenrand, er stand im Türrahmen. Also griff sie nach der Seife, auch wenn sie überzeugt war, dass er sie mit seiner Magie davonschieben würde, ehe sie sie erreichte. Doch er stand nur reglos da, als sie die Seife nahm und sich unter die Nase hielt.

„Herrlich." So reich und kostbar, dass sie fast nicht gemerkt hätte, wie er fortging. „Wohin geht Ihr?" Er hatte sie nicht verletzt, nicht bestraft für ihr Verhalten, das ihr Vater sicher „anmaßend" genannt hätte. Das verstärkte die Weichheit in ihr nur noch und schwächte sie weiter, obwohl sie sich keine Schwäche leisten konnte, wenn sie ihren Vater umbringen wollte.

„Ich lasse dich baden." Die Worte klangen steif, und die Enttäuschung in seiner Miene schien mit Wut vermischt.

Die wilde Klarheit seiner Gefühle erstaunte sie. Dieser Mann, erkannte sie mit neuer Hoffnung, wusste nicht, wie man sein wahres Gesicht vor der Welt verbarg, hatte es nie lernen müssen … und so würde sie sich nie, niemals fragen müssen, ob er sie gleich schlagen würde, obwohl er sie anlächelte. „Ich habe Euch noch nicht die Geschichte erzählt."

Er zögerte. „Dann erzählst du sie?"

„Natürlich. Ich halte meinen Teil einer Vereinbarung immer ein." Und dann folgte sie einer Eingebung ihres weiblichen Instinkts, auch wenn dieser eingerostet und unbenutzt war – und obwohl sie sich unter Wasser eine Hand fest auf den Magen pressen musste, um die darin flatternden Schmetterlinge zu beruhigen. Sie fing an, sich die Seife über die nackte Haut ihrer Arme zu reiben. Einen Waschlappen konnte sie nirgends entdecken. „Da es Euch aber so gefallen hat, mich hinzuhalten, werde ich Euch auch ein wenig hinhalten."

Seine Augen blitzten, und schon war er wieder neben der Wanne, seine Arme – solide, muskulös und kräftig unter der geschmeidigen Rüstung – auf den Rand gestützt. „Du hast mit mir gestritten, Liliana."

Eine seltsame Aussage, aber vielleicht doch nicht so merkwürdig, wenn man bedachte, dass niemand es wagte, diesem dunklen Lord zu widersprechen. „Ein wenig", sagte sie. „Aber nicht ernsthaft. Es war eher ein Spiel."

Darüber dachte er nach. „Die Kinder im Dorf spielen Spiele."

Sie legte die Seife auf den Rand neben seinen Arm und fasste sich in die Haare. „Was habt Ihr als Kind getan?"

„Ich erinnere mich nicht, Kind gewesen zu sein."

Ihre Finger verhakten sich in der struppigen Matte auf ihrem Kopf, und sie zerrte und zog daran. Gleichzeitig dachte sie darüber nach, was die Mischung aus den Zaubern seiner Mutter und ihres Vaters bewirkt haben musste, dass er seine Kindheit so vollkommen vergessen hatte. Entweder hatten die Zauber sein Gedächtnis vollkommen gelöscht – oder vielleicht hatte er wirklich keine Kindheit gehabt. Es war möglich, dass er in einer Art Zwischenreich gefangen gewesen war, bis er alt genug war, sich um sich selbst zu kümmern.

„Du reißt sie dir ja alle aus."

„Was?"

„Deine Haare."

„Oh." Sie senkte ihre müden Arme. „Ich schneide sie einfach ganz ab, wenn ich aus dem Bad gestiegen bin. Einen Weg, sie zu entwirren, gibt es nicht mehr."

Er machte ein leises Geräusch tief in seiner Kehle, das sie dazu brachte, ihre Schenkel zusammenzupressen. „Ich entwirre sie für dich."

8. KAPITEL

Seine Geschichtenerzählerin lachte.

Der Wächter des Abgrundes hatte schon weibliches Lachen gehört. Manchmal lachte Jissa. Und auch die Frauen im Dorf lachten gelegentlich, wenn sie nicht wussten, dass er in der Nähe war. Doch Lilianas Lachen war anders. Darin lag etwas, das seine eigenen Mundwinkel nach oben drängte und seine Brust weitete. Er gab nicht nach, aber er wollte.

„Schön und gut", sagte die Magierin zu ihm, denn er wusste, sie war eine Magierin. „Aber wie wollt Ihr diesen Zauber bewirken?"

Er ließ den Blick über die Kurven ihrer Schultern wandern, die durch das Wasser seidig glänzten. „Dreh dich um, und warte auf mich", befahl er und fragte sich, wie das Wasser schmecken würde, wenn er es von ihrer Haut leckte.

Als sie eine Augenbraue hob und dann gehorchte, stand er auf. „Überleg dir inzwischen deine Geschichte." Er ging schnell hinab in die Küche und nutzte dabei die Geheimgänge der Schwarzen Burg, die sich nur für ihn, ihren Lord, öffneten. Dort fand er den kleinen Schrank, in dem Jissa ihre „Hübschmacher-Sachen" aufbewahrte, wie Bard sie nannte, wenn man Bard dazu bringen konnte zu sprechen.

Der Wächter interessierte sich nicht fürs Hübschmachen, aber das Leuchten in Bards Augen, wenn er von diesen Dingen sprach, hatte ihn neugierig gemacht, also hatte er nachgesehen. Alles im Schrank hatte sehr gut gerochen, und später hatte er einen der Düfte in Jissas Haar wiedererkannt. *Da.* Er schloss eine Hand um die Flasche und versprach innerlich, Jissa ein Stück der besonderen Seife mitzubringen, die sie so mochte, wenn er das nächste Mal über das Dorf hinwegflog.

Alle Ladenbesitzer wussten, dass sie nachts eine schwarze

Kiste mit Waren für ihn vor die Tür zu stellen hatten. Niemand würde es wagen zu stehlen, was für den Lord bestimmt war, und die Ladeninhaber hielten sich stets daran – denn er bezahlte sie sehr gut. Er fragte sich, ob Liliana gern seinen Raum voller Juwelen und Schätze sehen würde, als er sich auf den Weg zurück ins Badezimmer machte. Fast erwartete er, dass sie verschwunden war, aber sie wartete noch immer geduldig mit dem Rücken zu ihm.

„Liliana", sagte er von der Tür aus.

Als sie ihm über die Schulter leicht zulächelte, zog sich sein Körper auf schmerzhafte Weise zusammen, und doch war es ein Schmerz, nach dem er sich sehnte. „Ich habe Eure Schritte schon gehört", sagte sie. „Was habt Ihr da?"

„Nichts, was du sehen darfst." Wenn sie davon wüsste, würde sie die Aufgabe vielleicht doch selbst übernehmen wollen. „Dreh deinen Kopf zur Wand."

Nur ein kurzes Zögern, ehe sie seinem Befehl gehorchte.

Er kniete sich neben sie. In seinem Bauch vibrierte die Vorfreude darauf, diese Frau zu berühren, die mit ihm sprach, wie niemand sonst es je getan hatte, und die in ihm etwas zu sehen schien, das nicht einmal er selbst sehen konnte.

„Es waren einmal", fing sie an, während er sich etwas von Jissas Hübschmacher-Lotion in die Handfläche goss, „drei Prinzen und eine Prinzessin. Ihre Namen waren Nicolai …"

Sein Herz machte einen Sprung, und seine Gedanken rasten, während seine Hände die Lotion in Lilianas verworrene Locken einarbeiteten. Die scharfen Spitzen der Rüstung hatten sich zurückgezogen.

„… Dayn, Breena und …"

„Micah", hörte er sich selbst sagen. Mit beiden Händen griff er in ihr Haar. „Der dritte Prinz muss Micah heißen. Dafür wirst du sorgen."

Sie wurde ganz reglos. „Ja." Ein Flüstern. „Sein Name

war wirklich Micah, und er war der jüngste Prinz von allen."

Er lockerte seine Hände, strich damit über Lilianas Nacken und sah, wie sie erschauerte. Dennoch zog er die Hände nicht zurück, obwohl sie offensichtlich zu kalt für sie waren. Es gefiel ihm, wie ihre Haut sich anfühlte. Ganz anders als seine eigene, zarter und glatter. „Wo haben sie gelebt?", fragte er, um sie abzulenken, damit er ihre Haut weiter erforschen konnte.

„In einem Königreich", sagt sie mit belegter Stimme. „Mit ihrem Vater und ihrer Mutter, dem geliebten König und der nicht minder geliebten Königin. Aber das hier ist nicht ihre Geschichte. Das hier ist die Geschichte davon, wie die vier Geschwister einmal einen Einhorn-Prinzen beschworen haben, stolz und würdevoll."

Ein Staunen breitete sich in ihm aus und das Gefühl, Teile ihrer Geschichte bereits zu kennen. „In meinem Zimmer – meinem Schlafzimmer, wenn ich Schlaf brauchen würde – liegt eine Uhr." Er verriet ihr dieses Geheimnis nur, weil sie seine Gefangene war und es niemandem erzählen würde.

„Eine Uhr?"

Aus Opalen, Smaragden und edlen Metallen. Sie war sein ältester Schatz. „Auf ihrem Ziffernblatt ist ein Einhorn." Eine edle Kreatur, so stattlich wie jeder Herrscher.

Liliana atmete scharf ein. „Darf ich sie sehen?"

„Wenn ich zufrieden mit dir bin", sagte er, weil sie jetzt noch weicher war und ihre Muskeln nicht mehr verkrampft waren. Er fragte sich, ob er sie dazu verlocken konnte, nackt vor ihm zu liegen, während er mit den Händen über ihre Haut strich. Ob sie am ganzen Körper locker und geschmeidig werden würde und die Beine für die Liebkosungen seiner Finger spreizen. Er schwoll an und wurde hart.

„Die Uhr ist sehr schön, aber sie funktioniert nicht", sagte er und überlegte, wie er sie dazu bringen konnte, sich ihm nackt zu zeigen, während er sie einlullte, damit sie sich noch weiter entspannte. „Die Zeiger drehen sich so langsam, dass ich die Bewegung nicht wahrnehmen kann, und sie bewegen sich stets auf Mitternacht zu." Eine außergewöhnliche Uhr, die Sonnenaufgang, Mittag, Abend und Mitternacht zeigte, jedes Viertel von einem grünen Edelstein markiert.

„Es sind nicht mehr viele Minuten übrig, nicht wahr?" Liliana drehte sich um und sah ihn über die Schulter hinweg an. Plötzlich blickten ihre Augen, die von so unbestimmbarer Farbe waren, stechend. „Bis Mitternacht?"

„Stimmt." Mit einem Finger malte er ein Muster auf ihren Nacken und massierte dabei mit der anderen Hand ihre Haare. „Erzähl mir diese Geschichte."

Sie erschauerte wieder. „Mein Lord ..."

„Da ist noch Seife", murmelte er. „Ich wische sie nur weg." Das war nicht gelogen. Schließlich hatte er selbst die Stelle vorher eingeseift.

„Eines Tages", fing sie an, und er war sich sicher, dass sie sich seiner Berührung ein wenig entgegenlehnte, „als Micah noch sehr jung war und seine Geschwister schon erwachsen waren, neckten ihn seine Brüder, wie ältere Brüder es immer tun. Sie erzählten ihm, dass sie ein Einhorn beschwören konnten und wie schade es war, dass er noch so klein war und vor einem so prächtigen Wesen Angst haben musste, sonst würden sie es ihm zeigen.

Seine Schwester, die er von allen am liebsten hatte, sagte ihm, er solle die Brüder einfach ignorieren, aber Micah verlangte, dass sie ihre Prahlereien bewiesen. Also machten die vier sich auf zum Steinkreis, einem Ort großer Macht in jenem Land."

„Ich wette, sie hatten nicht erwartet, dass Micah einen Beweis für ihre Geschichten will." Der Name glitt ihm so leicht von der Zunge, dass er ihn für sich beanspruchen wollte.

„Nein." Liliana seufzte. „Soll ich den Kopf untertauchen?"

Er betrachtete den Schaum in ihrem Haar. „Ja, und dann entwirre ich es noch weiter."

Als sie wieder auftauchte, glatt und duftend, sah er, dass ihre Haare entknotet waren, aber er goss sich trotzdem noch mehr Lotion in die Hand und strich damit über die rauen dichten Strähnen. Dabei stellte er sich vor, das Gleiche mit ihrem Körper zu tun, der im dampfenden Wasser verborgen war. Beim nächsten Mal würde er das Wasser auf jeden Fall nicht ganz so heiß machen, damit er alles sehen konnte. „Erzähl mir den Rest."

„Es war ein weiter Weg bis zu dem Steinkreis, und Micah war noch fast ein Baby ..."

Er verzog das Gesicht. „Micah war kein Baby, nur weil er der Jüngste war."

„Das soll Micah auch gesagt haben", antwortete Liliana ihm. „Aber schließlich hat Nicolai – von dem man sagte, er wäre ein sündiger Mann, der seine Geschwister aber mit der Wildheit der Jagdlöwen liebte, die auf den Ebenen herumstreichen – Micah davon überzeugt, dass es schneller geht, wenn Nicolai ihn auf seinem Rücken trug, und so sind sie weitergezogen."

Eine Erinnerung regte sich in ihm, das Bild eines Kriegers mit gebräunter Haut und silbernen Augen mit goldenen Flecken darin. „Wo hast du diese Geschichte gehört?"

„Unser Koch hat sie mir erzählt." Sie rieb sich die Seife über die Arme. „Er hat einst für den König und die Königin gearbeitet."

Er sah zu, wie die Seife über ihre Haut glitt, und spürte in sich eine dunkle Verlockung, die nicht nach Bösem schmeckte, sondern nach etwas viel Heißerem. „Erzähl mir mehr von Micah."

„Nun, man sagt, dass Micah der Kleinste gewesen ist, aber er hatte das größte Herz."

Er war sich nicht sicher, ob ihm das gefiel. „Geschichten über Jungen handeln nicht von Herzen."

„Oh?" Sie klang erstaunt. „Wahrscheinlich nicht. Aber Ihr müsst verstehen, Micah wurde sehr geliebt. Er war der jüngste Prinz und schrecklich verwöhnt."

„So verwöhnt kann er nicht gewesen sein." Er antwortete aus dem Bauch heraus. „Er war schließlich ein Prinz. Er hatte seine Pflichten."

„Ah, aber damals war er noch so klein", murmelte sie. „Er hatte zwei ältere Brüder und eine Schwester, die ihn vergötterte. Also war er doch verwöhnt."

Er zog sie an den Haaren.

„Aufhören", sagte sie und schlug nach seiner Hand. „Ihr müsst Euch die Geschichte so anhören, wie ich sie erzähle."

Er erlaubte ihr, sein Handgelenk zu ergreifen, und grollte leise, als er ihre Haut an seiner spürte. „Dreh dich um, Liliana." Die Rundungen ihrer Brüste waren klein, aber sie würden perfekt in seinen Mund passen.

Sie ließ ihn los, und ihre Stimme war nur noch ein Flüstern. „Nein. Das ist zu gefährlich. Ihr seid gefährlich."

Weil er in die sanfte Kurve ihres Nackens beißen wollte, seine Hände unter das Wasser gleiten lassen und sie überall anfassen, konnte er nicht widersprechen. „Erzähl weiter", brummte er.

„Micah", sagte sie, und ein Schauer fuhr über ihre Haut, „war verzogen und verwöhnt, aber er war nicht grausam oder gemein, wie andere Jungen in seinem Alter es manchmal waren. Er hat so viele Tiere gerettet, dass die Königin ihm sein eigenes Stück Land gegeben hat, damit er sie dort frei herumlaufen lassen konnte."

Etwas in seiner Brust wurde eng, und er erwischte sich dabei, wie er die Hände auf ihre Schultern legte und die Daumen über die Haut an ihrem Rücken kreisen ließ. „Seine Mutter war nett."

Er spürte eine Erhebung unter seinem Daumen, aber Liliana lehnte sich vor, ehe er sie erforschen konnte. „Ich glaube, meine Haare sind jetzt fertig."

Er lockte sie zurück, indem er vorgab, noch etwas Seife abwaschen zu wollen. „Die Königin?"

„Der König hat sie seine andere Hälfte genannt", sagte sie nach einer angespannten Pause. „Ist das nicht seltsam?"

Er dachte darüber nach. Er war immer allein gewesen, umgeben von Stein. Niemand konnte ihm zu nahe kommen. Selbst wenn Liliana nackt unter ihm läge, gerötet und feucht, mit gespreizten Beinen, wäre seine Rüstung noch zwischen ihnen. „Ja." Er nahm etwas Wasser in die hohle Hand und sah zu, wie es über ihre Haut lief.

„Also", fuhr sie fort, „die vier Königskinder sind zum Steinkreis gegangen, und dort haben sie die Köpfe zusammengesteckt und sich beraten, welchen Zauber man am besten für die Beschwörung verwendet. Während ihrer Wanderung war es zu einer gemeinsamen Herausforderung für sie geworden."

Er massierte ihr noch mehr Lotion in die Kopfhaut und sah, wie sich eine Gänsehaut auf ihrem Körper ausbreitete. „Dir ist kalt. Wir beenden das Bad."

„Ja", murmelte sie. „Ich glaube, das ist eine gute Idee." Sie tauchte noch einmal den Kopf unter und drückte sich dann das Wasser aus den Haaren. „Ihr müsst gehen."

Er war der Lord der Schwarzen Burg, er konnte ihr befehlen, nass und nackt vor ihm zu stehen. Aber das würde sie erstarren lassen, und er wollte Liliana sinnlich und weich, wenn er sie erforschte. „Ich", sagte er und berührte dabei ihr Ohrläppchen mit den Lippen, „habe dein Bad sehr genossen, Liliana.“

Liliana spürte dem Schauer über ihren Rücken nach, während der Wächter des Abgrunds den Raum verließ. Ihre Reaktion hatte nichts mit Kälte zu tun und alles mit dem Mann, der sie mit seinen Händen berührt hatte. Als sie an sich hinabsah, bemerkte sie, wie ihre Brustspitzen sich schamlos emporreckten und ihre mageren Brüste vor Hitze angeschwollen waren, und verkniff sich ein Stöhnen.

Ein paar Minuten länger, und sie hätte sich zurückgelehnt und ihm erlaubt, mit den Händen ihre Vorderseite hinabzustreichen, um ihre Brüste auf die gleiche Weise zu erkunden, wie er ihren Nacken, ihre Kopfhaut und ihre Schultern erkundet hatte. Zum ersten Mal wollte sie grobe männliche Hände auf ihrem Körper, wollte von ihnen massiert und gestreichelt und liebkost werden. Seine Finger waren so kräftig gewesen, so selbstsicher. Aber er hatte ihr nicht wehgetan. Sie hatte nicht einmal die Rasiermesser oder die scharfen schwarzen Spitzen seiner Handpanzer gespürt. Alles, was sie empfunden hatte, war Wonne.

Verbotene Lust.

Er war nicht für sie. Er würde sie auf der Stelle umbringen, wenn er erführe, wo sie wirklich herstammte. Sie versuchte, sich davon nichts anhaben zu lassen, versuchte, die stoische Liliana zu sein, die sie seit dem Tag war, an dem ihr Vater den letzten Tropfen kindlicher Unschuld aus ihr hinausgebrannt hatte. Sie stieg aus der Wanne, trocknete sich mit dem Handtuch das Haar und rubbelte ihren Körper ab. Dann sah sie sich um.

Und merkte, dass keine Kleider da waren.

„Das glaube ich jetzt nicht“, murmelte sie, wickelte sich in das Handtuch und steckte es gut fest, ehe sie die Tür aufriss.

„Wenn Ihr meint …“

Der Raum war leer.

Aber das war es nicht, was sie verstummen ließ.

Es war das Kleid auf dem Bett. Das rote, *rote* Kleid.

Sie ging ungläubig ein paar Schritte darauf zu und berührte den zarten seidigen Stoff, fuhr vor reinem Verlangen mit den Fingerspitzen darüber. Noch nie hatte sie ein Kleid besessen, das so vor Farbe leuchtete, noch nie so etwas Schönes. Trübes Braun und Grau, das war es, was zu ihrem „Albtraum von einem Gesicht“ gut passte. Die Worte ihres Vaters natürlich, aber er hatte recht damit gehabt.

„Du hast drei Minuten.“ Das Ultimatum erklang von der anderen Seite der Tür.

Sie unterdrückte einen erschrockenen Aufschrei und starrte die Tür an. „Ich bin nicht die Art Frau, die rote Kleider trägt.“ Oh, aber sie wollte es sein.

„Gefällt es dir nicht?“

„Es ist das schönste Kleid, das ich je gesehen habe“, sagte sie, weil eine Lüge sein Geschenk entweiht hätte.

„Dann wirst du es tragen. Oder du bleibst nackt.“ Eine Pause. „Hmm…“

Jeder Zentimeter ihrer Haut wurde von diesem sinnlichen Murmeln zum Kribbeln gebracht. Sie ließ das Handtuch fallen und zog eine der zwei identischen Unterhosen an, die neben dem Kleid lagen. Es gab kein Unterkleid und nichts für ihre Brüste, aber das brauchte sie auch nicht. So ein Luxus, dachte sie, als der Stoff über ihre Oberschenkel glitt und ihren Po einhüllte.

„Oh“, flüsterte sie erschauernd, als sie merkte, dass das Höschen mit seinem hohen Beinausschnitt und dem durchsichtigen Stoff mehr zeigte, als es verbarg.

„Ich komme gleich rein.“

„Wartet!“ Sie griff nach dem Kleid, nachdem sie den zusätzlichen Slip in eine Schublade gesteckt hatte, und zog es sich über den Kopf. Nur um zu merken, dass es im Rücken geschnürt wurde. Sie reckte die Arme, um die Seiten zusammenzuhalten, und starrte sich im Spiegel an. Ihr Haar hing feucht und glatt neben ihrem Gesicht herab, aber es war immer noch eine formlose Matte. Auch ihr Gesicht hatte sich nicht verändert. Es war und blieb das der bösen Hexe aus den schlimmsten Märchen.

Aber das Kleid … oh, dieses *Kleid.*

Es schmiegte sich an ihre Brüste, war an der Taille gerafft und wurde über den Hüften breiter. Es gab ihr eine Figur, mit der sie sich, nur für einen Augenblick, fast, wenn nicht hübsch, dann zumindest nicht mehr hässlich vorkam. Ihre Unterlippe zitterte, und sie hätte vielleicht den Tränen nachgegeben, wenn sich nicht hinter ihr die Tür geöffnet hätte.

Sie wirbelte zu ihm herum. „Ich brauche Jissa."

Er starrte sie an, und der Blick seiner grünen, grünen Augen blieb an ihren Brüsten hängen. „Warum?"

Es fühlte sich plötzlich an, als wäre ihr mickriger Vorbau zweimal so groß. „Der Rücken muss geschnürt werden."

„Das werde ich tun." Er schloss die Tür und schien sie herauszufordern, ihm zu widersprechen.

Sie konnte nicht nachdenken, wenn seine Hände sie berührten. Ihr Körper reagierte in einer Weise auf ihn, die einfach nicht akzeptabel war, wenn sie ihre Mission vollenden und ihn nach Hause bringen wollte. „Das wäre unschicklich."

„Wir sind in der Schwarzen Burg. Die einzigen Regeln hier sind die, die ich mache."

„Nur weil Ihr gern andere herumschubst", sagte sie und deutete mit der freien Hand auf ihn, „bedeutet das nicht, dass ich mich herumschubsen lasse."

Sein Blick senkte sich auf ihre Brust. Er sah gebannt aus,

und ihr wurde klar, dass das Mieder ihres Kleides – ihres wunderschönen, kostbaren roten Kleides – verrutscht war, als sie den Arm bewegt hatte, und die obere Rundung einer Brust freilegte. Mit brennenden Wangen zog sie es wieder hoch und funkelte ihn wütend an. „Es ist unhöflich, so zu starren."

Er hob den Blick so langsam, dass die Hitze in ihren Wangen sich auf ihren ganzen Körper ausbreitete, eine schwere träge Hitze, die so erschreckend wie unbekannt war. Als er auf sie zukam, füllten sich seine wintergrünen Augen mit dunklen unergründlichen Dingen, und sie wich zurück. Er kam weiter auf sie zu. Sie stolperte wieder zurück.

Bis sie mit der Rückseite ihrer Beine gegen den Waschtisch stieß.

Er blieb so nah vor ihr stehen, dass sie nicht wagte zu atmen, weil ihre Brüste sich dabei gegen die schwarze Rüstung pressen würden, die auf einmal nicht mehr so undurchdringlich zu sein schien. „Dreh dich um", befahl er leise und legte die Hände neben ihren Hüften auf den Waschtisch.

9. KAPITEL

Als ihr klar wurde, dass sie diese Schlacht längst verloren hatte, drehte sie sich um. So groß wie er war, konnte sie sein Gesicht über ihrem im Spiegel sehen, und sie sah auch, wie sein Blick sich auf ihren Rücken senkte. Ihr Magen zog sich zusammen. Sie schloss die Augen, um die Wirkung, die seine Nähe auf sie ausübte, abzuschwächen, und hielt den Rücken ihres Kleides weiter zusammen, während sie darauf wartete, dass er die Schnüre zusammenzog.

Nichts geschah.

Ihr Brustkorb fing an zu schmerzen, sie atmete aus und gierig wieder ein. „Mein Lord?"

„Ich habe so etwas noch nie getan", murmelte er, und sie war sich fast sicher, dass er nicht davon sprach, ein Kleid zu schnüren, auch wenn er jetzt an den Bändern zog. „Hmm."

Auf die Veränderung in seinem Tonfall hin wagte sie es, die Augen zu öffnen. Als sie wieder in den Spiegel sah, konnte sie beobachten, wie sich in seinem Gesicht konzentrierte Falten bildeten, während er sie langsam Stück für Stück einschnürte.

„Ich kann nicht atmen", sagte sie, als er zu fest zog.

Er lockerte die Bänder. „Welche anderen Farben trägst du nicht?"

Sie kniff die Augen zusammen. „Braun, Grau und Schwarz."

Er lachte, und das Geräusch zog sie so sehr in seinen Bann, dass sie nicht widersprach, als er sie fertig schnürte, die Hände an ihre Hüften legte und sie herumdrehte. Er beugte sich dicht zu ihr hinab. Auf seinen Wangen hatten sich vor rein männlicher Belustigung Grübchen gebildet. „Lügnerin", sagte er.

Sie zuckte zusammen, als sie seinen Atem auf ihren Wangenknochen spürte, und drehte den Kopf zur Seite. „Ich muss …“ Sie wusste nicht, was sie tun musste, und Panik stieg in ihr auf, weil er ihr so nahe war. Da fiel ihr Blick auf den Kamm am anderen Ende des Waschtischs. „Ich muss mein Haar auskämmen, sonst sieht es gleich wieder aus wie ein Vogelnest.“

Er streckte die Hand aus und griff nach dem Kamm, ehe sie ihn erreichen konnte. Sie glaubte zu wissen, was als Nächstes kam, aber statt ihr zu befehlen, sich wieder umzudrehen, wich er zurück und schaute gespielt nachdenklich auf den Kamm hinab. „Was bist du bereit, hierfür zu tun?“

„Was?“ Er *erpresste* sie. „Ich erzähle Euch den Rest der Geschichte.“

Er winkte ab. „Den erzählst du mir sowieso, wenn du das nächste Mal ein Bad willst.“

Sie stemmte die Hände in die Hüften und kämpfte gegen den Drang an, ihn zu sich hinabzuziehen und in seinen neckenden Mund zu beißen. „Was wollt Ihr?“

„Prallbeeren-Kuchen mit Sahne.“

„Prallbeeren-Kuchen?“ Das war ein bekannter Nachtisch in Elden.

„Ja.“ Er verschränkte die Arme, der Kamm immer noch seine Geisel.

Sie wusste, ohne zu fragen, dass er Prallbeeren-Kuchen zuletzt in seiner Kindheit gegessen hatte, an die er sich nicht mehr erinnerte – aber er erinnerte sich an den Kuchen. In ihrem Herz keimte Hoffnung auf. Trotzdem gab sie seiner Forderung nicht gleich nach. Das würde ihn nur misstrauisch machen. „Wo soll ich Prallbeeren herbekommen?“ Selbst in Elden starben die Bäume aus, wie so vieles andere.

„Ich besorge sie.“ Ein grimmiger Blick. „Du machst den Kuchen.“

„Gebt mir zuerst den Kamm.“

„Erst der Kuchen.“

„Ich brauche den Kamm nicht mehr, wenn mein Haar schon trocken und verzottelt ist."

Ein düsterer Blick. „Wage es nicht, mich zu hintergehen, Liliana."

Ihr Bauch zog sich eng zusammen, als sie ihren Namen aus seinen Lippen hörte. „Ich bin nicht diejenige, die die Regeln zivilisierten Benehmens missachtet." Sie streckte die Hand aus. „Den Kamm."

Er ging auf sie zu, bis er ihr wieder viel zu nahe war, beugte sich vor und roch an der Kurve ihres Halses. „Hübsch." Dann gab er ihr den Kamm und ging hinaus.

Mit weichen Knien stolperte sie zum Bett und ließ sich darauffallen. *Oje. Oje.* Der Wächter des Abgrundes sollte nicht so sehr ... „Ja. Einfach nur *sehr*." Als sie merkte, dass sie mit sich selbst redete, hob sie die Hand und begann, den Kamm durch ihr Haar zu ziehen. Nachdem sie fertig war, lag es glatt über ihren Schultern, und sie wusste, dass es auch nach dem Trocknen noch weich sein würde.

Ihr weibliches Herz seufzte vor Wonne. Noch nie war ihr Haar so weich und seidig wie das anderer Frauen gewesen – ihrer Mutter, der Hofdamen, der Mätressen, die ihr Vater sich hielt. Bis zu ihrem siebten Lebensjahr, als sie gelernt hatte, mithilfe ihrer Zauberkraft Wasser zu erwärmen, hatte ihr Vater sie gezwungen, eiskalt zu baden und nur die gröbste Seife zu verwenden.

Schwach, so schwach. So bekommst du vielleicht etwas mehr Lebenskraft.

Bewirkt hatte es nur, dass ihre Haut blau angelaufen war und sie das Baden fast ganz aufgegeben hätte. Sie war nur zurückgekommen, weil sie gewusst hatte, dass die Strafe für das Missachten des Willens des Blutmagiers schlimmer war als die Kälte, die nach dem Waschen in die Knochen kroch.

Sie legte den Kamm zurück auf den Waschtisch, als die

Erinnerungen drohten, ihr die Wärme aus den Knochen zu rauben, stand auf und strich die Vorderseite ihres wunderschönen roten Kleides glatt. Und dann, nachdem sie sich vergewissert hatte, dass niemand in der offenen Tür stand, drehte sie sich vor dem Spiegel, sodass der Rock sich in alle Richtungen hob. „Danke", flüsterte sie dem gefürchteten Lord der Schwarzen Burg zu.

Prallbeeren hießen so, weil die faustgroßen dunkelvioletten Beeren, wenn sie reif waren, so voller Saft standen, dass sie fast platzten. Reisende bedienten sich gern des Tricks, sie in einen Wasserlauf zu legen, bis sie kühl waren, und die Beeren dann zu zerstoßen und den dickflüssigen durststillenden Saft herauszupressen.

„Manchmal, auf den Bauernhöfen, fügen sie Milch und Zucker hinzu, hat der Koch mir erzählt", sagte Liliana, während sie die Füllung für den Kuchen herstellte, keine zwölf Stunden nachdem der Mann, der ihr ein rotes Kleid geschenkt hatte, versprochen hatte, die Beeren aufzutreiben.

Jissa riss die Augen auf. „Köstlich, klingt köstlich."

Liliana erinnerte sich, dass man von Brownies sagte, sie liebten jede Art von Süßigkeit. „Sollen wir es versuchen?", fragte sie wagemutig. „Seine Lordschaft wird es nicht merken, er hat so viele Beeren mitgebracht." Wahrscheinlich hatte er einen ganzen Baum abgeerntet, diese gierige Kreatur.

„Liliana", rügte Jissa. „Du darfst ‚Seine Lordschaft' nicht in dem Ton sagen. Wenn er das hört, oh nein, oh nein."

„Keine Sorge, Jissa. Er wird nur drohen, mich in den Kerker zu werfen, und ich besteche ihn mit Essen." Sie lachte über den Gesichtsausdruck der Brownie und stellte etwas von dem Püree in einem Krug beiseite. „Warum rührst du nicht so viel Milch und Zucker ein, wie du magst?"

Jissa biss sich auf die Unterlippe. „Wir sollten nicht."

Liliana senkte die Stimme. „Ich verrate nichts."

Die Verlockung war stärker als Jissas Furcht, und schon bald stand die Frau neben Liliana und rührte die Mixtur zu einem herrlich violetten Trank, während Liliana den Rest des Pürees zur Seite stellte und den dicken Mürbeteigboden, den sie schon gebacken hatte, zu sich heranzog. Es war ihr Spezialrezept, so buttrig und mächtig, dass der Teig im Mund zerschmolz. Selbst der Koch hatte sie für ihren Mürbeteig gelobt ... besonders weil sie ihn nur für den Koch gebacken hatte, nicht für ihren Vater. Niemals für ihren Vater. Aber für den Lord der Schwarzen Burg würde sie ihn backen.

„So!" Jissas Stimme wurde hell vor Aufregung. „Probier, probier es!"

Liliana fühlte sich wie ein Kind, als sie das kleine Glas an die Lippen hob und einen Schluck nahm. Sie riss die Augen auf. Über den Rand des Glases hinweg begegnete sie Jissas Blick. Beide legten gleichzeitig den Kopf zurück und tranken. Sie hatten den halben Krug geleert, als Jissa sich den Milchbart abwischte und sagte: „Bard würde es mögen, denke ich. Ja, das denke ich."

„Seine Lordschaft ebenfalls."

„Liliana."

Lachend schenkte Liliana zwei weitere Gläser ein. „Hier, bring du es ihnen. Wenn *er* dich fragt, wo ich bin, sag ihm, ich schufte an seinem blöden Prallbeeren-Kuchen." Draußen war es schon dunkel, Schlafenszeit, aber er wollte seinen Kuchen.

„So aufmüpfig. Ärger, du bekommst Ärger." Kopfschüttelnd nahm Jissa die Gläser und ging hinaus.

Wie aufs Stichwort hörte Liliana von der rechten Seite ein leises Piepsen. Sie drehte sich um und legte einen Finger auf die Lippen. „Schsch. Du solltest nicht in der Küche sein."

Ihr kleiner Freund setzte sich auf die Hinterbeine und

setzte eine ausdrucksvolle Miene auf – als wollte er ihr mitteilen, dass er eine sehr saubere Kreatur war, vielen Dank auch. „Ja, natürlich bist du das", entschuldigte sie sich. „Ich habe gesehen, wie reinlich du bist." Liliana fand es nicht so seltsam, wie sie vielleicht sollte, mit dem Tier zu sprechen – die Maus hatte ihre eigene Magie. Eine winzige Magie, aber dennoch Magie.

„Prallbeeren würden dir nicht schmecken", sagte sie, und als ihr Freund enttäuscht zu ihr aufsah, zog sie den kleinen, aber perfekten Mürbeteigboden heran, den sie zur gleichen Zeit wie den großen gebacken hatte. „Hier, mein Freund. Jetzt schleich dich, ehe Jissa dich entdeckt."

Die Maus zuckte vor Aufregung mit der Schnauze – ihre Knochen zeichneten sich jetzt nicht mehr so deutlich unter dem Fell ab – und zerrte ihre Beute davon. Liliana wusch sich die Hände und mischte einen süßen reichhaltigen Quark unter das Fruchtpüree, ehe sie alles auf den Mürbeteigboden strich. Danach musste der Kuchen nur noch für eine Viertelstunde in den Ofen. Sie nutzte die Zeit, um Sahne zu schlagen, da Seine Lordschaft verkündet hatte, dass er den Kuchen essen würde, sobald er aus dem Ofen kam.

Als die Tür sich öffnete, lag der süße Duft der Prallbeeren schwer und köstlich in der Luft. „Jissa, ich denke, der Kuchen wird …" Da bemerkte sie den anderen Duft, der mit dem Öffnen der Tür in den Raum geweht worden war.

Dunkel und heiß und ursprünglich *männlich*.

Sie hielt den Blick entschlossen auf die Sahne gerichtet, während sie sagte: „Ihr seid jetzt in meinem Reich."

Statt zu widersprechen, wie sie es erwartet hatte, trat er an den Ofen und streckte die Hand nach dem Griff aus. „Halt!", befahl sie. „Wenn Ihr ihn jetzt öffnet, geht die ganze Hitze verloren."

Er brummte frustriert, trat neben sie an die Anrichte und

starrte die Sahne an. Sie wusste, was er vorhatte, noch ehe er versuchte, einen Finger hineinzutauchen. Schnell zog sie die Schüssel zur Seite und warf ihm einen bösen Blick zu. „Wenn Ihr Euch nicht benehmt, versalze ich den Kuchen."

Er kam näher und langte noch einmal nach der Sahne.

Mit einem wütenden Funkeln zog sie die Schüssel wieder weg.

Er trat einen Schritt näher.

Sie sah hoch und wollte ihn zurechtweisen, da bemerkte sie das Lachen in seinen Augen. Er neckte sie schon wieder. Diese Erkenntnis ärgerte sie ein wenig, so sehr, dass sie den Schneebesen hob und ihm damit auf die Nase tupfte. „Da."

Er blinzelte, hob einen Finger an die Nase und wischte die Sahne ab. Keine scharfen schwarzen Spitzen, dachte sie erstaunt – seine Hände waren frei von der Rüstung bis unterhalb seiner Handgelenke. Dann leckte er sich die Sahne vom Finger, und auf einmal war das Spiel kein Spiel mehr. Ihre Gedanken wirbelten durcheinander wie Murmeln auf dem Fußboden.

Sie zwang sich, wieder die Schüssel anzusehen, und begann mit aller Kraft zu schlagen. Vielleicht bemerkte sie deshalb nicht, wie er noch näher kam und sie mit seinen gepanzerten Armen auf beiden Seiten einschloss. Er legte seine Hände auf ihre, eine an den Rand der Schüssel, um sie festzuhalten, die andere schloss sich um ihre Hand, die den Schneebesen hielt.

Sie sollte protestieren, sollte sich befreien, aber sie rührte einfach weiter, während sein Körper sich auf ihren eigenen geradezu einprägte. Das Gefühl war unbeschreiblich. Kein Mann hatte sie je so angefasst, hatte sie je so anfassen wollen.

Das Herz wurde ihr schwer, als sie sich erinnerte, dass der Lord der Schwarzen Burg sein ganzes Leben hier gefangen gewesen war. Er begriff nicht, dass es Frauen von atemberaubender Eleganz und Anmut gab, die darum betteln würden, nur einmal das Bett mit ihm teilen zu dürfen, wenn er erst wieder seinen rechtmäßigen Platz als Prinz von Elden eingenommen hatte. Neben ihnen sähe sie tatsächlich aus wie ein Höhlentroll, wie ihr Vater sie immer bezeichnet hatte. Ihr Stolz geriet ins Wanken, aber sie rührte sich nicht von der Stelle.

Denn dieser Mann, der sie ansah, als bedeute sie ihm etwas, der sie so anfasste, als würde er gern viel mehr tun, schlug sie in seinen Bann. Und sie war nicht so stolz, dass sie seine Zuneigung zurückgewiesen hätte. Später würde die Scham kommen, das wusste sie. Aber dieser Augenblick, in dem er so heiß und hart und stark hinter ihr stand, dieser Augenblick gehörte ihr. Sie wollte ihn wie ein Juwel in ihrem Herzen verwahren, wie einen Schatz, den niemand mehr stehlen konnte von dem hässlichen Mädchen mit dem Gesicht wie eine böse Hexe.

„Du bist da unten sehr weich."

Sie zuckte zusammen, als sie die tiefe Stimme so nah an ihrem Ohr hörte, und brauchte eine Sekunde, um die Bedeutung seiner Worte zu begreifen. Ihre Hand verkrampfte sich um das Metall des Schneebesens. „Ihr findet mich fett?"

„Das habe ich nicht gesagt." Er drückte sich näher an sie, sein eigener Körper nur harte Kanten und feste Muskeln. „Du bist überall knochig und hager – nur hier nicht."

Heiße Röte stieg ihr ins Gesicht. Egal, wie viel sie an anderen Stellen ihres Körpers zunehmen könnte, dieser eine Teil war immer schon rund und pummelig gewesen. „Es ist nicht höflich, so etwas zu erwähnen."

„Ist es nicht?" Wieder erklang seine Stimme verführerisch nah an ihrem Ohr, und sein Atem fühlte sich heiß und unanständig an. „Ich befehle dir, mehr zu essen. Ich mag die Weichheit." Seine Lippen berührten ihr Ohrläppchen.

Sie würde nackt auf der Anrichte enden, wenn er so weitermachte. „Der Kuchen!", rief sie und klammerte sich an diesen Strohhalm. „Ich muss ihn aus dem Ofen nehmen, sonst verbrennt er."

Er wich sofort zurück – aber sie war sich fast sicher, dass sie seinen Mund kurz an ihrem Hals spürte, ehe er sie losließ. Schon jetzt vermisste sie seine Nähe, aber sie ergriff ein dickes Küchentuch, öffnete die Ofentür und nahm den Kuchen heraus. Sie trug ihn zur Anrichte und stellte ihn vorsichtig auf einen flachen Stein, den sie extra zu diesem Zweck dort hingelegt hatte.

Der Lord der Schwarzen Burg war sofort wieder neben ihr. „Gib ihn mir."

Sie wollte sich zu ihm umdrehen, an seiner Halsbeuge riechen. „Er wird viel besser schmecken, wenn er ein wenig abgekühlt ist", presste sie hervor.

„Lügst du mich auch nicht an, Liliana?" Dieser sanfte, aber gefährliche Tonfall, den er bewusst einsetzte, um zu bekommen, was er wollte. Und seine Hand – warm und rau – legte sich in ihren Nacken.

Ehe sie antworten konnte, fuhr sein Kopf hoch. „Ich muss gehen. Die Bewohner des Abgrunds müssen daran erinnert werden, wer über sie herrscht."

Liliana hätte zu einer zitternden Pfütze zusammenschmelzen können, sobald er gegangen war. Der Mann war mächtig. Und sie spielte ein sehr gefährliches Spiel, indem sie ihm gestattete, so weit zu gehen. Und wenn sie noch weiter gingen und er herausfand, wer sie wirklich war …

„Er wird mich ohnehin hassen." Es war eine schmerzhafte Erkenntnis, aber sie war auch befreiend. „Es gibt hier kein glückliches Ende für dich, Liliana." Was machte es also, wenn sie sich auf dem Weg nach Elden ein paar Augenblicke des Glücks stahl? Wenn sie ihm erlaubte, sie wie eine begehrenswerte Frau zu behandeln, auch wenn sie das nicht war? Das machte sie zu einer Lügnerin und Betrügerin, aber wenn sie erst tot oder verstoßen war und ihr Vater besiegt, würde der Wächter des Abgrundes ihr diese Täuschung vielleicht vergeben.

Tränen brannten in ihren Augen, und sie hätte ihnen vielleicht nachgegeben, wäre da nicht der schreckliche Schauder gewesen, der ihr den Rücken hinablief. Sie kannte diese Art Schauder: Sie bedeutete, dass in der Nähe schwarze Blutmagie gewirkt wurde. Ihr Magen verkrampfte sich vor Schreck und Wut, und sie rannte aus der Küche bis an das riesige Tor der Schwarzen Burg.

Bard erschien wie aus dem Nichts, um sich ihr in den Weg zu stellen.

„Blutmagie", sagte sie und betete, dass er sie verstand. „Da draußen ist Blutmagie." Schrecklich und tödlich und stinkend vor Bosheit.

Der Mann blinzelte einmal. „Du bleibst hier."

„Nein! Du verstehst nicht! Diese Art von Blutmagie …" Schmutzig, faulig. „Sie bedeutet, jemand wird geopfert!"

Bard verzog keine Miene. „Du bleibst hier."

Liliana biss sich auf die Zunge, so fest, dass es blutete. Dann flüsterte sie einen Zauber, der den Riesen zusammenbrechen ließ. „Es tut mir leid", sagte sie und bückte sich, um ihm ein gebogenes Messer aus dem Gürtel zu ziehen. „Du wirst im Handumdrehen wieder aufwachen." Sie öffnete einen Flügel des schweren Tores und rannte hinaus in die schwarze Umarmung der Nacht.

10. KAPITEL

Liliana rannte durch den Flüsternden Wald, der aufgebracht rauschte. Nur die dünnen bestickten Schuhe, die sie vor ein paar Stunden in der Küche gefunden hatte, schützten ihre Füße vor scharfen Kanten, Steinen und Zweigen. Auf der Brücke, die den brausenden Fluss überspannte, wäre sie beinahe auf dem feuchten Moos ausgerutscht, doch sie rannte weiter und raffte dabei den Rock hoch über die Knöchel.

Die Lichter des Dorfes tauchten vor ihr auf, funkelnd und warm, aber durchzogen vom schwefligen Dunst der Blutmagie. Sie kämpfte gegen die Übelkeit an und rannte Hals über Kopf darauf zu, gerade vorsichtig genug, um sich nicht das Genick zu brechen. Denn wenn sie das tat, würde ein Unschuldiger sterben. Immer benutzten ihr Vater und seine Schüler Unschuldige. Ihr Blut war mächtiger, sagten sie. Reichhaltiger. Reiner. Aber nicht heute Nacht, schwor sie sich, *nicht heute Nacht*!

Sie stolperte bis an die Dorfgrenze und blieb dort stehen, um zu orten, wo genau das Böse sich befand. Sie fügte sich einen kurzen Schnitt in der Handfläche zu, achtete aber darauf, dass kein Blut auf die Erde tropfte, damit man sie nicht finden konnte. Dann befahl sie der Magie, sich zu erheben und ihr schwarzes Ebenbild zu suchen. Ihre Magie zögerte angewidert. *Unschuldige,* drängte Liliana, *unschuldiges Blut. Such das unschuldige Blut.*

Kein Zögern mehr. Ihre Macht wand sich in tiefroten Funken durchs Dorf, und Liliana rannte ihr nach, rannte um Häuser herum, deren Fensterläden für die Nacht geschlossen und deren Höfe verlassen waren, über die ebenso menschenleere Hauptstraße und auf die Dorfwiese.

Ihre Magie zischte über den Abschaum, den sie dort sah,

und wollte sich würgend um den Hals des Mannes schlingen, aber Liliana hielt sie zurück. *Warte. Warte. Wir haben nur die eine Chance.* Schwarze Blutmagier, vollgesogen mit Macht, die sie hilflosen Opfern geraubt hatten, waren stärker als Magier wie Liliana, die nur ihre eigenen Reserven benutzten.

Dieser hier war ein dünner, gut aussehender Mann. Mit seinem Gesicht war es ihm wahrscheinlich gelungen, das junge Mädchen aus dem Dorf, das zu seinen Füßen lag, mitten in der Nacht hierherzulocken. Sie lag bewusstlos im Gras, und der Magier sprach seine Zauberformeln über ihr, eine gezackte Klinge in der Hand. Diese Klinge, wusste Liliana, würde sich bald tief in den Bauch des Mädchens graben. Ein langsamer qualvoller Tod, bei dem ihr Blut Tropfen für Tropfen aus ihr herausquoll, während ihr Mörder trotz ihrer Qualen ihre Schmerzensschreie verstummen lassen und sich an ihrer Lebenskraft und ihrem Tod betrinken würde.

Macht loderte in der Luft auf, als der Zauberer über dem Mädchen eine Rune in die Luft malte. Liliana sah, dass er einer der Alten war, auch wenn sein Gesicht jung schien. Alt und mächtig. Es wäre dumm, sagte eine Stimme in ihr, das eigene Leben für dieses Mädchen zu opfern, wo sie doch gekommen war, um ein ganzes Königreich zu retten. Wenn Liliana starb, würde der Lord der Schwarzen Burg sich nicht erinnern und nie zurückkehren.

Und Elden würde für immer in die Klauen ihres Vaters geraten.

„Nein“, flüsterte sie und kämpfte gegen die Stimme an, gegen diesen Teil von ihr, den der Blutmagier mit seiner eigenen Bosheit versucht hatte zu vergiften.

Ein Leben war jedes Opfer wert. Denn wie konnte Liliana hoffen, ein Königreich zu retten, solange sie bereit war, sich dem Bösen zu beugen, wenn es vor ihr stand?

Sie trat aus den Schatten und ging auf leisen Sohlen auf den Magier zu. Trotzdem spürte er ihre Anwesenheit und drehte sich um. „Liliana!“, rief er erschrocken. „Dein Vater sucht dich.“ Habgier glitzerte in seinen Augen. „Jetzt werde ich es sein, der dich nach Hause bringt.“

„Welche Belohnung hat er dafür versprochen?“

„Ländereien, Reichtum, Macht.“ Er erschauerte, eine hässliche Imitation echter Freude. „Die Vereinbarung mit Ives ist beendet“, sagte er und bezog sich dabei auf den Mann, mit dem Liliana hatte verheiratet werden sollen – ob mit oder ohne ihre Zustimmung. „Wer dich findet, bekommt dich zur Frau und nimmt dich in sein Bett.“ Er versuchte nicht, seinen Ekel zu verbergen. „Du bist seine Tochter.“

Diese direkte Verbindung zu mehr Macht wäre es ihm wert, eine abstoßende Kreatur wie sie zu heiraten, das wusste Liliana. Bards Messer tief in den Falten ihrer Schürze verborgen, trat sie näher. „Seid Ihr deswegen hier in diesem Dorf?“

„Die anderen haben sich in alle Ecken der Königreiche verstreut, aber ich wusste, dass du etwas Unerwartetes tun würdest. Ich habe dich im Auge behalten – du bist klüger, als alle denken.“

Sie durchfuhr ein kalter Schauer bei der Vorstellung, dass er sie beobachtet hatte. „Ihr wisst, was jenen wie Euch passiert, die es wagen, den Abgrund zu betreten.“ Selbst ihr Vater fürchtete diesen Ort und wagte es nicht, einen Fuß in diese Welt zu setzen.

Hinter seinen Augen schien es kurz zu flackern. „Wir verschwinden von hier, sobald ich meine Macht aufgeladen habe.“

„Ja.“ Mit diesem Wort griff sie an und zielte dabei auf seinen Hals.

Sie verfehlte ihn.

Die Spitze des Messers glitt an seinem Wangenknochen

ab, und sie wurde von brutaler Kraft zurückgeworfen. Sie wehrte sich mit ihrer eigenen Magie, und es gelang ihr, ihn ins Straucheln zu bringen, aber er fiel nicht. Dann drehte er sich zu dem Mädchen hinter sich um. Die Wunde an seiner Wange klaffte dabei grotesk und blutig. „Erst werde ich sie kosten. Dann kümmere ich mich um dich.“ Er küsste das Mädchen und krallte seine Finger grob in ihre Brust. „Schade, dass ich nicht die Zeit habe, sie zu genießen.“

Der Schmerz in ihren Rippen raubte Liliana den Atem, dennoch kroch sie auf ihn zu. Der Bastard glaubte, sie wäre außer Gefecht, aber das war sie nicht. Und doch war es zu spät. Der Magier hatte seine Beschwörungsformeln beendet, ging in die Knie und legte das Messer an den Hals des Mädchens.

„Nein!“

Er fing an zu lachen … dann wurde sein Kopf in ihre Richtung gedreht, und seine Augen traten hervor. Sein Hals brach mit einem einzigen harten Knacken durch mächtige Hände, die aus Mitternachtsschatten geschaffen zu sein schienen.

Etwas Heißes lag auf ihrem Gesicht, ein warmes feuchtes Tuch. Ihre Rippen schmerzten, der tröstliche Duft von Gewürztee drang in ihre Nase. Sie hob schwere Lider und sah in das Gesicht der Brownie, die langsam zu ihrer besten Freundin wurde. „Jissa.“ Ihre Stimme war heiser, ihre Kehle trocken.

„Oh, du bist wach, endlich wach.“ Tränen, groß und durchscheinend blau, liefen Jissas Gesicht hinab, noch als sie Liliana dabei half, sich aufzusetzen, und ihr ein Glas an die Lippen hielt. „Ich dachte, du wärst tot. Ganz tot.“

Liliana schob das Wasser nach einigen Schlucken von sich und ergriff die Hand ihrer Freundin. „Das Mädchen?“

„Sicherheit, ist in Sicherheit.“ Jissa wischte sich die Tränen weg, aber es flossen immer neue, groß und langsam. „Keine Erinnerung, überhaupt keine."

„Gut." Schuldbewusst fragte sie: „Bard?"

Jissa tätschelte ihr die Hand. „Er sorgt sich um dich, hat die Tür die ganze Zeit nicht verlassen. So viel Sorgen."

Liliana war sich sehr sicher, dass Bard nicht aus Sorge um sie Wache stand, aber sie wollte Jissa damit nicht das Herz brechen. „Wie lange habe ich geschlafen?", fragte sie stattdessen und bemerkte, dass sie wieder ihr grobes braunes Kleid trug.

„Seit der Lord dich letzte Nacht nach Hause getragen hat. Jetzt ist es Morgen, die Sonne scheint." Jissa senkte die Stimme. „Wütend war er. So wütend."

„Das tut mir leid."

Jissa schüttelte ihren Kopf und wischte noch mehr ihrer schönen Tränen fort. „Nur leise Worte hat er zu Jissa gesagt. Aber du – Knurren, Knurren wird es geben und Fauchen." Das letzte Wort war nur noch ein Flüstern, kurz bevor die Tür aufsprang.

Mit einem erschreckten Quieken sah Jissa von Liliana zu dem Mann mit den grünen Augen, der im Türrahmen stand. Liliana merkte, wie ihre Freundin zögerte, und wusste, die Brownie rang innerlich mit sich, ob sie bleiben sollte und mit ihr gemeinsam dem Wächter des Abgrundes entgegentreten. Darum schüttelte sie den Kopf. „Geh, Jissa."

Große feuchte Augen sahen sie an. „Liliana …"

„Schsch. Nachher hätte ich wirklich gern etwas Prallbeeren-Saft."

„Ja, ja. Ich mache dir welchen. Süß und cremig und gut."

Der Lord der Schwarzen Burg schloss die Tür sehr behutsam hinter Jissa, ehe er sich neben dem Bett aufbaute und die gepanzerten Arme vor der Brust verschränkte. „Du bist davongerannt."

Das hatte sie nicht erwartet. „Um dem Mädchen das Leben zu retten."

„Du hättest die Burg nicht verlassen dürfen."

Sie konnte nicht weiter zu ihm hochstarren, ihr Hals wurde steif. Sie senkte den Kopf und legte die Hände auf das Laken, das auf ihrer Hüfte lag. „Ihr werdet mich in den Kerker werfen müssen."

„Du hast dein Kleid zerrissen."

„Nein!" Ihr wunderschönes rotes Kleid, das schönste Kleid, das sie je besessen hatte. Ein dicker Tropfen fiel auf ihren Handrücken.

„Nicht weinen." Ein geblaffter Befehl.

Sie schniefte und kämpfte gegen die Tränen an. So schwer war es ihr noch nie gefallen. Sie hatte schon früh gelernt, dass ihr Vater sich an ihrer Angst weidete, also hatte sie ihm keine gezeigt. Doch heute flossen die Tränen einfach weiter.

„Ich besorge dir ein neues rotes Kleid."

Sie wischte sich die Wangen mit den Handrücken ab. „Wirklich?"

Er starrte zu ihr hinab. „Ja. Aber du darfst nicht weinen. Ich stehle dir keine Kleider, solange du weinst."

„Normalerweise weine ich nicht."

„Du wirst es nie tun."

„Na ja, ich fürchte, ab und zu schon", sagte sie entschuldigend. „Frauen müssen manchmal weinen."

Zwischen seinen Augenbrauen bildeten sich Falten. „Wie oft im Jahr?"

„Vielleicht fünf oder sechs Mal", sagte sie nachdenklich, „aber wirklich nur ganz kurz und nie vor anderen." Sie hatte ihre Tränen immer versteckt, zusammengekrümmt in einer dunklen Ecke der Burg.

Daraufhin wurde seine Miene noch düsterer. „Ich erlaube dir, viermal im Jahr zu weinen. Und nur wenn ich dabei bin."

„Warum?"

Er antwortete nicht auf ihre geflüsterte Frage. Stattdessen setzte er sich auf ihr Bett und legte seine Finger an ihren Kiefer. Die Geste ließ sie erstarren. „Du schmeckst nach Blutmagie." Etwas sehr Scharfsinniges lag in seinem Blick, ein dunkles Wissen.

Ihr war, als läge ihr ein großer Stein im Magen. „Ja."

„Du bist eine Blutmagierin."

Panik pochte flatternd in ihrer Brust, engte sie ein. „Ich bringe niemanden um", sagte sie und betete, dass er ihr glaubte. „Ich vergieße mein eigenes Blut, wie es mein Recht ist." Es war nichts ursprünglich Schlechtes an der Blutmagie, nur daran, wie sie praktiziert wurde.

Sie streckte die Hand aus und zeigte ihm den Schnitt in ihrer Handfläche. Als er immer noch schwieg, zeigte sie ihm ihre Arme. „Seht hier." Die dünnen Narben von kleinen waagerechten Schnitten zeichneten sich auf ihrer braunen Haut ab. „Mein Blut. Nie das von anderen."

Er nahm die Hand von ihrem Kiefer und legte sie auf ihren Arm, schloss seine Finger darum, rieb mit dem Daumen über die Narben. „Tut es weh?"

„Ja, aber nur ganz wenig."

„Meine Magie tut nicht weh."

Der Atem stockte ihr in der Kehle. Es war das erste Mal, dass er von seiner eigenen Magie gesprochen hatte, die nicht von seiner Stellung als Wächter kam. „Das liegt daran, dass Eure Magie aus einer anderen Quelle stammt." Es war die Magie der königlichen Familie von Elden, mächtig und rein. Jede Zelle seines Körpers war durchdrungen davon.

Doch wenn sie den Nachforschungen, die sie in den königlichen Archiven von Elden angestellt hatte, glauben konnte, dann war der jüngste Erbe von Elden auch ein Erdmagier. Sobald seine Füße den Boden von Elden berührten, konnte er sich an der Macht des Landes selbst bedienen ... wenn davon noch etwas übrig war, nachdem ihr Vater es entweiht hatte.

„Dieser Ort liegt am Rand der Welten", sagte er, statt weiter über das Thema zu reden, das so nahe daran kam, seine wahre Herkunft zu offenbaren. „Nicht nur die Bösen fürchten ihn, es gibt auch wenig Leben hier, um Blutmagie zu nähren – warum ist der Magier hergekommen?"

Liliana musste zweimal schlucken, bevor sie antworten konnte, so groß war der Kloß in ihrer Kehle. „Mein Vater", sagte sie und wagte sich damit weit hinaus auf das dünne Eis der Wahrheit, „ist ein mächtiger Mann, und er wünscht, dass ich nach Hause zurückkehre."

Seine Miene wurde schwarz wie die Nacht. „Du willst nicht?"

Sie schüttelte den Kopf und hoffte aus ganzem Herzen, dass er die nächste Frage nicht stellen würde. Aber er tat es natürlich.

„Warum nicht?"

Weil er der Blutmagier ist. Weil er dein Königreich geraubt hat, deine Eltern umgebracht und deine Mutter gezwungen, dich und deine Geschwister in Raum und Zeit zu verstreuen. Weil er böse ist.

Nichts davon konnte sie ihm verraten, aber eine Wahrheit konnte sie ihm offenbaren. „Er will mich an einen seiner Anhänger verheiraten." Das Blut von Ives war so verdorben wie das ihres Vaters. Er betrachtete sie stets mit den Augen einer Eidechse, leckte sich die Lippen, wenn ihr Vater sie blutig peitschte, und flüsterte ihr die obszönsten Versprechen ins Ohr, wenn es ihm gelang, allein mit ihr zu sein.

Doch wenn der Magier von letzter Nacht die Wahrheit gesagt hatte, dann war sie jetzt nur noch ein Preis, den die Männer ihres Vaters gewinnen konnten. Es war nicht wichtig. „Er ist kein guter Mann.“ Keiner von ihnen war das.

„Du wirst nicht heiraten.“ Es war ein Befehl, kalt und hart. „Du gehörst dem Lord der Schwarzen Burg.“

Sie blinzelte und starrte ihn an. „Man kann keine Menschen besitzen.“ Ihre Angst verging im Angesicht seiner arroganten Forderung.

Er zuckte mit den Schultern, und eine Hand schloss sich fest um ihr Handgelenk. „Wer soll es mir verbieten?“

Liliana war immer noch furchtbar wütend, als sie zwei Tage später ins Dorf ging. Sie hatte ein schokoladenbraunes Kleid an, von dem sie sicher war, dass der Lord es ihr als Strafe für ihr „Weglaufen“ gegeben hatte. Und doch war dieses Kleid weich, kostbar und wirklich schön – selbst wenn der Mann, der es ihr gegeben hatte, ein Biest war und sie in den Wahnsinn trieb.

Etwas Gutes war bei dem Angriff und ihrem anschließenden Geständnis allerdings herausgekommen: *Seine Lordschaft* befürchtete nicht mehr, dass sie zu fliehen versuchte, also hatte er ihr erlaubt, mit Jissa einkaufen zu gehen. „Was denkt er, wer er ist? Mich einfach so herumzuschubsen. Als hätte ich keinen eigenen Willen!“

Jissa hatte sich, seit Liliana mit ihrer Tirade angefangen hatte, über die Schulter zu ihr umgesehen. Jetzt hängte sich den leeren Korb über ihren anderen Arm und drückte mit der freien Hand beruhigend Lilianas. „Du weißt, wer er ist, Lilia…“

„Er weiß auch, wer wir sind!“ Sie drehte sich um und starrte das dräuende Gemäuer der Burg wütend an, ehe sie den Blick wieder auf den Weg richtete, der durch den Flüsternden Wald führte. „Und wir sind nicht seine Sklaven!“

Jissa sagte kein Wort.

Liliana verlangsamte ihre Schritte, und ihre Wut wurde

abgelöst von einer furchtbaren Vermutung, die ihr den Magen zusammenzog. „Oder doch?“ War der jüngste Königssohn von Elden durch das Böse, das im Abgrund lebte, doch auf so subtile Art verdorben worden?

Jissa schüttelte den Kopf. „Oh nein. Oh nein.“ Der Kummer war ihr deutlich an der zarten Miene abzulesen. „Er war sehr, sehr traurig, als er mich zurück in die Burg gebracht hat, nachdem … nachdem.“

Nachdem du noch einmal gestorben bist, dachte Liliana. Sie zitterte, aber ihr Magen beruhigte sich wieder. „Ist es im Dorf sicher für dich?“

„Oh ja. Kann nur nicht den ganzen Tag und die Nacht bleiben.“ Sie atmete tief ein und ging mit schnellen Schritten durch den Flüsternden Wald. Dabei legte sie die Hand wie zur Begrüßung an die Bäume.

Die Äste zitterten, und die Blätter murmelten: *Jissa. Jissa. Freundin. Jissa.*

„Der Lord“, sagte Jissa und tätschelte den Stamm eines Setzlings, „hat gesagt, er wünschte, er könnte mich zurück zu meinem Volk schicken, aber mein Volk gibt es nicht mehr. Alle weg.“

Liliana spürte, wie ihr Herz sich zusammenzog. Ihr Vater hatte die Brownies vernichtet, indem er ihnen die Macht so schnell geraubt hatte, dass die kleinen standhaften Körper sich nicht mehr davon erholen konnten. „Glaubst du ihm?“

„Tue ich.“ Ein trauriger, trauriger Klang. „Er lügt nicht. Niemals, nie.“

„Nein, das tut er nicht.“ Aber er war auch nicht naiv. Er war nur unverdorben – arrogant und verwöhnt, das schon, aber nicht verdorben. „Warum bist du still geworden, als ich von Sklaven gesprochen habe?“

„Der Lord hat gesagt, er will nicht, dass ich ein Sklave bin. Ich kann einfach bleiben, hat er gesagt, und nichts tun.“

Jissa verzog das Gesicht. „Ich habe ihm gesagt, ich koche. Das ist gerechter."

„Ich kann mir nicht vorstellen, warum du dir die Mühe gemacht hast", murmelte Liliana in einem Versuch, schlechte Laune zurückzugewinnen. „Missgelaunte Kreatur, die er ist."

„Nicht, Liliana." Ein rügender Blick. „Er ist einsam, so einsam."

Ja, aber er war auch ein besitzergreifendes Biest. „Ist der Lord sehr reich?", fragte sie, um Jissa von ihren Sorgen abzulenken. „Können wir alle Zutaten kaufen, die wir brauchen?"

Jissa nickte. „Er hat Schätze. Ich habe sie einmal gesehen, nach dem Aufwachen. Funkelnde Juwelen. Er hat mir welche gegeben." Ihre Augen leuchteten auf. „Ich durfte sie behalten, Liliana!"

Liliana schnürte sich die Kehle zu. Der Wächter des Abgrundes hatte auf seine Weise versucht, Jissa wieder glücklich zu machen. Er wollte sie vergessen lassen, dass sie sterben musste, wenn sie die schützende Magie der Burg verließ. „Zeigst du mir mal deine Juwelen?"

„Oh ja, so hübsch, so hübsch." Jissa plapperte über ihre Schätze, bis sie das Dorf erreicht hatten. „Wir kommen gleich auf den Marktplatz, viele Leute da, viele, viele." Kaum hatte das letzte Wort die Lippen der Brownie verlassen, betraten sie auch schon den geschäftigen Marktplatz. Er war voller Stände, auf denen grüne Bohnen angeboten wurden, Karotten, reife, orangefarbene Kürbisse und noch viel mehr.

11. KAPITEL

Ihr seid also aus der Schwarzen Burg“, sagte ein rotwangiger Mann mit einer sauberen blauen Schürze über seiner Kleidung.

Liliana erwartete, dass Jissa antwortete, aber die Brownie senkte nur den Kopf. „Ja“, sagte sie zu dem Mann. „Ich bin Liliana, und das hier ist Jissa.“

„Ich kenn Jissa.“ Er klopfte sich den dicken Bauch. „Die Kleine sagt nicht viel, was?“

Liliana legte schützend eine Hand auf die Schulter ihrer Freundin. „Sie spricht, wenn es etwas zu sagen gibt.“

Der Händler lachte dröhnend. „Wünschte, meine Alte würde es auch so halten.“ Er suchte einen kleinen reifen Pfirsich aus und legte ihn zwinkernd in Jissas Korb. „Guten Appetit.“

Ähnlich freundliche Bemerkungen begleiteten ihren ganzen Einkauf.

„Hat man hier keine Angst vor der Schwarzen Burg?“, fragte Liliana, als sie und Jissa stehen geblieben waren, um sich ein paar harte grüne Früchte anzusehen, die laut Jissa eine leckere Marmelade ergaben. „Schließlich ist es doch die Pforte zum Abgrund.“

„In der Nacht ja, oh ja“, bestätigte Jissa. „Türen geschlossen. Fenster geschlossen. Aber der Lord beschützt das Dorf auch. Sehr gut beschützt er es.“

„Und er ist nicht wie die anderen“, sagte eine Händlerin, die anscheinend mitgehört hatte.

Liliana sah zu der knochigen Frau mit den wilden schwarzen Locken und der Haut wie ebenholzfarbene Seide auf. „Dic anderen?“

„Wir haben Geschichten gehört“, sagte die Frau, „aus den weit entfernten Reichen. Hinter den Ebenen und den kochenden Seen, jenseits der Eisgebirge, auf der anderen Seite der Großen Schlucht."

„Was sagen diese Geschichten?"

Die Frau verschränkte die Arme und senkte die Stimme. „Dass es da Lords gibt, die in die Häuser der Männer kommen und ihnen die Töchter rauben. Und wenn sie ihnen gefallen, auch die Ehefrauen."

Liliana nickte kaum merklich. Jene zu ermorden und zu vergewaltigen, die sich nicht verteidigen konnten, Alt und Jung gnadenlos zu missbrauchen, das zeichnete auch die Männer ihres Vaters aus. Monster in Menschengestalt. „Ja, davon habe ich gehört."

„Siehst du", sagte die Marktfrau. „Mit dem Wächter sind wir viel besser dran. Auch wenn wir nicht gern lange in der Burg sind. Geister und so, weißt du."

Als Liliana Jissa danach an einen Stand voller exotischer Gewürze folgte, konnte sie nicht anders, als sich zu fragen, wie es dem Wächter gelungen sein mochte, seine Ehrenhaftigkeit zu bewahren, obwohl er in der Schwarzen Burg lebte und jede Nacht mit dem Bösen rang.

Sie dachte an die Geister, die beobachteten, zuhörten … vielleicht berieten?

„… große Nase."

„Habe dir doch gesagt, das ist nicht seine Mätresse."

Die gezischten Kommentare von zwei vorbeigehenden Frauen rissen Liliana in die Gegenwart zurück, und sie spürte, wie ihr Gesicht sich rötete. Auch wenn sie weglaufen wollte, tat sie so, als hätte sie nichts gehört, und wartete, bis die Frauen abgelenkt waren, ehe sie sich die beiden ansah.

Eine sah mit ihren goldenen Haaren aus wie eine Prinzessin, zierlich und zerbrechlich und puppenhaft. Nach ihren Kleidern zu urteilen, war sie die Tochter eines wohlhabenden Ladenbesitzers. Ihre Freundin war größer, schlanker und eleganter. Prächtige schwarze Locken hielt sie mit Schildpattkämmen aus ihrem Gesicht, und in ihren Augen funkelte das Selbstbewusstsein einer Frau, die wusste, dass sie nicht nur atemberaubend schön war, sondern auch sinnlich.

„Liliana."

Sie drehte sich zu Jissa um. „Gibt es viele schöne Frauen hier im Dorf?"

In die Augen ihrer Freundin trat eine unerwartete Wildheit, und ihre singende Stimme geriet aus dem Takt. „Hör nicht auf diese hinterhältigen Weiber. Du bist es, mit der er spricht, nicht die."

Aber nur, wurde Liliana schweren Herzens klar, weil deren Eltern es ihnen wahrscheinlich nicht erlaubten, den Lord der Schwarzen Burg zu treffen. Nein, das würden sie erst erlauben, wenn er bereit war, ein Angebot zu machen. Also blieb ihm nur sie, ein hässliches Ding mit einer riesigen Nase, das humpelte und auch sonst nicht elegant war.

Das hatte sie immer gewusst und war bereit gewesen, ihren Stolz herunterzuschlucken im Tausch gegen ein paar Augenblicke des Glücks, aber jetzt hatte sie die Dorffrauen gesehen, schöne Frauen voll Sinnlichkeit und Raffinesse. Frauen, die ihm aufgefallen sein mussten. Ihr wurde klar, dass auch ihm ihre Mängel bewusst sein mussten.

Ihr Herz brach mit einem hörbaren Knacken.

Von der höchsten Zinne der Schwarzen Burg aus beobachtete der Lord, wie Liliana aus dem Dorf zurückkam. Sie lachte über etwas, was Jissa gesagt hatte. Er verzog das Gesicht. „Warum lacht sie?"

Bard trat schwerfällig an seine Seite, öffnete den Mund, seufzte. Für seine Verhältnisse war das ein regelrechter Gefühlsausbruch. Der Wächter des Abgrundes wartete. Er wusste, dass der Mann etwas zu sagen hatte, aber Bard ließ sich Zeit. Bard ließ sich immer Zeit, so lange, dass man ihn im Dorf für einen riesigen Taubstummen hielt. Es diente ihnen beiden zum Vorteil, dieses Missverständnis nicht aufzuklären.

„Frauen“, sagte er schließlich mit einer Stimme, die tief und grollend war wie das Herz eines Berges, „lachen. Jissa lacht.“

Der Lord hatte Jissa nie als Frau gesehen. Sie war einfach die liebe Jissa, die zusammenzuckte, wenn er zu laut redete, und lächelte, wenn Bard ihr den Rücken kehrte. Er wollte Jissa keine Angst einjagen, aber sie war so schreckhaft, dass es manchmal aus Versehen geschah. Bard sah ihn dann immer anklagend aus seinen tiefen schwarzen Augen an.

Liliana andererseits ... ja, sie war eine Frau. Sein Körper erhitzte sich in seiner schwarzen Rüstung, als er daran dachte, wie sie sich in der Küche angefühlt hatte, ganz weiche Kurven und Wärme. Ihre sinnliche Form zu erforschen, während sie nackt vor ihm lag, war nicht länger nur erotisches Begehren, sondern ein brennender Hunger. Er schaute auf seine Hand hinab, bewegte die Finger und beobachtete, wie der Panzer sich von den Knöcheln zurückzog bis auf die Handgelenke.

„Rüstung“, erklang Bards Bassstimme. „Bewegt sich.“

„Ja.“ Er konnte Liliana nicht mit der Rüstung an seinen Händen anfassen – es könnte sie verletzen. Also hatte sie sich zurückgezogen. „Sie sind am Burgtor angekommen.“

In dem Augenblick blieb Liliana stehen und sah nach oben. Er war zu weit weg, um den Ausdruck in ihren Augen zu erkennen, aber an ihrem Gang war etwas seltsam Steifes, als sie weiterging, und ihre Schultern hingen herab.

Niemand lachte mehr.

Er hatte in seinem Leben noch nicht mit vielen Frauen gesprochen. Die im Dorf quietschten und kicherten, wenn er sich näherte. Das nervte ihn. Wenn er genervt war, verdüsterte sich seine Miene, und er machte ihnen Angst. Gut so – dann blieben sie ihm vom Leib. Und wenn sie sich duckten, wenn sie an ihm vorbeigingen, war es ihm egal. Aber diese Frauen waren nicht Liliana. „Siehst du das?"

Bard sagte nichts, sein Blick war ganz auf Jissa gerichtet.

Liliana gelang es, dem Lord der Schwarzen Burg in jener Nacht aus dem Weg zu gehen. Er hatte so viele Schatten in den Kerkern gesammelt, dass er die Pforte zum Abgrund öffnen musste. Ohne zu zögern, befolgte sie seinen Befehl, sich in das Zimmer im oberen Geschoss einzuschließen, das er ihr zugewiesen hatte. Jissa und Bard taten das Gleiche in ihren jeweiligen Zimmern in einem anderen Flügel. Magische Energie konnte leicht außer Kontrolle geraten. Und die Energie des Abgrundes konnte nur der Lord allein beherrschen.

„Was ist mit dem vorherigen Lord passiert?", murmelte sie, während das Haus unter Wellen einer Magie erbebte, die anders war als alles, was sie bisher gespürt hatte – schwer und brutal und kalt. Die Pforte wurde geöffnet.

Wenn der alte Lord bereit ist, sich zurückzuziehen, wird ein neuer Lord auserwählt.

„Oh", sagte sie mit hämmerndem Herzen von ihrem Platz auf dem Bett aus. „Danke."

Der Junge war stark und schlief bereits unter der Schwarzen Burg.

Die Luft rechts neben dem Bett schimmerte, ein formloses Gesicht erschien und verblasste. *Du trägst Blutmagie in deinen Adern.*

Plötzlich wurde ihr klar, dass dieser Geist genau wusste, was – *wer* – sie war. „Ich will ihm nicht schaden", sagte sie. „Bitte, du darfst es ihm nicht verraten. Er ist noch nicht bereit."

Schweigen.

Dann spürte sie geisterhafte Finger auf ihrem Gesicht, kalt und knochig. Sie saß still und ließ sich von dem Geist lesen. Und seufzte erleichtert aus, als das Schimmern neben dem Bett verschwand.

Er gehört zu uns. Wir werden ihn beschützen.

Ein gewaltiger Pulsschlag der Magie durchfuhr die Burg und ließ jedes Haar an ihrem Körper sich vor Schreck aufrichten … und dann Stille. Frieden. Die Pforte zum Abgrund war wieder verschlossen. Erleichtert atmete sie aus, stand auf und entriegelte die Tür. Aber als sie auf den Korridor hinaussah, herrschte dort absolute Dunkelheit. Alle Lampen waren durch die Wellen der Magie gelöscht worden.

Sie könnte sie ganz einfach wieder anzünden, aber plötzlich war sie sehr müde. Müde, die Tochter ihres Vaters zu sein, müde, hässlich zu sein, müde, dass sie sich nach einem wunderbaren kraftvollen Mann sehnte, der ihr nie gehören würde, nie gehören konnte. Sie wendete sich von der Tür ab und kroch ins Bett.

Das Böse fand sie in ihren Träumen. Die spinnenhaften Finger des Blutmagiers kratzten sie, bis sie blutete. „Du glaubst, du kannst mir entkommen? Du bist meine Tochter, mein Besitz!“

Zitternd hob sie die Hände und wich zurück. „Nein. Du hast kein Recht auf mich!“

Sein Lachen fuhr ihr bis ins Mark, und ihre Kehle schnürte sich zu. „Mir gehört jeder Teil von dir.“

Mit dem Rücken stieß sie gegen eine Wand und sah sich panisch nach einem Ausweg um. Nichts. Sie war gefangen in einer glänzenden schwarzen Zelle. Die Gestalt ihres Vaters war ein verwesender Schatten, der mit der Dunkelheit verschmolz.

„Jetzt wirst du mir sagen, wo du bist", befahl er düster, und seine messerscharfen Nägel gruben sich in ihren Hals. „Du wirst es mir sagen, oder du wirst sterben."

Da wurde ihr klar, dass es sich nicht um einen Traum handelte. Es war ein Zauber, für den ihr Vater nicht nur unschuldiges Blut vergossen hatte, sondern auch sein eigenes. Denn sein Blut rief nach ihrem, da es auch in ihren Adern floss. Wenn sie in diesem albtraumhaften Gefängnis starb, würde sie in der wirklichen Welt nicht mehr erwachen.

Sie beschwor ihre eigene Magie und versuchte, ihn von sich zu stoßen. Aber er war geschützt, hatte genug Blut vergossen, um sich selbst darin einzuhüllen wie in einen Schild. Ihre Macht glitt an seiner Bosheit ab und stieß ein helles Kreischen aus, das wie der Schrei einer Frau klang. Er schloss die Hand fester um ihren Hals. Sie würgte und kratzte an seinem Handgelenk, doch das bewirkte nur, dass ihre Hände blutig wurden und die Fingernägel abbrachen.

Dunkelheit engte ihr Blickfeld ein, und sein stinkender Atem traf auf ihr Gesicht. „Wo bist du, liebste Tochter?" Seine Lippen waren fast auf ihren, ein schrecklicher Kuss. „Wo versteckst du dich?"

Nein. Sie durfte nicht sterben. Sie hatte Micah noch nicht nach Hause gebracht.

Doch ihr Vater quetschte ihr das Leben aus. Ihr Herz zappelte wie ein Kaninchen in ihrer Brust. Sie hob die schwachen zitternden Hände und versuchte noch einmal, ihn von sich zu stoßen, aber ihre Finger rutschten ab, glitschig durch ihr eigenes Blut. *Nein!* Sie weigerte sich aufzugeben, weigerte sich, sich zu ergeben. Nicht ihm, niemals ihm. Selbst wenn …

Eine massive Welle der Macht – rein, sauber, *stark* – rauschte durch ihre Adern.

Mit letzter Kraft brachte sie diese Macht an die Oberfläche und schleuderte sie wie rasiermesserscharfe Dolche auf ihren Vater zu. Sein Schrei zerstörte die schwarze Zelle, und Liliana taumelte zurück in ihre Traumlandschaft. Scherben wie aus Onyx fielen um sie herum zu Boden, schnitten und stachen sie. Keuchend und halb erstickt nutzte sie die berauschende Macht in ihren Adern dazu, die letzten Fesseln des Zaubers zu lösen, und landete wieder in der Realität mit einem Ruck, der sie aus dem Bett hochfahren ließ.

Vor sich sah sie das Gesicht des Lords der Schwarzen Burg.

Seine Augen brannten schwarz, und als er ihr das Haar aus dem Gesicht strich, um sie im Licht der Lampe betrachten zu können, die auf ihrem Nachttisch flackerte, leistete sie keinen Widerstand. „Du blutest", sagte er barsch, ging ins Badezimmer und kehrte mit einem weichen Handtuch zurück. Sie legte die Finger an ihren Hals und spürte dort die Striemen und das klebrige Blut. Schockiert, wie sie war, wehrte sie sich nicht, als er mit der rechten Hand das Tuch an ihren Hals legte. Die linke blieb fest zur Faust geballt.

Lilianas Blick richtete sich starr auf diese Faust. Als sie an seinen Fingern zog, sie zu öffnen, spürte sie etwas Nasses, Klebriges. „Was habt Ihr getan?" Sie sah auf den tiefen Schnitt in seiner Handfläche hinab. „Was habt Ihr *getan*?"

Die Hand, die das Tuch an ihren Hals drückte, zuckte und drückte dann weiter. „Du bist Blutmagierin."

Ein Schauer überkam sie, als sie begriff. Er hatte gesehen, dass sie in ihrem Albtraum gefangen war, und ihr die Magie gegeben, die sie brauchte, um sich zu befreien. Sein Blut war berauschend. Ihr eigenes war im Vergleich dazu schwach. Elden selbst pochte in seinen Adern. „Danke", murmelte sie, während sie ein zweites Handtuch nahm, das er auf den Nachttisch gelegt hatte, und es auf seine Schnittwunde presste. „Aber Ihr solltet Euer Blut nicht so verschwenden.

Es liegt unglaubliche Macht darin."

Der Wächter des Abgrundes warf ihr einen Blick so voller Wut zu, dass sie erstarrte. „Dann hätte ich dich sterben lassen sollen, Liliana? Würdest du das von mir verlangen?"

Sie hatte ihn beleidigt. „Nein", sagte sie sofort. „Aber Ihr seid so viel wichtiger als ich." *Unglaublich viel.* „Wenn Ihr sterbt, was geschieht dann mit dem Abgrund?"

„Es wird ein neuer Lord kommen." Seine Augen funkelten weiterhin vor Wut, auch wenn sie wieder wintergrün geworden waren. „Es wird nie eine neue Liliana geben."

Ihr Herz machte einen Sprung, blieb stehen, und als es wieder anfing zu schlagen, gehörte es ihm, diesem Prinzen von Elden, der zum Lord der Schwarzen Burg geworden war. Sie konnte nicht verhindern, dass ihre Unterlippe bebte, und die Träne nicht aufhalten, die ihr die Wange hinablief. Zum zweiten Mal weinte sie vor ihm, sie, die immer versuchte, sich solche Verletzlichkeit nie, niemals anmerken zu lassen.

Der Wächter des Abgrundes stieß ein heiseres Geräusch aus seiner Kehle hervor, und dann hob er sie hoch und setzte sie auf seinen Schoß, wo sie sich an seine kühle Rüstung lehnte. Als er ihr befahl, weiterhin das Tuch auf ihre Wunden zu drücken, gehorchte sie, weigerte sich aber, dafür seine Handfläche loszulassen.

„Ihr blutet noch", sagte sie durch ihre Tränen. „Ich kann die Macht schmecken." Sie war mächtig und dunkel und verlockend. So verlockend. Die Magie, die sie mit diesem Blut wirken könnte … *Nein.* Sie schleuderte seine Hand von sich und auch das Handtuch von ihrem Hals, krümmte sich schreckensbleich zusammen. „Lasst mich los. Ich bin böse." Am Ende war sie doch nur die Tochter des Blutmagiers.

Starke Finger an ihrem Gesicht, sein Arm, der sie fest an Ort und Stelle hielt. „Das Blut, das du schmeckst, gebe ich freiwillig", murmelte er ihr ins Ohr. „Es berauscht."

Sie erschauerte, weil er recht hatte. Die herrliche Pracht floss durch ihre Adern, umnebelte ihre Sinne und drohte, sie zu ihrem Sklaven zu machen. „Bitte."

„Hast du schon einmal Blut gerochen, das nicht freiwillig gegeben wurde?"

Sie dachte an das Turmzimmer ihres Vaters, an den Schrecken, gefesselt dazusitzen und seinen Opfern nicht helfen zu können ... und dann, später, hatte er ihr den Willen genommen und sie gezwungen, ihm zu helfen. „Ja", sagte sie kaum hörbar. „Ich war noch ein Kind." Sie fragte sich, ob er ihr glauben würde. „Ich habe nie aus freiem Willen unschuldiges Blut vergossen."

„Ich weiß." Seine Finger waren in ihren Haaren, massierten ihre Kopfhaut. „Wie hat es geschmeckt?"

„Verfault, eklig, verdorben." Sie hatte sich beim ersten Mal übergeben, und ihr Vater hatte ihr Gesicht zur Strafe in ihr eigenes Erbrochenes gedrückt. „Überhaupt nicht wie Euer Blut."

„Das ist, weil es gestohlen war. Verstehst du, Liliana?"

Oh. „Dann dürft Ihr mir Euer Blut nie mehr freiwillig geben", ermahnte sie ihn. „Ich werde davon noch betrunken und ermorde Euch im Schlaf."

Ein Grollen an ihrer Wange, Vibrationen, die ... Er lachte. Der Lord der Schwarzen Burg lachte, als hätte sie etwas vollkommen Absurdes gesagt. Und als er den Kopf senkte, um sie zu küssen, war sie zu erstaunt, um etwas anderes zu tun, als den Mund zu öffnen und den kühnen Vorstoß seiner Zunge gewähren zu lassen.

12. KAPITEL

Der Schock der einströmenden Sinneseindrücke ließ sie aufseufzen.

Er hob den Kopf. „Gefällt es dir nicht?"

Sie brauchte einen Augenblick, bis sie wieder sprechen konnte. „Ich habe es noch nie versucht." Ives hatte versucht sie zu küssen, mit seinem fauligen Atem. Es war ihr gelungen, dieser Unwürdigkeit aus dem Weg zu gehen, auch wenn der Preis ein gebrochener Wangenknochen gewesen war.

„Ich auch nicht", war die erstaunliche Antwort.

„Es gibt im Dorf Frauen, die keine Jungfern sind." Und die versucht haben mussten, ihn zu verführen, diese sinnliche gefährliche Kreatur, die sie auf ihrem Schoß festhielt.

„Sie stinken nach Angst", war die gnadenlose Antwort, ehe er mit starken Fingern ihren Kiefer ergriff. „Versuchen wir es noch einmal."

Das zweite Mal war genauso schockierend, aber sie wollte nicht, dass er aufhörte. Also wagte sie es, seine Zunge mit ihrer zu berühren. Er stöhnte, und die Finger schlossen sich fester um ihren Kiefer. „Noch einmal." Er berührte ihren Gaumen fast mit der Zunge und streichelte ihre, sinnlich und erotisch und vollkommen hemmungslos.

Sie ertrank in ihm, in diesem Sturm erotischen Regens nach einer lebenslangen Dürre. „Hört auf."

„Bist du sicher?" Seine Hand auf ihrem Kiefer drehte sie wieder zu seinem Mund.

„Nein." Er fühlte sich gut an, sein Kuss, so gut.

Als er sich wieder mit der gleichen rohen Energie ihres Mundes bemächtigte, erschauerte sie und legte eine Hand auf die schwarze Rüstung, die verhinderte, dass sie ihn Haut an Haut spürte. Sie war jetzt warm, fast selbst wie Haut – und das Gefühl war zu viel.

Sie unterbrach die intime Verbindung und barg ihr Gesicht an seinem Hals. Selbst das drohte, sie zu überwältigen, seine heiße Haut, sein fremder Duft. *Männlich.* Sie stieß sich von seiner festen Brust ab, krabbelte von seinem Schoß und landete in einem ungelenken Haufen auf ihrem Bett. Die Röcke waren ihr bis zu den Knien hochgerutscht.

Sein Blick ruhte auf ihren nackten Beinen.

Mit heißen Wangen setzte sie sich rasch auf und strich den Stoff glatt. „Das geht nicht."

„Warum nicht?" Mit einer großen Hand ergriff er sie am Knöchel und zog sie an sich.

Sie versuchte, sich festzuhalten. Er war stärker. „Micah, hör auf."

Die Zeit stand still.

Nein, nein, nein, dachte sie. Sie konnte nicht nach all der harten Arbeit einen so schwerwiegenden Fehler begangen haben. „Ich …"

„Micah", murmelte er, als wollte er den Namen kosten, „ja, so darfst du mich nennen."

Sie seufzte erleichtert. Damit hatte er zwar noch nicht seine frühere Identität wieder angenommen, aber wenigstens hatte er sie auch nicht sofort von sich gewiesen. „Lässt du meinen Knöchel jetzt los?"

Er strich mit den Fingern über ihre Haut, gerade fest genug, um einen Schauer in ihr auszulösen. „Ich will noch einen Kuss."

„Du kannst nicht einfach um einen Kuss bitten."

„Warum nicht?"

Das brachte sie zum Schweigen. Sie hatte keine Antwort auf seine Frage. Alles, was sie vom Werben wusste – was sie bei den Höflingen beobachtet hatte –, war, dass es ein komplizierter Tanz war. Niemand sagte jemals, was er wirklich meinte, und alles wurde hinter scheuen Blicken und zarten

Berührungen versteckt.

Es war ihr immer schrecklich umständlich vorgekommen, ihr, die sie keinerlei weibliche Tugenden besaß und auch an ihren besten Tagen kein scheues Lächeln zustande brachte. „Ich nehme an“, sagte sie, „es ist schon besser, direkt zu sein.“

„Gut.“ Er zog wieder an ihrem Knöchel.

Sie vergrub die Hände in den Laken, um zu verhindern, dass sie sich einfach so auf ihn stürzte. „Nur weil du gefragt hast, heißt das nicht, dass ich einverstanden bin!“

Schwarze Schatten krochen über sein Gesicht, wunderschön und doch tödlich. „Wenn es dir nicht gefallen hat, sag es mir. Dann küsse ich dich auf andere Weise.“

Hitze entfaltete sich tief in ihrem Körper, so sündig und wild, dass sie kaum noch zwei Worte aneinanderreihen konnte. „Ich weiß nicht, ob ich geküsst werden will!“

Er funkelte sie wütend an und hielt sie noch fester. „Warum lügst du mich an, Liliana?“

Oh, Gnade. „Weil du mich verwirrst“, platzte sie heraus. „Küssen ist … Ich muss mich erst daran gewöhnen.“ *Daran, dass du mich willst, obwohl du weißt, was Schönheit ist. Obwohl es da draußen andere Frauen gibt, die du in dein Bett nehmen könntest.*

Er zog noch einmal fest an ihrem Knöchel, sodass sie das Gleichgewicht verlor und auf den Rücken fiel. Sie keuchte, als er sich über sie beugte und seine Handflächen neben ihrem Kopf abstützte, und sie kämpfte dagegen an, die Beine zu spreizen und ihn in sinnlicher Nähe zu spüren. „Ich gebe dir“, sagte er mit dieser sanften Stimme, die das Blut der Leute so effektiv gefrieren ließ, „bis morgen früh Zeit, dich an den Gedanken zu gewöhnen.“

Sie erschauerte, aber nicht, weil ihr Blut gefror. „Bis übermorgen.“ Früher hätte sie vielleicht über den Befehl diskutiert, aber sie hatte gelernt, dass man von ihm so nicht bekam, was man wollte.

„Nein."

Sie setzte eine rebellische Miene auf.

„Morgen Abend." Sein Tonfall ließ keinen Zweifel daran, dass dies sein letztes Angebot war.

„Und wenn ich entscheide, dass Küssen mir nicht gefällt?", fragte sie, weil er groß war und überwältigend und weil sie dabei jeden Sinn für Selbsterhaltung verlor.

Langsam, ganz langsam legte sich ein Lächeln auf seine Lippen, und sie musste sich mit Fingern und Zehen in den Laken festkrallen. „Oh, du magst meine Küsse, Liliana. Ich habe deine Zunge an meiner gespürt."

„Micah!"

Er legte den Kopf zur Seite, und das Schwarz zog sich zurück und legte das Wintergrün frei, das in der Dunkelheit leuchtete. „Darf ich das auch nicht sagen?"

„Nein."

„Ich bin Lord der Schwarzen Burg. Ich kann sagen, was ich will."

Sie wusste nicht, ob sie schreien oder lachen sollte. „Du bist überhaupt nicht zivilisiert, was?"

Er sah sie merkwürdig an, als hätte sie eine sehr dumme Frage gestellt. Aber zu ihrer Überraschung antwortete er trotzdem. „Ich lebe an der Pforte zum Abgrund."

„Ja, wahrscheinlich ist zivilisiertes Benehmen hier nicht gerade nützlich." Wenn sie nicht aufpasste, würde er sie genauso wild machen. Und um ehrlich zu sein, sie wusste nicht, ob sie das störte.

Der Wächter des Abgrundes schlief in jener Nacht. Er träumte. Von Feuertänzern und einer Burg mit Bannern, die wild im Wind flatterten. Von einer Burg, deren Fenster voll goldenem Licht waren, und von glitzernder Musik, die über den nachtschwarzen See schwebte und ihm in den Ohren kitzelte, während er auf dem Rücken in einem kleinen Ruderboot lag.

„Ist es schon so weit, Nicki?“, fragte er den Mann mit den silbernen Augen mit goldenen Flecken darin, der neben ihm saß.

Nachdem er die Paddel gut verstaut hatte, damit sie nicht mitten auf dem See verloren gingen, schüttelte sein Bruder den Kopf und legte sich neben Micah. Er streckte den großen muskulösen Körper auf der Decke aus, die sie aus den Ställen geborgt hatten. Sie war ein wenig kratzig, aber wenigstens würde Mutter sie diesmal nicht schelten, weil sie ihre weiche flauschige Decke schmutzig gemacht hatten, so wie letztes Mal.

„Ist es jetzt so weit?“ Micah wand sich vor Aufregung.

„Noch nicht.“

Micah mochte es, dort mit Nicolai an seiner Seite zu liegen. Nicolai war der Stärkste mit der mächtigsten Magie. Breena war die Liebste, und Dayn brachte die besten und interessantesten Dinge mit, um sie ihm zu zeigen. Micah war, auch wenn er der Kleinste von ihnen war, auch der „Sturste“, das sagten sie alle. Er mochte es, der Sturste zu sein, besonders wenn Mama aufseufzte und dann lachte. Und lachte.

„Ist es *jetzt* so weit?“

Endlich sagte Nicolai: „Ja. Sieh nur.“

Micah atmete scharf ein, als der erste Stern über den Himmel schoss. Er sprach kein Wort, während die Sterne vom Himmel fielen, und war so gebannt, dass er vergaß, sich etwas zu wünschen, bis Nicolai ihm zuflüsterte: „Beeil dich, sonst ist es vorbei.“

Micah wollte keine Sekunde der Magie am Himmel verpassen, aber er schloss doch fest die Augen und wünschte sich etwas. Es war ein merkwürdiger Wunsch, wenn man darüber nachdachte, aber er wünschte ihn, während die Sterne am Himmel vorbeizogen, und hatte ihn schon vergessen, als sie aus dem Ruderboot auf die Steine kletterten, die zur Burg hinaufführten.

Doch als der Wächter des Abgrunds jetzt die Augen öffnete, erinnerte er sich.

„Ich habe mir gewünscht, dass wir alle nach Hause kommen", erzählte er Liliana am nächsten Tag, während sie in der Küche beschäftigt war. „Ein seltsamer Wunsch, findest du nicht?"

Liliana sah ihn erschrocken an und öffnete den Mund, als wolle sie etwas sagen, aber dann presste sie doch wieder die Lippen zusammen. Lippen, an denen er noch einmal knabbern wollte. Er stahl sich um die Arbeitsplatte herum, auf der sie Teig ausrollte, und legte ihr von hinten die Hände an die Hüften. „Hast du dich schon wegen des Küssens entschieden?"

„*Micah.*"

Er strich eine Haarsträhne zur Seite und presste die Nase an die Kurve ihres Nackens. Sie roch nach der Seife, die er ihr gegeben hatte, nach Mehl und etwas Süßem. Er hatte beschlossen, sie zu vernaschen, also biss er ihr in den Hals.

Sie zuckte zusammen. „Micah, hast du mich gerade gebissen?"

Er überlegte, ob er ihr antworten sollte oder nicht. Sie hatte gut geschmeckt. Vielleicht wollte er sie später noch einmal beißen. Besser, wenn sie nicht vorgewarnt war. „Du hast mir nicht gesagt, was du da machst."

„Kekse", antwortete sie und warf ihm einen misstrauischen Blick zu, ehe sie sich wieder ihrem Teig zuwandte. „Normalerweise würde ich sie mit getrockneten Prallbeeren machen, aber da wir noch nicht dazu gekommen sind, welche zu trocknen, hat Jissa für mich eine Schachtel Rosinen gefunden."

Trotz ihrer äußeren Gelassenheit war Liliana sich nicht sicher, ob sie überhaupt geatmet hatte, bis Micah um die Arbeitsplatte herumgegangen war, um sich eine kleine grüne Frucht zu nehmen. Da fiel ihr etwas Unglaubliches auf. „Deine Rüstung." Seine Arme lagen frei bis hinauf zu den Schultern.

„Hmm."

Diese Antwort erstaunte sie weniger als die Tatsache, dass seine Haut gebräunt war; sie sah einen goldenen Schimmer, unter dem sich seine Muskeln abzeichneten. „Du hast die Rüstung nicht immer an." Sie hatte gedacht, dass die schwarzen Panzer dem verdorbenen Zauber ihres Vaters entsprungen waren. Aber was, wenn die Rüstung aus der mächtigen Magie eines verängstigten kleinen Jungen entstanden war, den man in einen Schlund geworfen hatte, ohne dass ihn jemand auffing?

„Wann sind die Kekse fertig?"

Sie sah hinab und entdeckte, dass sie mit ihren Vorbereitungen fertig war. „Bald."

Micah ging zur Ofentür und öffnete sie, und die Muskeln an seinen Armen glänzten in der Hitze. Liliana spürte, wie etwas in ihrem Bauch zu flattern begann und ihr Mund auf einmal staubtrocken wurde.

„Liliana", sagte er mit tiefer, lockender Stimme. „Noch ist nicht Abend, also darf ich dich nicht küssen. Aber du könntest mich küssen."

Errötend schob sie die Kekse in den Ofen, sah zu, wie er ihn schloss, und wollte seine Arme entlanglecken und küssen. „Wo sind Jissa und Bard?", fragte sie und fächelte sich mit der Hand Luft zu.

„Sie spielen Schach."

„Oh." Sie ging sich eine Tasse Tee einschenken, aber ihre Hand zitterte so sehr, dass sie das meiste verschüttete. „Geh weg. Ich kann nicht denken, solange du da bist." Und sie musste nachdenken. Er war jetzt zu tief in ihrem Herzen. Sie wollte ihn nicht zurück nach Elden bringen, zu dem Bösen, das ihn dort erwartete.

Aber sie musste.

Wenn sie es nicht tat, war Elden für immer verloren.

Und Micah würde ihr nie vergeben.

Sie verkniff sich ein bitteres Lachen. Er würde ihr ohnehin niemals vergeben. Die Berührungen, die Küsse … das alles war gestohlen. Doch obwohl sie das wusste, konnte sie nicht anders. Für die wenige Zeit, die ihnen noch blieb, würde sie ein Dieb bleiben.

Es ist nicht nur Selbstsucht, versuchte sie sich selbst einzureden, als Schuldgefühle sich in ihr regten – er hatte immerhin angefangen, seine Rüstung abzulegen. Jeder Instinkt sagte ihr, dass die Rüstung vollkommen verschwunden sein musste, damit er sich an Elden erinnern konnte. Und wenn er sich erinnert hatte, musste er die Rüstung von Neuem aufbauen, um sich auf den größten Kampf seines Lebens vorzubereiten. Aber die Zeit … die Zeit verging so schnell. Sie hatte nur noch bis zum nächsten Vollmond, der Zeitpunkt war schon viel zu nah.

„Liliana."

Sie klammerte sich an den Rand der Arbeitsplatte und sagte: „Die Kekse riechen gut."

„Du auch."

Sie verschränkte die Arme und ging mit steifen Schritten auf ihn zu, um ihm ins Gesicht zu sehen. „Ich bin nicht schön, Micah." Jemand musste es sagen, denn auch süße

Lügen taten weh. „Du musst solche Sachen nicht sagen."

Seine Wimpern, voll und seidig und lang, senkten sich über seinen atemberaubenden Augen und hoben sich wieder. „Doch, bist du."

Der Tonfall in seiner Stimme war ihr bereits mehr als vertraut. „Nur weil du es sagst, macht es das nicht wahr!" Sie wollte mit dem Fuß aufstampfen wie ein trotziges Kind.

„Ich bin der Lord der Schwarzen Burg", rief er ihr noch einmal voll dunkler Arroganz in Erinnerung. „Mein Wort ist Gesetz. Vergiss nicht, über das Küssen nachzudenken. Ich werde dich wieder schmecken, sobald die Sonne untergeht."

Liliana starrte noch Minuten später die geschlossene Tür an, als ihr kleinster Freund in dieser Burg voll alter Magie und flüsternder Geister ihr über den Fuß krabbelte, um sie an etwas zu erinnern. „Die Kekse!" Sie schnappte sich ein Tuch, öffnete den Ofen und nahm sie gerade noch rechtzeitig heraus. „Also", murmelte sie und sah hinab auf die zuckende Nase der neugierigen Kreatur, die mittlerweile recht gesund aussah, „ich glaube, dafür hast du dir einen ganzen Keks für dich allein verdient."

Sie hätte schwören können, das kleine Tier lachte vor Freude.

Micah legte Liliana dieses Mal ein strahlend silbernes Kleid hin. Die Fäden waren so fein, dass sie jeden Lichtschimmer einfingen und hundertfach zurückwarfen. Sie wird wie eine Sternschnuppe aussehen, dachte er, und ich werde sie küssen. Sein Körper erhitzte sich unter der engen schwarzen Rüstung, und zum ersten Mal störte ihn ihr Gewicht. Trotzdem konnte er sie nicht ablegen, nicht heute Nacht. Die Energie der Schatten lag in der Luft, und er wusste, dass sich Verdammte in den Ödlanden aufhielten – er musste sie einfangen, ehe sie Schaden anrichteten.

„Ich komme zwei Stunden nach Mondaufgang zurück“, teilte er Bard mit, ehe er aufbrach. „Sag Liliana, sie soll auf mich warten.“ Als er in die samtschwarze Nacht hinaustrat und seine Flügel ausbreitete, die ihn in die Luft trugen, dachte er an ihren Kuss. Die Dorffrauen hatten oft versucht, ihn zu verführen, aber unter all ihren lockenden Blicken hatte ein ängstliches Beben gelegen, die zitternde Sehnsucht, mit der Gefahr zu spielen.

Er hatte nicht die geringste Lust, eine Frau zu küssen, die bebte, weil sie Angst hatte. Liliana hatte auch gebebt, aber nicht vor Angst. Seine Lippen bogen sich zu einem Lächeln. Auch wenn er noch keine andere Frau geküsst hatte – er wusste, dass sie bebte, weil es ihr gefiel. Besonders wenn er seine Zunge an ihrer rieb. Er wollte mit seiner Zunge auch …

Eine Welle öliger Energie. Der Gestank nach Verwesung.

Wieder in voller Rüstung, auch wenn er sich nicht daran erinnern konnte, sie beschworen zu haben, machte er sich auf die Jagd nach der Seele. Dem Geruch nach war es ein Blutmagier. Aber nicht wie Liliana. Dieser hier hatte unschuldiges Blut vergossen, und dieser Makel klebte an ihm.

Der Zauberer, dessen Körper im Tod geschrumpft war und dessen Augen wie unergründliche rote Seen wirkten, versuchte ihn mit einem Sperrfeuer seiner rasiermesserscharfen Macht abzuwehren. Micah ignorierte es einfach. Es war ein alter Trick. Die Scherben versuchten, sich in seine Rüstung zu graben, und sie enthielten so viel Bosheit, dass es einer gelang, das Schwarz anzusengen.

Mit der kalten Macht aus den Tiefen des Abgrunds lenkte er die Scherben zurück auf ihren Meister. Der Zauberer kreischte hoch und schrill. Als Micah ihn erreichte, fand er einen wimmernden Ball vor, zerfetzt, als hätte man ihn durch ein Netz aus Rasiermessern geworfen, bis man durch die Überreste seines Schattendaseins hindurch die Nacht sehen konnte.

„Der Abgrund erwartet dich."

„Nein, nein." Die Stimme des Magiers war kaum noch ein Flüstern, seine Magie erloschen.

„Wie bist du gestorben?" Denn er war nah am endgültigen Tod, sein Schatten verblasste bereits.

„Ich wurde geopfert." Die Stimme war jetzt fast unhörbar. „Er sucht nach seinem Besitz."

Wenn ein anderer schwarzer Magier einen seiner eigenen Art geopfert hatte, musste er unglaublich viel Macht benötigen. „Wer?"

Doch der Magier war fort, ins Nichts verschwunden. Frustriert, weil er die Gelegenheit verpasst hatte, eine wichtige Wahrheit zu erfahren, verbrachte er den Rest der Nacht damit, voller Zorn und gnadenlos all jene zu jagen, die für den Abgrund bestimmt waren.

Das Böse lauerte überall. Daran hatte er sich schon lange gewöhnt, denn das war der Grund für seine Existenz. Seine Aufgabe war, das Land zu reinigen. Doch heute Nacht war das Böse dunkler, zäher, heimtückischer. Plötzlich klagte etwas in ihm, als würde er einen großen Verlust betrauern, und Panik breitete sich in ihm aus.

Die Zeit wird knapp.

Er wusste nicht, was das bedeutete, wusste nicht, was er tun musste. Aber er konnte spüren, wie die Zeit immer schneller verging. Mit jedem Tag, jeder Stunde, die verging, breitete sich die Dunkelheit weiter aus und grub ihre Wurzeln immer tiefer.

Beeil dich, Micah.

Von einer inneren Stimme getrieben, flog er, so schnell er konnte, aber er fand nichts als Schatten, deren Böses ihn beschmutzte und unrein werden ließ.

13. KAPITEL

Liliana hatte bis lange nach Mondaufgang auf Micah gewartet. Als er endlich zurückkam, ging er direkt in den Kerker. Seine Macht zog schwer und aufgeladen durch die Korridore. Es schien eine Ewigkeit zu dauern, bis er wieder nach oben kam. Sie nutzte die Zeit, um den Tisch zu decken und die Kerzen anzuzünden.

Ihre Hände zitterten. „Hör auf damit, Liliana. Es wird nur ein Kuss ... vielleicht ein bisschen mehr."

Schwere Stiefel auf Stein. Das Knallen einer Tür. Das Öffnen der Tür, die in die Große Halle führte, und weitere Schritte, jetzt viel näher. Weil sie es gewöhnt war, dass er ihr immer viel zu nahe kam, drehte sie sich um und lehnte sich gegen den Tisch. Aber er stand nicht hinter ihr. Er stand mehrere Schritte entfernt, und sein ganzer Körper war in Schwarz gehüllt, bis zu den rasiermesserscharfen Spitzen an seinen Fingern.

Ihr Magen verkrampfte sich. „Was ist los?" Sein Gesicht ... so hatte sie es noch nie gesehen – so verschlossen und abweisend und ohne Emotionen.

„Die Jagd war lang. Ich muss baden." Mit diesen kalten Worten machte er auf dem Absatz kehrt und verließ die Große Halle, aus der sie als Vorbereitung auf diese besondere Nacht alle Bewohner verscheucht hatte, auch die geisterhaften.

Sie wusste nicht, was sie tun sollte. Eine Minute lang stand sie einfach nur verloren da. Dann schimmerte ihr Kleid im Licht der Kerzen, und sie brach unter der Welle der Demütigung fast zusammen. Nachdem sie die Kerzen gelöscht hatte, deckte sie alle Speisen ab und zwang sich, sie in die Küche zu tragen und wegzuräumen. „Nicht die Fassung verlieren", befahl sie sich, auch wenn ihr geschundenes Herz in ihrer Brust schrecklich wehtat.

So ist es besser, redete sie sich ein, als sie die Küche verließ, um in ihr Zimmer zu gehen. Jetzt konnte sie sich auf ihre Aufgabe konzentrieren, ohne von den heftigen Gefühlen abgelenkt zu werden, die sie den ganzen Tag im Griff gehabt hatten. Schon jetzt hatte der Lord der Schwarzen Burg seinen Namen zurück. Bald würde er auch seinen Titel wiedererlangen.

Dann konnte sie ihn nach Hause bringen, in die Burg von Elden, zu der Familie, die dort auf ihn wartete. Ihr Vater musste sterben, und sie selbst würde ihn umbringen, auch wenn ihre Magie für diese Aufgabe ein menschliches Opfer verlangte. Egal, wie oft sie sich ein Exil vorgestellt haben mochte, sie hatte die brutale Wahrheit immer gekannt: Es war ihre eigene Kehle, die sie für den Todeszauber durchtrennen musste. Doch ehe sie das tat, wollte sie die wahren Regenten von Elden zurückbringen. Sie wollte dem Land sein Herz zurückgeben.

Vielleicht durfte die Tochter des Blutmagiers dann, statt im Abgrund zu enden, in eine friedliche ewige Nacht schreiten. Sie erwartete nicht, in die Ewigkeit einzugehen, den Ort, an den das Gute nach dem Tod kam. Sie hoffte nur auf ein Ende ihres Daseins. Zumindest hatte sie das … bevor sie Micah begegnet war. Bevor er sie geküsst und sie sich dadurch so unglaublich lebendig gefühlt hatte.

In ihrem Zimmer zog sie sich das silberne Kleid über den Kopf und hängte es sorgfältig in den Schrank. Dieses Kleid war nicht für jemanden wie Liliana gemacht. Es war besser, wenn sie Braun trug, wie sie es immer getan hatte. Sie strich sich das Haar hinter die Ohren und wollte ihr grobes altes Kleid anziehen, erinnerte sich dann aber, dass es in der Wäsche war. Sie hatte nur noch das schöne schokoladenfarbene Kleid, das Micah ihr gegeben hatte, und das zu zerknittern, konnte sie nicht ertragen.

Nackt bis auf die Unterwäsche, sah sie zur Tür. Es befand sich kein Schloss daran, und sie hatte auch keinen Stuhl, den sie unter die Klinke schieben konnte, aber wer sollte hereinkommen? Bard stand wahrscheinlich vor Jissas Zimmer Wache, wie er es jede Nacht tat, ohne dass die Brownie es wusste. Und der Wächter des Abgrundes hatte es gar nicht abwarten können, weit von Liliana fortzukommen.

„Genug“, brauste sie auf, ärgerlich über ihr Selbstmitleid. „Morgen fange ich an, Druck auf ihn auszuüben. Und zwar fest.“ Micah musste sich bald an sein Schicksal erinnern, sonst wäre alles umsonst.

Micah wusch und wusch sich, aber das Böse klebte noch an ihm wie hartnäckiger Schmutz. Er durfte Liliana so nicht anfassen, durfte sie nicht damit beflecken. Frustriert und wütend fuhr er sich mit den Händen durchs Haar und dachte nur noch daran, *sauber* zu werden.

Magie flüsterte über ihn hinweg, Magie, wie er sie noch nie zuvor gekostet hatte. *Nein.* Das stimmte nicht. Er hatte diese Magie schon einmal gekostet. Vor langer, langer Zeit. Es war *seine* Magie – aber nicht die der Schwarzen Burg. Sie kam aus ihm selbst, flüsterte von einem Ort, der lebendig war … und im Sterben lag. Sein Körper erstarrte, aber ehe er dem unheilvollen Gedanken bis zu seinem Ursprung folgen konnte, war er verschwunden. Und er selbst war sauber.

„Liliana.“ Jetzt konnte er zu ihr gehen. Allerdings stand der Mond, der in wenigen Tagen voll sein würde, schon hoch am Himmel. Es war spät, und sie würde schon fest schlafend im Bett liegen.

Vielleicht nackt.

Er lächelte so breit, dass er seine Zähne zeigte, und öffnete die Tür.

Da er sie in ein Zimmer gesteckt hatte, das niemand erreichen konnte, ohne zuerst an seinem vorbeizukommen, konnte er schnellen Schrittes zu ihr gehen. Unter ihrer Tür drang kein Licht hervor, aber er zögerte keine Sekunde; er war zu hungrig auf ihren Geschmack, um sich darüber Gedanken zu machen, dass er sie aufweckte. Immerhin wusste sie ganz genau, dass er nicht zivilisiert war.

Der Raum war in helles Mondlicht getaucht. Liliana lag auf dem Bauch, ihr Gesicht halb im Kissen verborgen, die Decke bis kurz unter die Schulterblätter hochgezogen. Die Schultern waren nackt und glänzten warm.

Er ballte die Hände zu Fäusten und schloss die Tür sehr leise hinter sich. Dann betrachtete er sie einfach. Vielleicht sollte er ihre Privatsphäre nicht auf diese Weise missachten, aber es war ihm egal, solange es um seine Geschichtenerzählerin ging. Er ließ seinen Blick ihren Körper hinabgleiten und wünschte sich, die Decke würde verschwinden ... Dann lächelte er in sich hinein, weil es dazu keine Magie benötigte.

Er durchquerte den Raum, bis er ...

Er erstarrte. Noch nie hatte er ihren Rücken aus der Nähe gesehen. Im Bad war er im dampfenden Wasser verborgen gewesen, hinter den überkreuzten Bändern des roten Kleides hatte er die Striemen nicht deutlich erkannt, aber jetzt stand seiner Sicht nichts im Weg. Wut stieg in ihm auf wie ein wildes Tier. Wer hatte es gewagt, Hand an sie zu legen? *Wer?* Erzürnt zog er die Decke weiter herunter, um zu sehen, bis wohin die Striemen reichten.

Sie waren breit und weiß und erhaben, und er erkannte genau, dass sie von einer Peitsche stammten.

Nicht von einem einzigen Mal. Es mussten wiederholte und brutale Schläge mit der Peitsche gewesen sein, die dieses Muster aus Narben geschaffen hatten, das bis auf ihre gerundete Taille hinabreichte. Er schob die Decke nicht noch weiter hinab, auch wenn er voller Wut jeden Zentimeter des Schadens untersuchen wollte.

Bebend und doch nicht wagend, sie zu berühren, wandte er sich ab und starrte den Mond an. Aber er konnte das Zimmer nicht verlassen, konnte nicht gehen, ohne Antworten auf seine Fragen bekommen zu haben. Sobald er sich zutraute zu sprechen, ohne zu brüllen, setzte er sich auf das Bett neben die schlafende Liliana. Sie regte sich sofort. Alarmiert spannte sie die Schultern an, und ihre Hände ballten sich auf dem Kissen zu Fäusten.

„Liliana."

„Was machst du hier?" Mit einem Ruck zog sie die Decke wieder über sich.

Er beruhigte sie, indem er ihr einfach flach die Hand ins Kreuz legte. Als sie erstarrte, bewegte er seine Hand vorsichtig auf ihr. Seine Wut war gewaltig, aber er musste … Ihm fehlten die Worte. Er hatte noch nie so heftige Gefühle erlebt. „Wer hat dir das angetan?"

Sie zuckte zusammen, als sie die Kälte in seiner Stimme hörte. „Niemand."

„Du *wirst* es mir sagen." Und dann wollte er dieses Monster in den Abgrund zerren.

Ihr Rücken wurde steif. „Er bedeutet mir nichts. Verstehst du? *Nichts*."

Er höre ihre Wut, wie ein pulsierendes Band, das mit Schmerz durchzogen war. „Du willst seinen Namen nicht aussprechen."

„Nein." Sie zögerte. „Nicht ehe ich es muss."

Er dachte darüber nach. Er könnte sie drängen, es aus ihr herausquetschen – dazu wäre er sehr wohl in der Lage –, aber er befürchtete, sie könnte davon zu weinen anfangen. Er mochte es nicht, wenn Liliana weinte. Also atmete er tief, tief ein und presste seine Wut zu einem kleinen dichten

Ball zusammen, den er tief in seinem Herzen verbarg. Er würde ihn freilassen, wenn die richtige Zeit gekommen war und er den Namen des Mannes kannte, der es gewagt hatte, der Frau wehzutun, die so ruhig und angespannt unter seiner Hand lag.

Erst als er sich sicher war, den schwarzen Zorn so weit unter Kontrolle zu haben, dass er ihr nicht mehr damit wehtun konnte, neigte er den Kopf und presste die Lippen auf ihre Schulter. Ihre Haut war warm und seidig, wo sie unverletzt war, und dünn, wo die Narben sie durchzogen.

„Was machst du da?“ Es war eine hohe, gehauchte Frage.

„Dich schmecken.“ Er hatte sie noch nicht ausgiebig genug gekostet, also legte er seine Hände neben ihrem Kopf ab, küsste ihre Halsbeuge und leckte dort über ihre Haut.

Dieses Mal zuckte sie so stark zusammen, dass sie ihm mit dem Hinterkopf fast einen Kinnhaken verpasste.

„Vorsicht“, murmelte er und drückte sie mit der Hand in ihrem Kreuz behutsam wieder auf die Matratze. „Du tust mir noch weh.“

„Ich …“ Sie atmete zitternd ein, und ihr Körper hob sich unter seiner Berührung. „Ich *werde* dir wehtun, wenn du mich nicht sofort loslässt.“

„Ich halte dich ja nicht fest.“ Die Regeln zivilisierten Benehmens waren ihm vielleicht nicht bekannt, aber er wusste, dass eine Frau mit so schmerzhaften Striemen auf dem Rücken es hassen würde, festgehalten zu werden.

Eine Pause. Dann: „Du weißt genau, dass ich so nicht aufstehen kann.“ Es war ein gezischter Vorwurf.

Vollkommen zufrieden mit der Situation, küsste er den Ansatz ihrer Wirbelsäule. Hmm … er küsste den nächsten Wirbel, dann den danach. „Warum das?“

Sie wand sich. Fasziniert von der Bewegung, überlegte er, seine Hand tiefer gleiten zu lassen, um über die üppigen

Kurven zu streicheln, die ihn verlockten, sie zu drücken und zu tätscheln – aber dadurch geriet Liliana vielleicht so sehr in Panik, dass sie ihre Sittsamkeit vergaß.

„Micah."

„Ja?" Er küsste weiter seinen Weg ihre Wirbelsäule hinab.

„Ich bin so gut wie nackt", platzte es schließlich aus ihr heraus. „Wenn du gehen würdest, könnte ich mir etwas anziehen, und dann ..."

„Warum sollte ich das wollen?", fragte er ehrlich verwirrt. „Du hast in dem silbernen Kleid hübsch ausgesehen, aber nackt und warm gefällst du mir noch besser."

Sie wurde noch wärmer unter seinen Fingerspitzen, und er wünschte sich, er hätte daran gedacht, eine Lampe anzuzünden, damit er jetzt sehen könnte, wie die Röte sich über ihren Körper ausbreitete. Da er es nicht konnte, malte er es sich genüsslich aus, wie ihre Brüste aussehen mochten, ganz rot vor Scham. Sein Körper wurde auf eine Weise schwer und hart, dass es wie Folter anmutete.

Und er wollte noch mehr davon.

„Du ..." Sie erschauerte, als er seine Fingerspitzen über die Kurve ihrer Taille gleiten und dann über ihren Rippenbogen flattern ließ. „Du wolltest mich nicht anfassen, weißt du noch?"

Er hielt inne, runzelte die Stirn und beschloss, dass er sich in eine günstigere Position begeben musste. Stumm zog er seine Stiefel aus, stieg aufs Bett und hörte sie keuchen, als er sich neben ihr ausstreckte und auf einen Ellenbogen stützte. „Nur weil ich schmutzig war." Er legte ihr die Hand noch einmal ins Kreuz, nur ein winziges Stück tiefer.

Sie schwieg lange, ehe sie fragte: „Schmutzig?"

„Es war viel Abschaum unterwegs, aber davon reden wir nicht, wenn ich dich küsse."

Liliana wusste nicht, welcher seiner Aussagen sie zuerst

widersprechen sollte. Schließlich entschied sie sich für die, die sie am wenigsten verwirrte. „Du kannst nicht einfach davon ausgehen, dass ich mich von dir küssen lasse, wenn du mich erst so anfauchst, sobald du heimkommst."

Er hörte auf, diese kleinen Kreise auf ihrem Rücken zu beschreiben, die sie um den Verstand brachten. „Ich habe nicht gefaucht."

Sie konnte es nicht länger ertragen. Sie presste sich die Decke an die Brust und hielt sie gut fest, als sie sich umdrehte. Fast überraschte es sie, dass er sie nicht festhielt. Aber seine Hand lag im nächsten Augenblick auf ihrem Bauch – dieses Mal über der Decke. Zum Glück, denn die raue Haut seiner Handfläche …

Sie riss die Augen weit auf. „Deine Rüstung ist verschwunden." *Ganz.* Und auch wenn sie Hosen aus festem schwarzen Stoff sehen konnte, ein Hemd trug er nicht.

„Natürlich. Ich musste baden."

„Aber …"

Er legte sich über sie und presste einen Schenkel zwischen ihre Beine, während er seinen Oberkörper über ihr abstützte. „Ich will jetzt gerade über nichts anderes reden als über das Küssen, Liliana."

„Du … ich …" Sie schloss den Mund mit einem Schnappen, ehe sie zu plappern anfing, und versuchte, sich daran zu erinnern, wie man atmete.

Micah fuhr mit einem Finger an ihrem Gesicht entlang, fand eine Haarsträhne, zog daran. „Du hast da eine Locke. Das mag ich." Er legte sich die Locke um den Finger, hob sie an seinen Mund, rieb sie. „Weich. Und sie riecht nach Jissas Hübschmacher-Lotion."

„Du hast die Lotion von Jissa gestohlen?"

Er ließ die Locke los, nahm sie wieder auf, rieb die Strähne zwischen den Fingern. „Ich habe sie geborgt."

Es war ihr fast unmöglich, klar zu denken, während er ihr so nah war. Seine Schultern schirmten die ganze Welt ab, und die muskulöse Kraft seines Oberschenkels presste sich hart und intim gegen die beschämend feuchte Hitze zwischen ihren Beinen. Jedes Mal, wenn sie einatmete, nahm sie seinen ursprünglichen Duft in sich auf, bis es sich anfühlte, als wäre er bereits in sie eingedrungen.

„Micah?" Sie musste all ihren Mut zusammennehmen, um zu sprechen.

„Ja?"

Ihr Herz trommelte wild gegen ihre Rippen. „Möchtest du näher kommen?"

Unverhohlenes Interesse stand ihm im Gesicht geschrieben. Er senkte den Kopf, bis die Strähnen seiner goldenen Haare ihre Stirn streichelten. Sein Körper fühlte sich warm und schwer an. Sie war kurz davor, die Nerven zu verlieren, weil er ihr so nah war. Stattdessen hob sie den Kopf und presste die Lippen gegen seine Wange.

Sein wilder Geschmack, das kratzige Gefühl seiner Bartstoppeln, das Geräusch seines so nahen Atems, das alles überwältigte sie. Sie ließ den Kopf zurück aufs Kissen fallen, starrte zu ihm hinauf und fragte sich, was er als Nächstes tun würde. Er lehnte sich noch schwerer auf sie und legte seine Lippen an ihr Ohr. „Noch einmal."

Sie erschauerte, als sie den leisen Befehl in *diesem* Tonfall hörte, und wagte es, ihre Hand um seine nackte und warme Schulter zu schließen, während sie ihm gab, was er wollte. Als er blieb, wo er war, wurde sie mutiger und verteilte Küsse auf seinem Kinn. Ihre Brüste pressten sich an seinen Oberkörper, als er das Gesicht an ihrem Hals barg. Nur die dünne Decke war jetzt noch zwischen ihnen.

Es war berauschend und ein wenig erschreckend und so atemberaubend, dass sie kaum einen klaren Gedanken fassen konnte. Sie streichelte seine Schultern und kostete ihn noch einmal. Es fühlte sich mehr als gut an.

Er öffnete den Mund an ihrem Hals und saugte daran.

„*Micah.*"

„Du bist so weich, Lily." Ein Lecken, heiß und feucht.

Sie schmolz dahin.

Er hatte sie Lily genannt. Sie hatte noch nie einen Kosenamen gehabt. Es fühlte sich herrlich an, jetzt einen zu haben.

Dann biss er zu.

Ihr ganzer Körper zuckte zusammen. „Du hast gerade deine Zähne benutzt."

Er hob den Kopf, dieses heiße erotische Wesen in ihrem Bett. „Nicht?"

„Na ja …"

„Soll ich es noch einmal tun?"

„Ja." Sie krallte ihre Hände in sein seidiges Haar, nachdem sie diese ungezogene Einladung ausgesprochen hatte, und ihre Zehen krallten sich ins Laken.

Mit einem sündigen Lächeln, in dem die dunkle Arroganz seiner Macht lag, biss er noch einmal fest zu und saugte dann an der Stelle, ehe er den Kopf hob. „Ich werde dich auch an anderen Stellen beißen. Diese weichste Stelle …" Sie spürte seine Hüften, als er sein Gewicht verlagerte, um sich noch dichter an sie zu schmiegen, „… zuerst."

Danach setzte ihr Verstand ganz einfach aus.

14. KAPITEL

In dem Augenblick küsste Micah sie.

Es gab keine Vorwarnung, keine kleinen Küsse, um sie an den Gedanken zu gewöhnen. Er eroberte einfach ihren Mund, heiß und feucht und roh – ein Kuss, so ungezähmt und unzivilisiert, wie der Mann selbst es war. Er fuhr mit der Hand in ihr Haar und neigte ihren Kopf, um ihren Mund mit wildem Hunger erforschen zu können, während sie ihm entgegenkommen wollte. Er war zu schwer, zu stark. Frustriert, weil sie mehr von ihm spüren wollte, spreizte sie die Beine, ohne es zu merken.

Er presste sich noch enger an sie und gab ein tiefes Geräusch der Wonne von sich. Seine Hand fuhr hinab zu ihrem Hals, dann noch tiefer. Sie löste die Lippen kurz von seinem Mund und keuchte: „Wir müssen aufhören." Sie hatte sich endlich erinnert, dass sie nackt war – oder zumindest so nahe daran, dass es keinen Unterschied machte.

„Warum?"

Ihr fiel keine Antwort ein.

Was ihr einen weiteren Kuss einbrachte. Micahs Hand lag schwer und warm auf ihrer Brust, gerade oberhalb der Kurve ihres Busens. Als er sie ein Stück tiefer sinken ließ, packte sie sein Handgelenk. „Nur ein Kuss." Es war eine heisere Mahnung.

Er lächelte, langsam und so charmant, dass sie wusste, er hatte vor, sie zu allen möglichen weiteren Schandtaten zu überreden. Sie hätte ihn zurückweisen sollen, aber er fühlte sich so gut an, und sein Lächeln war so verlockend, dass sie sich dabei erwischte, wie sie *ihn* küsste.

Micah hatte Liliana auf seine Weise geküsst, und er wollte es wieder und wieder tun. Aber jetzt küsste sie ihn auf ihre

Weise. Sie war viel sanfter als er, ihre Lippen waren voll und zum Anbeißen, und ihr Herz klopfte heftig unter ihrer seidig warmen Haut. „Benutz deine Zunge, Lily", sagte er, als sie Atem holte.

„So?" Eine scheue Berührung.

Als er ihre intime Berührung erwiderte, merkte er, dass seine Hand irgendwie auf ihrer Hüfte gelandet war, und auch dort war sie sinnlich und süß. „Ich mag es, dich hier anzufassen." Er strich ihre Haut entlang.

„So etwas kannst du nicht einfach sagen", flüsterte sie an seinen Lippen.

„Warum nicht?"

Als sie lachte, klang es leise und vertraulich. „Ich weiß nicht."

„Dann sage ich, was ich will." Er saugte ihre Unterlippe in seinen Mund, massierte ihre Hüfte und schmiegte sich enger an sie. „Ich will dich ohne die Decke anfassen."

Ein Kopfschütteln. „Nein."

„Warum nicht?"

„Ich lasse mich nicht von einem Mann küssen und ihn … andere Dinge tun, gleich in der ersten Nacht."

„Morgen Nacht also?" Er streichelte wieder ihre Hüfte, denn jedes Mal, wenn er das tat, schien sie sich weiter zu entspannen. Und er war bereit, jede Waffe in seinem Arsenal einzusetzen, um sie dazu zu verlocken, nackt und einladend unter ihm zu liegen. „Sag Ja."

Sie strich seinen Rücken hinab, und ihre Antwort war ein Flüstern. „Vielleicht."

Er war sich sicher, dass er ihren Widerstand zum Schmelzen bringen konnte, aber eine lang vergessene Stimme flüsterte ihm etwas von *Ehre* zu.

Er schüttelte den Kopf, hob ihn und sah zu Liliana hinab. „Hast du etwas gesagt?"

„Nein."
Ehre ist es, die einen Mann ausmacht.
„Micah." Eine sanfte Berührung in seinem Gesicht. „Was hörst du?"
Er sah in ihre Augen und begegnete dort einem Verständnis, das eigentlich nicht möglich war. „Ehre ist es, die einen Mann ausmacht."
„Ja." Ein einziges bebendes Wort. „Das sind die Worte eines großen Königs."
„Ich gehe jetzt, Liliana." Er war noch nicht bereit, nach dem Namen des Königs zu fragen oder darüber nachzudenken, warum der Gedanke in ihm einen so unvergleichlichen Schmerz auslöste. „Zieh morgen das grüne Kleid an."
„Ich habe kein grünes Kleid."

Als sie nach einer Nacht voll halb vergessener Träume erwachte, die alle mit dem Lord der Schwarzen Burg zu tun gehabt hatten und von einer Körperlichkeit gewesen waren, die sie schweißgebadet aufwachen ließ, fand sie ein hübsches grünes Kleid am Fußende ihres Betts. Nachdem sie gebadet hatte, berührte sie es und seufzte, als sie die feine Wolle auf ihrer Haut spürte. In dem Augenblick fiel ihr ein, dass sie gerade beide Paare Unterwäsche gewaschen hatte, da sie es letzte Nacht vergessen hatte, als sie geglaubt hatte, Micah hätte sie zurückgewiesen.
Obwohl sie tiefrot anlief, ging sie ohne. In zwei Stunden wird die Wäsche trocken sein, überlegte sie, nachdem sie noch einmal nach den Slips gesehen hatte, die sie an der Tür ihrer Badkammer aufgehängt hatte. Niemand würde wissen, dass sie unter dem hübschen Kleid so nackt war wie am Tag ihrer Geburt – niemand hätte einen Grund, sie danach zu fragen.
Sie presste die Hände auf die heißen Wangen und sagte

sich diesen Satz zur Beruhigung noch einmal vor, ehe sie in die Küche hinabging, um einen Becher heiße Schokolade zu kochen. Nachdem sie den Zimt untergerührt hatte, brachte sie das Getränk in die Große Halle. Micah war nirgends zu sehen. Gerade als sie den Becher für ihn stehen lassen wollte, hörte sie ein geisterhaftes Flüstern und wurde sacht in Richtung der hinteren rechten Ecke der Halle gestupst – wo sie eine kleine Tür entdeckte. *Steingarten.*

„Danke."

Sie trat hinaus in den „Garten" und entdeckte dort auf samtgrünem Gras eleganteste Tänzer, aus Stein gehauen. Da war eine Frau, die auf einem gewölbten Fuß balancierte und das andere Bein in die Luft streckte. Sie sah aus, als würde sie gleich abheben. Die Skulptur daneben schien bereits zu fliegen, der Körper des kleinen Mädchens hing nur noch mit einer Zehenspitze am Boden fest.

Aber die Tänzer waren nicht nur weiblich. Es gab auch einen Mann, der einer Frau zu Füßen hockte. Er stützte sich auf einem Bein ab und hatte die Hände zusammengelegt, als wäre er bereit, sie gleich in die Luft zu werfen. Sein Gesicht war voller Bewunderung und gleichzeitig schelmisch, und das der Frau war voller Lachen. Vor ihnen stand ein weiterer Tänzer, die Hände in die Hüften gestemmt, seine Miene die eines liebevollen Freundes.

Wie verzaubert reckte Liliana ihren Hals, um die anderen Statuen sehen zu können. Es waren zu viele, um sie alle auf einmal wahrzunehmen, aber eines fiel ihr auf: Keine stand allein da.

Nicht wie der Mann, der am Rand des Gartens neben einem langen rechteckigen Becken stand, das mit frischem, sauberem Wasser gefüllt war. Mehrere kleine Vögel tollten darin herum, tauchten unter und bespritzten sich mit Wasser, und ihr Zwitschern war wie fröhliche Musik.

„Micah."

„Liliana." Sein langsames Lächeln ließ sie auf der Stelle erstarren. Noch nie hatte sie jemand so angesehen, als wäre sie das Beste, was er je gesehen hatte.

„Ist das für mich?", fragte er, als sie bei ihm ankam.

Sie hielt ihm den Becher hin. „Ja." *Und mein Herz auch.*

„Nein, das nicht."

Während sie verwirrt vor ihm stand, trat er noch näher. „Halt ganz, ganz still, damit du die Schokolade nicht verschüttest."

Es war schwer, diesem Befehl zu folgen, wenn er ihr so nah war. Er roch wunderbar – nach Seife und Wasser und Wärme. Die schwarze Rüstung bedeckte seine Brust und seine Beine, aber seine Arme waren nackt, und die Haut glänzte im Sonnenlicht. Sie wollte ihn anfassen, ihn streicheln. „Was ..."

„Still, Liliana. Ganz still." Er legte die Hände an ihr Gesicht und strich mit den Daumen über ihre Mundwinkel. „Dein Lächeln ist für mich, nicht wahr?"

„Ja."

Dann verließen sie alle Worte, denn Micah leckte an ihrer Unterlippe. Sein Mund war sanft, seine Hände waren kräftig. Seine Zärtlichkeit ließ sie zittern.

„Vorsichtig." Er sprach dicht an ihrem Mund. „Ich küsse dich so, wie du mich küsst." Noch ein sanftes Lecken, und kurz spürte sie seine Zähne. „Es gefällt mir, aber ich mag es noch lieber, wenn du mich so küsst." Er presste seinen Mund auf ihren und nahm ihn mit einer solchen Wildheit in Besitz, dass sie ihn am liebsten auf den Boden gedrückt und ihm Dinge angetan hätte, an die ein braves Mädchen nicht einmal denken sollte.

„Du hast die Schokolade verschüttet", sagte er und biss sie in die Unterlippe.

Sie schaute auf ihre Hände, ohne etwas zu sehen. „Wirklich?"

„Lass mich." Er nahm ihr den Becher ab und stellte ihn vorsichtig auf den Rand des Beckens. Dann führte er ihre Hand an seine Lippen und leckte jeden einzelnen Finger ab. Jedes heiße feuchte Saugen rief tief in ihr etwas wach, und zwischen ihren Beinen zog es sich vor dunklem Verlangen zusammen.

„Von deiner Haut schmeckt Schokolade noch besser."

„Nicht aufhören", flüsterte sie, als er ihre andere Hand ergriff.

Aber er hielt abrupt inne. „Ich rieche Blutmagie."

Ja. Ein stechender Gestank füllte die Luft, wie ein geschändeter Leichnam, ein geöffnetes Grab.

„Geh rein", befahl Micah.

„Ich bin eine Blutmagierin." Nie würde sie ihn im Angesicht einer so bösen Macht alleinlassen. „Ich kann …"

Micah streckte die Hand aus und schloss sie um Lilianas Handgelenk, als er sah, dass sie einen scharfen Stein aufhob. „Nein."

„Ich muss." Entschlossenheit stählte ihren Blick, der noch vor Augenblicken sinnlich vor Lust gewesen war. „Das ist meine Natur."

„Du bist nicht *so*." Und er würde nicht zulassen, dass sie davon verschlungen wurde.

Ihr Blick richtete sich nach oben. „Sieh doch."

Er hatte es bereits gesehen – der Himmel färbte sich in einem fauligen Braun, das von roten Streifen durchzogen war. Es war kein formloser Fleck, sondern sah aus wie eine knöcherne Hand mit spitzen Krallen. „Wer ist das, Liliana?"

„Mein Vater." Ihr Puls fing an zu rasen, er spürte ihn fast panisch unter seiner Hand, aber ihre Stimme war entschlossen. „Er hat mich gefunden."

„Noch nicht." Er drückte ihr Handgelenk, bis sie den Stein losließ, mit dem sie sich schneiden wollte. „Aber er wird es, wenn du dein Lebensblut vergießt."

„Zauber dieser Art sind stärker als andere Magie. Sie sind aus Tod geschaffen."

„Ich bin der Wächter des Abgrunds, und das hier ist mein Reich." Er ließ ihre Hand los, packte ihr Kinn und sah ihr direkt in die Augen. „Du wirst mir gehorchen. Vergieß dein Blut nicht."

„Pass auf dich auf, Micah." In ihren Augen, die nichts vor ihm verbargen, schimmerten tiefe Gefühle. „Ich bin dein Leben nicht wert. Du bist zu so viel mehr bestimmt."

Er verstand nicht, was sie meinte, aber er erkannte das stumme Versprechen, dass sie tun würde, was er sagte. Also ließ er ihre Hand los, stemmte seine Füße fest auf den Boden und weckte die uralte Magie, die zu diesem Ort gehörte und die in ihm lebte, wenn er es wünschte. Die Magie des Abgrunds.

Die schwarze Rüstung schloss sich zur gleichen Zeit über die freiliegenden Teile seines Körpers, legte sich um seine Finger und seinen Hals, überzog sein Haar und sein Gesicht mit feinen Fäden aus undurchdringlichem Schwarz.

„Bitte sei vorsichtig. Mein Vater spielt nicht fair."

In den Tiefen des Abgrundes konnte ihn nichts berühren, und doch spürte er, wie die Sorge in ihren Worten sich um sein Herz schloss wie eine weitere Rüstung, die man nicht sehen konnte. „Warte auf mich, Liliana." Dann stieg er in einen Himmel auf, der durch die Bosheit eines schwarzen Blutmagiers befleckt war.

Die Magie des Flecks wich vor seiner schwarzen Rüstung zurück, vor dem Todeskuss, den der Abgrund versprach. Aber der Zauber löste sich nicht auf. Stattdessen legte er sich nach einem kurzen Zögern um Micah, und er wusste, dass die Magie den Tod geschmeckt und entschieden hatte, dass keine Gefahr davon ausging. Das war ein Fehler. Der Lord der Schwarzen Burg stand als Wächter vor allem Bösen, egal, welche Gestalt es annahm.

Die Arme nach beiden Seiten ausgestreckt, breitete er die Finger aus und sagte ein einziges Wort. „*Erwachet.*“

Die Geister der Schwarzen Burg erhoben sich als kalte Welle in den Himmel. Ihr Wind war schneidend und tödlich. Er wusste, dass sie Liliana nichts tun würden, die weit unten stand und ihn ansah, ihre kleine Gestalt ganz in Grün gekleidet.

Um ihn herum bildeten die Geister ein gewundenes eisiges Band, und er wusste, die Zeit war gekommen. „*Erstarrt.*“

Das Band wurde auf allen Seiten zu festem, schimmerndem Eis. Einen Augenblick später hatte es seine Rüstung mit glitzernden Scherben überzogen, so strahlend wie Diamanten.

Die Klaue des schwarzen Magiers streckte sich noch einmal aus – nur um mit einem lauten Kreischen an seinem Eispanzer abzuprallen, das Liliana veranlasste, sich die Hände über die Ohren zu legen. Vielleicht hätte ich sie warnen sollen, dachte Micah mit dem Teil seines Bewusstseins, der dem Mann gehörte, nicht dem Wächter. Aber schließlich hatte er ihr befohlen, in die Burg zu gehen. Das Kreischen hallte über den Himmel, durchdrang die Macht des schwarzen Magiers und ließ den Fleck in tausend tödlich scharfe Scherben zerspringen. Die Scherben prallten zurück. Heftig.

Micah lächelte.

15. KAPITEL

Tief in der Burg, die einst das Herz von Elden gewesen war, fiel der Blutmagier auf die Knie und stieß einen Schrei aus, der einem das Blut in den Adern gefrieren ließ. Sein ganzer Körper war mit Hunderten Schnitten übersät, aus denen es tiefrot tropfte. So viel von seinem eigenen Blut hatte er seit Jahrzehnten nicht gesehen.

Es klopfte laut an der Tür.

„Lasst mich in Ruhe!" Derart geschwächt durfte er nicht gesehen werden.

Er atmete zischend aus und versuchte aufzustehen. Es war ein Fehler gewesen, in diese Welt vorzudringen. Sie wurde von etwas beschützt, das die schwarze Magie noch nie willkommen geheißen hatte.

Er hatte die schwarze Wand, die zwischen ihm und dem tödlichen Albtraum des Abgrunds stand, schon immer gehasst. Oh, die Magier, die darin gefangen waren, bedeuteten ihm nichts, aber wenn er die Schwarze Burg regieren würde, hätte er nicht nur Zugang zu unvergleichlichen Reichtümern, sondern auch zu all ihrer Macht. Süßer, tödlicher, herrlicher Macht.

Aber er konnte nicht dorthin gehen. Jetzt noch nicht.

Es gab jedoch andere, die es konnten – denn auch wenn er sie dumm nannte, war seine Tochter sehr klug, klug genug, dass sie einen Weg gefunden hatte, sich an dem einen Ort zu verstecken, an den er ihr nicht folgen konnte. Seine Lakaien verstanden nicht, warum er sie zurückhaben wollte, sie begriffen nicht, dass sie ihm *gehörte*. Sein Besitz hatte es noch nie gewagt, ihn zu verlassen.

Er würde Liliana sehr wehtun, sobald er sie zurückgeschleift hatte. Sie würde um den Tod betteln, wenn er mit ihr fertig war. Vielleicht würde er ihr diesen Wunsch erfüllen …

vielleicht auch nicht. Seine Tochter war sein liebstes Spielzeug. Aber ehe er sich mit ihr vergnügen konnte, musste er sie finden.

Er wischte das Blut aus einer seiner Schnittwunden und verfütterte es an die handtellergroße Spinne auf seinem Schreibtisch. „Ich denke, es wird Zeit, deine Brüder zu wecken."

16. KAPITEL

Lilianas Ohren klingelten noch eine Stunde später. „Hast du so etwas schon einmal gesehen?", fragte sie Jissa, während sie im Steingarten saßen und Nüsse knackten, froh darüber, nach all der Kälte in der Sonne zu sein. Bei der bloßen Erinnerung daran bekam Liliana wieder eine Gänsehaut.

Jissa streckte die Hand aus und streichelte ihr über die Haut, wobei sie missbilligend mit der Zunge schnalzte. „Immer hier. Die Geister. Immer hier." Sie tätschelte sie noch einmal aufmunternd und zog dann ihre Hand zurück. „Hab noch nie gesehen, wie sie das gemacht haben, noch nie, noch nie."

„Ihre Macht war anders." Sie hatte nach Tod geschmeckt, war aber rein gewesen auf eine Weise, wie die Magie ihres Vaters es nie sein würde. „Jissa", sagte Liliana und dachte immer noch an den Tod, „macht der Gedanke an die Ewigkeit dir Angst?"

Jissa sah sie neugierig an. „Warum sollte er? Glück und goldene Magie, das ist die Ewigkeit. Ich würde es gern sehen, ja, das würde ich."

„Ja." Und doch war ihre Freundin auf der Erde gefangen, weil der Blutmagier ihr etwas Unaussprechliches angetan hatte, als er ihr die Lebenskraft geraubt hatte. „Jissa ... es tut mir leid."

„Was denn?"

„Eines Tages wirst du es wissen." Bis dahin wollte Liliana sich noch ein paar Augenblicke mit der ersten wahren Freundin stehlen, die sie je gehabt hatte. „Hier." Sie reichte der Brownie eine komisch geformte Nuss. „Die passt zum Rest der Burgbewohner."

Die andere Frau lachte, aber der süße Klang wurde

übertönt von einem gewaltigen wütenden Brüllen, das aus der Burg kam. Liliana stellte den Korb mit den ungeknackten Nüssen hastig auf den Boden und stand auf. „Micah!"

„Liliana, nicht!"

Sie hörte nicht, sondern rannte, so schnell sie konnte, zum Haus. Doch riesige Hände schlossen sich um ihre Arme, ehe sie über die Schwelle treten konnte. Bards Augen waren feucht und dunkel vor Sorge, und er schüttelte langsam, ganz langsam, den Kopf.

„Lass mich los." Sie zwang sich, ruhig zu sprechen, obwohl das Blut in ihren Adern raste. „Bitte, Bard, lass mich los."

„Liliana", hörte sie hinter sich Jissas atemlose Stimme. „Du darfst nicht, nein, nein. Er ist ein Monster, ein schreckliches Monster, wenn der Fluch auf ihm liegt."

Liliana sah sich mit einem Ruck zu der Brownie um. „Das bin ich auch, Jissa." Sie war das schlimmste Monster von allen. „Sag Bard, er soll mich loslassen."

„Ich …" Die kleine Frau richtete sich auf. „Nein, wir werden dich schützen."

„Dann muss ich dich noch einmal um Verzeihung bitten, mein Freund." Liliana biss sich fest auf die Unterlippe und schmeckte das Blut in ihrem Mund. Macht ergoss sich in sie, strahlend und stark, weil sie schon seit ein paar Tagen nicht geweckt worden war.

Sie brach damit Bards Griff und brachte den Riesen ins Wanken. Ehe er sich wieder fangen konnte, war sie schon verschwunden. Jissas Aufschrei hallte noch in ihren Ohren, als sie die Tür hinter sich zuschlug und den schweren Riegel vorschob. Keinen Augenblick zu früh. Bards Körper prallte dagegen und brachte die ganze Konstruktion zum Wackeln.

Aber vorerst würde die Tür halten – und damit hoffentlich Jissa genug Zeit geben, um Bard davon abzuhalten, ihr zu folgen. Liliana atmete tief durch. „Wohin jetzt?" Ihr Herz hämmerte wie eine Trommel in ihrer Brust, bis sie sich nicht mehr sicher war, ob sie die Geister noch flüstern hörte.

Wieder schallte ein Brüllen durch das Gemäuer. Die wilde *Kraft* darin ließ sie einen Schritt zurückstolpern, ehe sie, so schnell ihre Füße sie tragen konnten, auf das Geräusch zurannte. Ihre Lippe blutete jetzt kaum noch, doch sie nahm sich auf dem Weg in die Große Halle ein kleines Zeremonienmesser von einer Wand und steckte es in die Tasche ihres grünen Kleides.

In der Halle herrschte das reinste Chaos.

Liliana konnte die Zerstörung nicht fassen – der massive Esstisch lag, in der Mitte beinahe in zwei Teile gespalten, auf der Seite, und die meisten Stühle waren nur noch ein Haufen Kleinholz. Sie ging vorsichtig darum herum, weil sie nur weiche grüne Slipper trug, und suchte nach dem Verursacher dieser Zerstörung.

„Micah?" Sie schob einen umgefallenen Stuhl beiseite und trat über die Scherben von etwas hinweg, was vielleicht einmal ein Wasserkrug gewesen war. Und dann bemerkte sie die Waffen, die in den Wänden steckten.

Es waren mindestens zehn, und sie alle – groß und klein – waren mehr als eine Handbreit in den festen Stein geschlagen worden. Und sie bildeten zwei ordentliche Reihen ... als wären sie von einem riesigen Katapult abgeschossen worden. Das Herz schlug ihr jetzt bis zum Hals, aber sie würde nicht fortgehen, würde ihn nicht allein lassen. „Micah?"

Ein Fauchen.

Sie wirbelte herum, stolperte und fiel gegen einen Stuhl, der aus irgendeinem Grund noch aufrecht stand. Nur weil sie sich gerade noch daran festhalten konnte, landete sie nicht auf dem Boden und den Trümmern, die darauf lagen. Sie richtete sich auf und sah sich noch einmal um. Vorhänge waren von den riesigen Fenstern gerissen, Wandbehänge hingen in Fetzen, nahezu alle Möbel waren zerstört. Es gab keine Verstecke mehr.

Ein leises Knurren, wie von einem Monster, das sich zum Angriff bereit macht.

Gnade.

Liliana schluckte und schaute hinauf an den einen Ort, den sie noch nicht abgesucht hatte: die Decke.

Er hockte auf einem der schweren Balken, ein riesiges pelziges Biest auf vier Beinen. Seine Klauen waren größer als die Sicheln, die in der Wand steckten. Sie krümmten sich bei jedem Atemzug, und sein Blick war allein auf sie gerichtet. Seine Augen waren rot vor Mordlust. In ihnen war kein Gedanke, kein Bewusstsein zu finden.

Das, begriff sie jetzt, war es, was der Zauber ihres Vaters ihm angetan hatte in der Nacht, in der Elden gefallen war. Er hatte Micah eingefangen und ihn in schwärzeste Magie gefesselt.

Denn wie konnte ein Prinz zurückkehren, wenn er überhaupt kein Mensch mehr war?

Sie sollte wegrennen. Aber ihre Füße blieben wie angewurzelt auf den schwarzen Steinen der Burg stehen. Sie wusste, wie es war, sich ausgestoßen zu fühlen und einsam zu sein. Sie würde Micah jetzt nicht alleinlassen, nicht solange er dieses Monster war, zu dem ihr Vater ihn gemacht hatte. „Hallo“, sagte sie und verbarg die zitternden Hände hinter dem Rücken. „Warum bist du da oben?“

Die riesige Kreatur legte den Kopf schräg, und die Augen loderten weiterhin bedrohlich. Ihre Krallen gruben sich rhythmisch in den schweren Dachbalken. Kleine Holzspäne rieselten zu Boden und verrieten, dass die Klauen so scharf wie jede Waffe waren. Angst pochte in ihrer Kehle, als er leise und tief knurrte.

Ein Raubtier würde die Angst riechen und sich danach verzehren.

Sie streckte den Rücken durch, atmete tief und leise ein und aus und beschwor die Magie in sich. Ihr Mund war noch immer erfüllt von dem metallischen Geschmack ihres Blutes. Die Macht durchströmte ihren Körper, bis sie jeden Teil von ihr erfasst hatte, bis sie nicht mehr einfach Liliana mit dem hässlichen Gesicht und den zottigen Haaren war. Sie war eine Blutmagierin, die ihre eigene Kraft kannte. „Komm herunter“, sagte sie und legte in diese Bitte einen kaum spürbaren Zwang. „Ich würde dich gern bewundern.“

Ein abschätzender Blick.

„Du würdest dich doch gern bewundern lassen, oder?“, murmelte sie mit einem Lächeln. „Du bist so eine wilde Kreatur.“

Es begann auf dem Dachbalken zu stolzieren, dieses Monster, das so arrogant war wie Micah selbst. Sie staunte über seine Anmut, obwohl er mit seinen riesigen Muskelpaketen und den aufgeblähten Schultern, die zu groß für den Rest des Körpers waren, nicht in der Lage sein sollte, sich zu bewegen. Aber er bewegte sich, und das mit einer Kraft, die verriet, dass er sie mit kaum mehr als einem Gedanken zerquetschen könnte. Jetzt benutzte er diese Kraft, um in die Luft zu springen, sich zu drehen und auf dem höchsten Punkt seines Sprungs die Klauen in die Wand zu schlagen.

Er ging die Wand hinab, als laufe er auf ebenem Boden, indem er die Klauen in den Stein grub. Sein Mund öffnete sich zu einem trägen Gähnen und zeigte dabei Zähne so schwarz wie die Burg selbst. Jeder einzelne Zahn war scharf und spitz – so wie die Dornen auf seinem Rücken, die ebenfalls schwarz wie Onyx waren.

„Du bist stark.“ Sie benutzte ihre Blutmagie, um den Worten größere Eindringlichkeit zu verleihen. „Und so unglaublich groß." Die letzten Worte waren ihr herausgerutscht und kratzten an ihrer selbstbewussten Fassade. Denn dieses schreckliche Monster, zu dem Micah geworden war, war größer als sie, obwohl es auf vier Beinen stand. Jede seiner Klauen war massiv genug, um sie mit einem einzigen Hieb auszulöschen.

Das Biest knurrte, aber es sprang ihr nicht an die Kehle.

Sie bezwang ihre Nervosität mit reiner Willenskraft und sagte: „Lass mich dich bewundern." Wieder verwebte sie einen magischen Befehl mit ihren Worten, seidig und verführerisch – Blutmagie, um Blutmagie zu bekämpfen.

Die lodernden roten Augen folgten jeder ihrer Bewegungen, als sie eine Hand auf seine Mähne legte. „Weicher als meine Haare", murmelte sie, ohne nachzudenken. „Ich bin neidisch."

Ein geschnauftes Knurren, das fast nach einem Lachen klang, brachte sie zum Lächeln. Sie lachte leise in seine Mähne, als sie mit den Fingern durch die dichten braunen Haare fuhr. „So herrlich", sagte sie mit ehrlicher Bewunderung, trotz ihrer Angst, denn er war eine Kreatur, die Respekt verdiente. „Ich wünschte nur, du würdest dich hinsetzen – dann wäre es viel einfacher, dich zu streicheln."

Er bleckte die Zähne, ganz Aristokrat, der keine Befehle entgegennahm.

Sie neigte den Kopf, um zu zeigen, dass sie begriff. Nur eine einzige Unachtsamkeit konnte bewirken, dass ihr Kopf rollte. „Bitte, mein Lord. Ich bin doch nur so klein."

Sein leises Fauchen durchzog den Raum, aber schließlich ließ er sich doch sinken, bis sein massiver Kopf auf einer Höhe mit ihrem Bauch war. „Danke." Sie fing wieder an, ihn zu streicheln. „Du bist wirklich stark, so wie du den Tisch kaputtgemacht hast."

Er drehte den Kopf mit dem viel zu großen Kiefer, um

den fast in zwei Teile gespaltenen Tisch zu betrachten, und schnaufte zustimmend.

„Ja", bestätigte sie und umwebte ihn mit feinen, feinen Fasern der Verlockung. Micah, der Mann, hätte sie dabei erwischt. Aber Micah, das verfluchte Biest, schien die Feinheiten der Magie nicht zu begreifen. „Solltest du nach einer solchen Anstrengung nicht ausruhen? Jeder große Krieger braucht eine Pause."

Er legte den Kopf schräg und sah sie aus blutroten Augen an. Es hätte ihr Angst einjagen sollen, aber da war etwas in diesen Augen … „Ich erzähle dir eine Geschichte", flüsterte sie, „von drei Prinzen und einer Prinzessin und wie sie einmal ein Einhorn beschworen haben."

Das Biest beugte sich vor, um den Kopf auf den muskelbepackten Vorderbeinen abzulegen.

„Und so", nahm sie die Geschichte dort wieder auf, wo sie am Tag des Bades aufgehört hatte, denn sie wusste, dass irgendwo in diesem Monster noch ihr Micah steckte, „machten die Erben sich auf den Weg zum Steinkreis. Sie diskutierten gerade, welchen Zauber man am besten benutzen sollte, als Breena ein altes Buch hervorzog. Sie hatte es aus der Bibliothek mitgenommen, ehe die vier zu ihrem Abenteuer aufgebrochen waren – es heißt, sie hat oft gemurmelt, dass ihre Brüder diesen Raum wahrscheinlich noch nie von innen gesehen hatten."

Ein tiefes grollendes Geräusch. Vielleicht Zustimmung.

„In diesem Buch stand ein sehr alter, fast vergessener Zauber. Später wurde bekannt, dass Hunderte von Zauberern diesen Spruch versucht hatten, und keinem war er gelungen. Die meisten glaubten, es sei nichts als eine Chimäre."

Ein Ohr zuckte.

„Wie Ihr wisst, mein Lord", murmelte sie und streichelte ihm den Rücken – vorsichtig darauf bedacht, nicht die

Dornen zu berühren, die ihr mit Sicherheit die Haut von der Hand reißen würden, „ist die Chimäre ein Fabelwesen. Sie existiert nur in unserer Vorstellung. Deswegen nennen Magier solche Zauber, an deren Wirkung sie nicht glauben und die doch immer wieder ausprobiert werden, Chimären." Die verspielte Bezeichnung hatte ihr immer gut gefallen. „Und diese spezielle Chimäre hat die Jahrhunderte überdauert."

Das Biest schloss die Augen, hielt aber die riesigen schwarzen Ohren aufgestellt.

„Es brauchte dazu ein gewisses Maß angeborener Magie und einen einfachen Spruch", fuhr sie fort. „Nicolai, der Älteste und Stärkste, versuchte es zuerst – ohne Erfolg."

Ein Schnauben, das auch ein Schnarchen sein könnte. Sie sah nach, aber er hatte ein Auge wieder geöffnet, war wach und hörte zu.

„Breena kam als Nächste, weil sie glaubten, dass ein Einhorn vielleicht eine Frau bevorzugte. Nichts. Schließlich versuchte Dayn es, weil er sicher war, dass sein Bruder und seine Schwester etwas falsch gemacht hatten. Nichts. Da verlangte Micah, ebenfalls an die Reihe zu kommen."

Ruhig fuhr sie fort: „Sie haben ihn angelächelt, wie ältere Geschwister es nun mal tun, wenn sie sich über den geliebten jüngeren Bruder amüsieren. Schließlich war er so klein, dass er gerade erst das Alphabet gelernt hatte, wie könnte er also ein Einhorn beschwören? Und tatsächlich brauchte Micah sehr lange, bis er den ganzen Zauberspruch vorgelesen hatte, aber seine Geschwister hatten ihn so sehr ins Herz geschlossen, dass sie ihn nicht unterbrachen oder zur Eile antrieben."

Kein Geräusch kam von dem verzauberten Monster, aber sie wusste, dass es jedem Wort lauschte.

Sie sank vor ihm nieder, setzte sich hin und wollte gerade fortfahren, als er die massiven knotigen Arme öffnete und sie zu sich heranzog. Statt Angst fühlte sie nur Wärme, als sie den Kopf gegen seinen Hals legte und dem Klopfen seines großen Herzens lauschte. „Sobald Micah aufhörte zu sprechen, leuchtete ein strahlendes Licht auf, so hell, dass sie einen Augenblick fürchten mussten, erblindet zu sein. Doch als die Funken sich legten, stand zwischen ihnen ein majestätischer Einhorn-Prinz, der sie belustigt ansah, wie es solche uralten Wesen oft sind, wenn sie jugendlichem Leichtsinn begegnen." Die Vorstellung, Nicolai, den man auch den dunklen Verführer nannte, als „jugendlich" zu bezeichnen, hatte sie immer zum Lachen gebracht.

„Verstehst du, um ein Einhorn rufen zu können, muss man reinen Herzens sein. Alle Kinder sind so geboren, aber jeden Tag, den wir heranwachsen, kommen kleine Schatten über uns. Nicht jeder Schatten ist schlecht. Ein starker Mann braucht seine Schatten. An jenem Tag war nur noch Micah so rein wie am Tag seiner Geburt. Und so konnte nur seine Stimme die Welt der Einhörner erreichen." Ihre Augen schlossen sich flatternd.

Micah träumte von Einhörnern, edel und anmutig, und von tiefem männlichen Gelächter. Er hatte nie eine Familie gehabt, aber in seinem Traum rannte er zwei großen Männern nach – sie lachten, als er hinfiel, und das mochte er nicht, aber er war stur und rappelte sich wieder auf. Dann war einer dieser Männer bei ihm, hob ihn hoch und klopfte ihm den Staub ab. Alle Wut war vergessen, als er seinen Brüdern durch den Sand hinterherrannte.

Nicolai stolperte als Erster die Düne hinab. Micah wollte hinter ihm herrennen, aber die Brust tat ihm weh, und er blieb stehen, um nach Luft zu ringen. Sie ließen ihn nicht zurück. Das taten sie nie. Dayn nahm ihn in die Arme und schwang ihn auf seinen Rücken. Sie lachten, als sie den Strand erreichten und Nicolai dort bereits mit einer roten Landkrabbe kämpfte, die sich gestört fühlte. Das Wasser leckte mit sanftem Schaum an ihren Füßen. Es war ein guter Tag.

Der Gedanke klang noch in ihm nach, als er erwachte und ihm langsam klar wurde, dass er auf dem kalten Steinboden in der Großen Halle der Schwarzen Burg lag. Er war nackt, und das verriet ihm, was geschehen war, noch ehe er den gespaltenen Tisch und die zersplitterten Stühle entdeckte. Das war allerdings nicht das Ungewöhnlichste an diesem Erwachen.

Er war nicht allein.

Früher war er immer allein gewesen. Die Bediensteten des Tages verstreuten sich bei den ersten Anzeichen des Fluches in alle Winde, während Bard und Jissa den Befehl hatten, ihre Türen zu verriegeln und sich fernzuhalten, bis er wieder ein Mann war. Doch heute erwachte er an einen weiblichen Körper geschmiegt, der die verlockendsten Kurven hatte. Besonders dort unten, wo sich ihr Po so herrlich an ihn presste.

Er rieb sich an ihr, weil es sich gut anfühlte. Als sie murmelte, aber nicht zurückwich, lächelte er und legte eine Hand auf ihren Bauch. Er hielt sie fest an sich gedrückt, während er einen Oberschenkel zwischen ihre seidigen Beine presste und dabei ihr Kleid hochhob. Es wäre besser, wenn sie ebenfalls nackt wäre, überlegte er, aber der Steinboden war kalt. Das würde Liliana nicht gefallen.

Ihr Name war wie ein Sonnenaufgang in seinen Gedanken, ein Signal, dass er nicht länger verloren war. „Lily“, sagte er und rieb sich noch einmal an ihr, „Lily, wach auf.“

„Mmm.“ Ein heiseres Geräusch, das ihm Freude bereitete. „Micah?“ Sie versuchte, sich auf den Rücken zu drehen, aber seine Umarmung hielt sie davon ab. „*Micah.*“ Dieses Mal klang sie schockiert, und ihre Beine pressten sich an seine.

Er küsste ihren Hals und ließ die freie Hand zu ihrer Brust

hinaufwandern. „Du bist so weich, Lily. Ich frage mich, wie es sich anfühlen würde, wenn ich auf dir liege."

Ihre Haut erwärmte sich unter seinen Lippen, und sie legte eine Hand um sein Handgelenk. „Wir müssen aufstehen. Jemand könnte hereinkommen."

Er ignorierte ihren heiseren Befehl und fuhr mit dem Daumen über die Spitze ihrer Brust unter dem grünen Kleid, das er ihr gebracht hatte. Sie versuchte, sich zu befreien. Er knurrte tief in seiner Kehle und hielt sie noch fester. „Mein."

„Du bist kein Monster mehr, Micah." Ihre Hand schloss sich fester um seine. „Versuch nicht, mir etwas vorzumachen."

Lachend fuhr er noch einmal mit dem Daumen über ihre Brustspitze. „Es gefällt dir, Lily. Ich kann deine Feuchtigkeit an meinem Bein spüren." Er presste dieses Bein fester an sie. „Mir läuft das Wasser im Mund zusammen – ich glaube, ich möchte dich dort kosten."

17. KAPITEL

Liliana entfuhr ein Quietschen. Sie verkniff es sich, zog seine neckende Hand fort und setzte sich auf. Es überraschte sie, dass er es zuließ. Dann drehte sie sich um … und spürte, wie alle Luft ihre Lungen verließ.

Micah war nackt.

Und er war die sinnlichste Kreatur, die sie je gesehen hatte – ganz zerzaustes goldenes Haar, schläfrige wintergrüne Augen und eine hervorstehende Erregung, die er schamlos mit der Hand umfasste. Ihre Hand zuckte, und sie seufzte fast, als er sich losließ und aufstand.

Reiß dich zusammen, Liliana.

Sie sammelte sich, stand auf und versuchte, den Rest ihres Verstandes zusammenzufinden. Da überwand er die kurze Entfernung zwischen ihnen, umkreiste sie wie das Raubtier, das er noch vor Kurzem gewesen war.

Sie erschauerte, als er hinter ihr stehen blieb, ihr die Hände auf die Hüften legte und zudrückte. „Mmm." Er gab ein tiefes grollendes Geräusch von sich, als er …

„Was machst du da?"

Er ignorierte ihre Versuche, seine Hände von sich zu schieben, und hob weiter die Röcke ihres Kleides an. Die Luft war kühl an ihren Waden, an ihren Kniekehlen und dann noch weiter oben. „Micah, wir müssen aufhören", sagte sie, aber es klang, als läge in ihren Worten überhaupt keine Überzeugung.

„Warum?" Küsse auf ihrem Hals, nass und offen, und zwischendurch ein Lecken, das sie von innen heraus zum Schmelzen brachte.

„Das ist ungehörig." Die Luft hatte jetzt ihre Oberschenkel erreicht. „Wir sind mitten in der Großen Halle."

Micah fuhr sein sündiges Spiel ungerührt fort und antwortete erst nach einer Weile. „Du trägst keine Unterwäsche.“

Röte überzog ihre Wangen, und sie versuchte, sich von ihm zu lösen, aber er hielt sie mit einem muskulösen Arm an der Taille fest. „Die trocknet noch“, gab sie zu.

„Ich finde sie und werfe sie weg“, teilte er ihr mit und biss ihr ins Ohr. „So gefällt es mir.“ Dann presste er seinen heiß erregten Körper an ihre nackten Kurven.

Der Schock, sein hartes Fleisch so intim an sich zu spüren, ließ sie erschauern, aber Micah fauchte frustriert. „Du bist zu klein.“

Sie war sich nicht sicher, was sie sagen sollte, und hatte kaum den Mund geöffnet, als er sie in die Arme hob und zu einem der Stühle trug, die umgefallen neben dem Tisch lagen. Er stellte sie ab und richtete den Stuhl auf. Lilianas verwirrter Verstand brauchte wirklich lange, um zu begreifen, was er vorhatte. „Ich glaube, ich sollte lieber – oh!“ Er hielt sie in den Armen und hatte die Lippen auf ihre gepresst, ehe sie den Satz beenden konnte.

Seine Zunge drang an ihren Lippen vorbei, und, oh, es war ein sehr ungezogener Kuss, aber sie konnte ihm nicht widerstehen, besonders wenn er so stark und warm und hart vor ihr stand. Seine Haut war wie heißer Satin, seine Muskeln geschmeidig unter der glatten Hitze. Seine Wangen waren etwas rau, und sie fragte sich, wie diese Stoppeln sich an ihren Brüsten anfühlen würden.

Die Verruchtheit ihrer eigenen Gedanken schockierte sie, aber das hielt sie nicht davon ab, an seiner Zunge zu saugen. Es gefiel ihm, das verrieten ihr seine Hände, diese arroganten Hände, die er nicht bei sich behalten konnte. Eine Minute später hob er wieder ihr Kleid, und sie hatte nicht mehr die Willenskraft, ihn davon abzuhalten.

Als er sich also auf den Stuhl setzte und sie umdrehte,

bis ihre Rückseite ihm zugewandt war, ließ sie es geschehen und fühlte sich dabei schamlos und frech und ungezogen. Sehr, sehr ungezogen. Aber Micah zog sie nicht in die dunkle Verlockung seines Schoßes hinab. Nein, er hielt zwischen ihren Beinen inne. Dann steckte er ihren Rock hoch in den dünnen Gürtel, der zu dem Kleid gehörte, und fuhr mit beiden Händen über die vollen Kurven, die sie ihr ganzes Leben lang gehasst hatte.

Hitze brannte auf ihren Wangen; sie wusste nicht, ob es Scham oder Erregung war. Was auch immer, sie konnte sich nicht regen und wartete angespannt auf seine nächste Berührung.

Ein heißer Atemhauch streifte sie. „So weich, Lily." Seine Finger glitten über ihre feuchte Haut bis zu der kleinen Perle, die heiß und hart pulsierte.

„*Micah!*"

„Diese Stelle gefällt dir am besten", stellte er zufrieden fest. „So?" Er rieb fest daran.

Ihre Knie gaben nach.

Mit einem leisen Knurren, das zu der Kreatur zu gehören schien, die er gestern Abend gewesen war, hielt er sie mit einer Hand um die Taille aufrecht. Er rieb sie, vor und zurück, und umkreiste den Eingang in ihren Körper forschend. Sie erwartete, dass er in sie eindringen würde, und war deswegen vollkommen überrascht, als seine Finger nur über ihre feuchte Haut fuhren und er die rauen Fingerspitzen um die Stelle schloss, deren Berührung sie zum Schmelzen brachte. „Ich will dort mit meinem Mund sein, Lily."

„Wage … es … nicht!" Das würde sie nicht überleben. Selbst der Gedanke daran – an diesen herrlich sinnlichen Mund an ihrer intimsten Stelle, einer Stelle, die er liebkoste, als würde sie ihm gehören – ließ sie so heiß werden, dass ihr Kleid auf einmal zu eng schien und ihre Brüste sich viel größer anfühlten, als sie es in Wirklichkeit waren.

„Ich wage es." Er hielt sie weiter mit starkem Arm um die Taille fest und bewegte die andere Hand zurück an ihren schlüpfrigen und empfindlichen Eingang. Dort begann er mit einem großen Finger einzudringen und hielt inne, als sie schrie. „Tue ich dir weh?"

„Nein", flüsterte sie und wusste, dass sie die Gelegenheit hätte nutzen sollen, um ihn aufzuhalten, die Sache nicht noch weiter zu treiben – aber sie wollte diesen verruchten Genuss und würde ihn von ihm rauben.

Er nahm sie beim Wort und drang weiter ein, ganz langsam.

Sie schrie wieder auf – ihr Körper war eng, unberührt, und es fühlte sich gleichzeitig wie zu viel und nicht genug an. Als er den Finger herauszog, konnte sie ein protestierendes Stöhnen nicht unterdrücken. Aber er ließ sie nicht lang allein. Er streichelte die Innenseiten ihrer Oberschenkel und fragte: „Kommst du an den Tisch heran?"

„Ja." Ihre Hände klammerten sich bereits an den Rand der umgekippten hölzernen Tafel, ehe sie merkte, was sie tat, und ihre Beine spreizten sich, als sie instinktiv versuchte, ihr Gleichgewicht zu halten. Sie wurde nervös – sie hatte noch nie einen Mann in sich gehabt, und er hatte sie unglaublich schnell in die richtige Stellung gebracht, um von ihm bestiegen zu werden. Sie hatte allerdings auch nicht vor, ihn aufzuhalten, nicht diesen Mann, der sie ansah und dabei eine Frau erblickte, die er begehrte. Noch nie hatte sie sich so gefühlt wie in Micahs Armen. Nie hatte sie etwas so sehr gewollt.

Der heiße Hauch seines Atems zwischen ihren Beinen war die einzige Warnung, ehe er sie mit seinem Mund berührte. Ihr Verstand setzte bei dieser schockierenden Wonne einfach aus, und ihr ganzer Körper wurde starr vor Schreck. Sie musste etwas dagegen tun. Das konnte man doch nicht …

„*Oh.*“ Es war ein bebendes Stöhnen, als er seine Zunge über ihre intimste Stelle schnellen ließ.

Micah lächelte über Lilianas Geräusche der Lust. Schön, dass ihr gefiel, was er tat, denn er hatte vor, es auf jeden Fall zu wiederholen. Sie schmeckte wie nichts, was er bisher gekostet hatte. Heiß und schwer, aber mit einem zarten weiblichen Duft, der seine Sinne berauschte, die nach dem Fluch immer besonders empfindlich reagierten.

Bei dem Gedanken daran legte er die Stirn in Falten. Er löste sich von Lilianas Süße. „War ich sehr schrecklich?“ Er roch keine Angst an ihr, aber er musste sichergehen, dass sie nicht doch noch in ihrem Blut lauerte.

„Was?“, hauchte Liliana.

„Als der Fluch über mich gekommen ist?“ Er streichelte sie mit den Fingerspitzen und beschloss, dass er sie beim nächsten Mal in einem Bett haben wollte, auf dem Rücken liegend, damit er sie besser ausbreiten und alles sehen konnte, was er kostete. Das wäre gut. Sie war so weich und gerötet und hübsch.

Für ihn.

Sein Lächeln war wahrscheinlich sehr unzivilisiert.

Liliana versuchte aufzustehen, aber er hinderte sie einfach daran, indem er noch einmal mit der Zunge über sie fuhr. Bebend blieb sie, wo sie war. „Du warst furchterregend“, sagte sie. „Aber irgendwie auch schön.“

Die Antwort gefiel ihm. Es gefiel ihm, dass sie in ihm sowohl Schönheit als auch Gefahr gesehen hatte. Noch besser gefiel es ihm allerdings, den kleinen Knopf, dort, wo ihre Beine sich trafen, zu berühren und sie gleichzeitig an ihrer geheimsten weiblichen Stelle zu küssen. Dann gab sie ein heißes erregtes Geräusch von sich, während ihr Körper sich krümmte und sie für ihn noch feuchter wurde. Nachdem er den Beweis ihrer Lust abgeleckt hatte, drang er noch einmal mit dem Finger in sie ein.

„Micah!“

Winzige Muskeln schlossen sich wieder und wieder um seinen Finger, und ihr ganzer Körper wurde von Beben erschüttert. Zufrieden streichelte er mit der Hand ihre Hüfte, bis sie aufhörte zu zittern. „Nein, Lily“, murmelte er, als sie sich von ihm lösen wollte. „Ich bin noch nicht fertig.“

Er hatte noch nie eine Frau gehabt. Von den dummen Gestalten im Dorf, die nach Angst stanken, hatte er keine gewollt. Nach einer Weile schien dieser Teil von ihm eingeschlafen zu sein, und er war der perfekte Wächter geworden, kalt und ohne jegliche Bedürfnisse. Dann war Liliana gekommen. Eine Frau, die ihn ansah, als wäre er wundervoll, die ihm fantastische Geschichten erzählte und seine Burg mit Lachen füllte. Er wollte sie lecken und saugen und beißen, bis er jede Stelle kannte, die ihr Lust bereitete, jede ihrer sinnlichen Schwächen. „Ich mag es, wie du schmeckst.“

„Micah, wenn du …“ Ein kurzer Schrei, als er sie wieder mit seinem Mund bedeckte.

Dieses Mal machte er keine flatternden Bewegungen mit der Zunge, sondern rieb sie mit dem Daumen und saugte dazu mit den Lippen. Er löste den Mund erst von ihr, als sie anfing, sich gegen ihn aufzubäumen, und spielte mit den Fingern an ihrer süßen Feuchtigkeit, ehe er in sie eindrang … erst mit einem Finger, dann noch mit einem zweiten. Sie fing an zu zittern und zu keuchen, aber sie bat ihn nicht, aufzuhören. Also bewegte er seine Finger langsam und tief in ihr vor und zurück. Ihr Körper schloss sich fest wie eine Faust um ihn. Noch fester.

Er selbst wurde noch härter.

Als er fühlte, wie ihr Höhepunkt zu kleinen Nachbeben abebbte, nahm er seine Finger heraus und zog Liliana hinab auf seinen Schoß, sodass ihre Nacktheit seine pulsierende Härte berührte, weich und feucht. Sie zuckte erst zusammen, dann ließ sie sich vollkommen entspannt gegen ihn sinken. „Ich habe dir viel Lust bereitet, Lily."

Er sah, wie ihre Mundwinkel sich hoben, als sie mit geschlossenen Augen dalag, den Kopf an seine Schulter gelehnt. „Du klingst, als wärest du sehr zufrieden mit dir."

„Das bin ich." Er streckte die Hand aus, zog ihr Kleid hoch und ignorierte ihren schwachen Versuch, seiner Hand einen Klaps zu geben. „Ich sehe dich gerne an", murmelte er, und sie ließ die Hände sinken. Als er ihre Oberschenkel entblößt hatte, die nicht ganz so honigbraun waren wie der Teil ihrer Haut, den die Sonne geküsst hatte, legte er seine Hände darauf. Sie bewegte sich daraufhin auf ihm, bis seine Erregung sich enger an den heißen, feuchten Ort zwischen ihren Beinen schmiegte.

Er schloss die Arme fester um sie und ließ den Kopf in den Nacken fallen.

Das Gefühl war so intensiv, dass er einige Augenblicke brauchte, um zu merken, wie Liliana erstarrte. „Micah?" Sie nahm seine Hand in ihre. „Willst du jetzt in mir sein?"

„Nein." Er wollte zuerst etwas anderes ausprobieren. „Beweg dich auf mir, Lily", flüsterte er und barg das Gesicht an ihrem Hals.

Er sah, wie sie errötete, aber sie wies ihn nicht ab. Stattdessen rieb sie sich mit kleinen sinnlichen Bewegungen an ihm, die seine Erregung zum Pochen brachten. Stöhnend fasste er nach ihren Brüsten. Sie keuchte auf, und er spürte die harten Spitzen ihrer Brüste unter ihrem Kleid, aber sie hörte nicht auf mit den kleinen Bewegungen an seinem Schaft.

Er massierte ihre Brüste noch fester, presste das Gesicht an ihren Hals und drängte sie mit einem rauen Murmeln dicht an ihrer Haut, schneller zu machen. Als sie das tat, schoss die

Lust wie ein Blitz durch seinen Körper, so ursprünglich und roh, dass er wusste, er wollte es wieder und wieder erleben.

Sein ganzer Körper spannte sich an. Er biss die Zähne so fest zusammen, dass fast die Knochen aneinanderrieben. „Hör auf."

„Habe ich etwas falsch gemacht?"

„Nein." Er streichelte ihre Brüste, atmete tief durch und lehnte sich zurück. „Ich will dein Gesicht sehen."

Auf sein Drängen hin stand Liliana auf. Ihre Wangen waren gerötet, als sie sich umdrehte, aber es war Lust, die sie einfärbte, nicht Scham. Als sie mit den Fingern schüchtern seine Lippen berührte, tat er so, als würde er sie beißen wollen. Ihr Lachen klang heiser, und es war nur für ihn.

Zufrieden hob er ihr Kleid hoch und zog sie an sich, damit sie sich auf ihn setzte. Ihr Mund öffnete sich zu einem schockierten Keuchen, als ihre Körper aufeinandertrafen und seine Erektion über ihre empfindlichen Falten glitt. „*Micah.*"

Er lächelte und nahm sich einen heißen tiefen Kuss. Ihm wurde klar, dass diese Position es ihm gestattete, sich an ihrer empfindlichen Perle zu reiben, dieser Perle, an der er saugen wollte, wenn sie nackt und ausgebreitet auf seinem Bett lag. Für den Augenblick reichte es ihm, ihren Po zu packen und sich wieder und wieder in sinnlichem Einklang mit ihr zu wiegen. Er spürte, wie die Lust sich heiß und dunkel in ihm sammelte. Seine Härte zuckte, als sie aufstöhnte und in seinen Armen dahinschmolz, und dann packte ihn sein Höhepunkt hart und brutal.

„Das war gut", murmelte er anschließend und ließ sich gegen die Stuhllehne zurückfallen. Liliana lag kraftlos an seiner Brust. „Nächstes Mal werde ich dabei in dir sein."

18. KAPITEL

Am Nachmittag, als sie in der Großen Halle aufräumten, konnte Liliana es nicht ertragen, Jissa in die Augen zu sehen. Sie spürte immer noch Micahs heißen Atem an ihrer intimsten Stelle, die schockierende Nässe seines Samens an ihrem Bein, den groben Griff seiner Hände an ihrem Po. Er hatte Spuren hinterlassen, so fest hatte er sie am Ende gehalten, aber anders als bei den Narben auf ihrem Rücken hatte Liliana sich dabei ertappt, wie sie sich vor dem Spiegel verdreht hatte, um diese Zeichen mit sündig heißen Wangen zu bewundern.

Am nächsten Tag würden diese Spuren verschwunden sein, aber bis dahin waren sie ein körperliches Abzeichen nicht nur ihrer Lust, sondern auch Micahs. Es würde wehtun, schrecklich weh, wenn sie ihm ihre Herkunft gestand, aber diese Wahrheit konnte ihr niemand mehr nehmen – dass sie ihn bis an den Rand des Begehrens, des Verlangens gebracht hatte.

„Liliana", sagte Jissa, und aus ihrem Tonfall wurde deutlich, dass sie schon seit einer Weile versuchte, Lilianas Aufmerksamkeit zu erringen.

„Es tut mir leid." Der Schmerz in ihrem Herzen verwob sich mit den Erinnerungen an die herrliche Sünde. „Ich war mit den Gedanken woanders."

Aber Jissa lächelte weder, noch rügte sie. „Er ist nicht er selbst", sagte sie, „überhaupt nicht, oh nein, wenn der Fluch auf ihm liegt. Du darfst es ihm nicht übel nehmen." Sorge lag in jedem Wort und in ihren dunklen Knopfaugen. „Oh bitte, du darfst nicht …"

„Er hat mir nicht wehgetan", gelang es Liliana einzuwerfen, als ihre Freundin eine Atempause machte. „Hat er nicht, Jissa. Bitte glaube mir."

„Er ist so furchterregend, groß und wild und schrecklich."

„Ja", stimmte Liliana zu und legte das zerbrochene Geschirr auf den gesprungenen, gerade noch benutzbaren Tisch. „Aber innen drin ist er noch der Lord der Schwarzen Burg." Ihr Vater hatte versucht, die Seele des Kindes zu verderben, das Micah gewesen war, aber es war ihm nur gelungen, seine körperliche Gestalt zu verändern. „Solltest du je mit dem Monster allein sein, kannst du es mit Freundlichkeit und ein wenig Schmeichelei beruhigen."

Jissa riss die Augen weit auf. „Oh nein, niemals. Nicht ich. Ich bin nicht mutig wie du."

Liliana erinnerte sich daran, wie sie unter der Peitsche ihres Vaters gekauert, wie sie schwach und halb verhungert in seinen dreckigen Kerkern gelegen hatte, und wusste, sie war nicht mutig. Aber das verriet sie Jissa nicht, die endlich wieder mehr wie sie selbst aussah. Stattdessen fegte sie die Reste eines Stuhlbeins zusammen und fragte: „Wo ist der Lord jetzt, weißt du das?" Er war nirgends zu finden gewesen, nachdem sie sich frisch gemacht – und ihre endlich trockene Unterwäsche angezogen hatte.

„Der Dorfälteste, ein scharfer spitzer Mann, war hier. Bitterkeit hat das Dorf überrannt, verstehst du?" Als sie sah, wie verwirrt Liliana war, erklärte sie: „Viele Arme und Beine haben sie, ja, das tun sie, und sie sind ganz mit schwarzem, schwarzem Pelz bewachsen. Kleine Tiere, aber so viel Ärger, Ärger, Ärger."

„Sind sie Kreaturen des Abgrunds?"

Jissa schüttelte den Kopf. „Oh nein, sie fühlen sich einfach zur Schwarzen Burg hingezogen. Ihr Zuhause war es, vor langer, langer Zeit. Aber Reis und Kartoffeln lieben sie, ts, ts. Stehlen immer Reis und Kartoffeln."

Liliana lachte bei der Vorstellung, wie diese winzigen Kreaturen aus „Bitterkeit" genussvoll einen Haufen Kartoffeln verspeisten. „Was macht Micah mit ihnen?“

„Er bringt sie zurück nach Hause“, erklang eine vertraute Stimme von der Tür her.

Sie drehte sich um und entdeckte Micah, wieder in voller Rüstung – und umgeben von einem Meer aus pelzigen kleinen Kreaturen, die ein seltsames Quietschen von sich gaben. Ehe Liliana ein Wort sagen konnte, stemmte Jissa die Hände in die Hüften. „Nein, nein! Ungeziefer! Kein Ungeziefer in meiner Küche!“, protestierte die Brownie unerwartet temperamentvoll.

„Sie haben versprochen, sich anständig zu benehmen.“ Micah lächelte langsam und schmeichelnd, und Liliana konnte fast zusehen, wie Jissa dahinschmolz. „Sie bleiben nur eine Weile hier. Etwas hat ihnen Angst gemacht, deswegen sind sie hierhergekommen, um sich zu verstecken, bis das Böse vorübergegangen ist.“

Liliana spürte, wie sich Kälte in ihr ausbreitete. „Was für Böses?“

„Böse Magie“, sagte Micah. „Die Bitterkeit sind erschaffen worden, um Schwarze Magie aufzuspüren und sie zu fressen. Aber sie sind zu klein, sie können nur kleine böse Zauber fressen.“

Und die Magie des Blutmagiers ist groß und wächst immer weiter, dachte Liliana. Das war ihr Zeichen, falls sie noch eins gebraucht hätte, dass ihr die Zeit davonlief. Sie musste Micah morgen die Wahrheit sagen, hoffen, dass er sich erinnerte – hoffen, dass er sie nicht dafür hasste.

In der Nacht, während Micah auf der Jagd nach Seelen für den Abgrund war, träumte Liliana von Spinnen, so groß wie Pferdewagen. Ihre Augen waren so bösartig rot, dass sie brannten, und Liliana konnte sie nicht ansehen, ohne Tränen aus Blut zu weinen. Und doch wusste sie, dass sie nicht wegsehen durfte, denn die Beine der Monster waren mit Rasierklingen besetzt, ihre Mäuler mit Messern.

Dann fiel sie hin, und die Spinnen waren über ihr, schnitten und zerrissen und zerfetzten sie.

Es war ihr eigener Schrei, der sie aus dem Albtraum weckte.

Sie setzte sich in dem großen schwarzen Bett auf, das im Zimmer des Lords der Schwarzen Burg stand. Sein Hemd – das sie sich aus seinem Schrank geliehen hatte, obwohl er befohlen hatte, dass sie nackt schlief – klebte auf ihrer schweißnassen Haut. Sie biss sich innen auf die Wange und schuf genug Blutmagie, um auf ihrer Handfläche eine Lichtkugel entstehen zu lassen. Sie ließ die Kugel an die Decke schweben, wo sie alles in ein sanftes Leuchten tauchte. Es waren nirgendwo Spinnen zu sehen, und wenn doch, waren die kleinen Kreaturen zu schüchtern, um sie zu stören.

Aber es waren nicht die kleinen Krabbeltiere, die ihr Sorgen bereiteten. „Sie kommen“, sagte sie zu der Maus, die sie vom Fenstersims aus beobachtete. Deren Schwanz zuckte, als würde auch sie es spüren. „Die Arachdem kommen.“

Micah kehrte in dieser Nacht mit vielen Schatten in die Burg zurück, und alle von ihnen waren so böse, dass er sich regelrecht von Bosheit durchtränkt fühlte. Er ging erst zu Liliana, nachdem er sich den Gestank abgewaschen hatte, und war mehr als unzufrieden, sein Bett leer vorzufinden – auch wenn die Jagd lang gewesen war und das Morgenrot den Himmel bereits leuchtend einfärbte. „Wo ist sie?“, fuhr er die Maus an, die das Pech hatte, auf dem Nachttisch eingeschlafen zu sein, neben dem Zeitmesser mit dem Einhorn, den er Lily letzte Nacht gezeigt hatte.

Die Maus piepste, erhob sich dann für einen Moment auf die Hinterpfoten und flitzte den Tisch hinab unters Bett.

Micah ließ die Kreatur in Ruhe, weil sie ein Bewohner der Schwarzen Burg war, auch wenn sie nur sehr wenig Magie in sich trug, und stapfte hinab in die Küche. Jissa sprang auf, als sie ihn sah, und schüttelte dann einen Holzlöffel.

„Seht! Seht Euch das an!"

Verwirrt von der plötzlichen Aggression der lieben und scheuen Brownie, ging er um die Anrichte herum, um zu sehen, was sie so aufbrachte. Zu ihren Füßen schwirrte ein Meer aus pelzigem Schwarz. Die Bitterkeit. Micah verzog das Gesicht. „Ihr habt versprochen, euch zu benehmen."

Schnattern und Quietschen waren die Antwort.

„Oh." Er hob den Kopf. „Haben sie von deinen Kartoffeln oder dem Reis gegessen?"

Jissa runzelte die Stirn, legte den Löffel aber hin und sah in der Vorratskammer nach, die Bitterkeit auf ihren Fersen. Sie machten ein trauriges und hungriges Geräusch, als die Brownie ihre Fässer öffnete, aber sie schwärmten nicht aus. Stattdessen folgten sie ihr, als sie wieder zu Micah zurückkehrte. „Nein, haben sie nicht." Jissa klang schockiert. „Überhaupt nicht."

„Dann müssen sie dich wohl mögen, Jissa." Er küsste sie auf die Wange – freute sich über ihr überraschtes Quietschen – und ließ sie in der quiekenden Freude der Bitterkeit zurück.

„Still, ihr Dummerchen, Dummerchen", hörte er sie murmeln, aber es war keine Bosheit darin. Und dann: *„Sehr* hungrig seid ihr wohl?"

Er lächelte, weil die Bitterkeit hier keinen Schaden nehmen würden und Jissa nicht mehr allein war. Einen Augenblick hatte er fast gute Laune. Bis er sich daran erinnerte, dass Liliana ihn nicht warm und nackt in seinem Bett erwartet hatte, wie es hätte sein sollen. Dabei gehörte sie doch ihm. Kannte sie die Regeln nicht? Er blickte schon wieder finster drein, als er den Steingarten betrat, der Spur ihrer Magie folgend, die ihn zum grasbewachsenen Bereich neben dem langen spiegelnden Teich führte, der bei den Vögeln so beliebt war.

Sie hatte einen Kreis aus Blut um sich gezogen, und auch wenn er ihn betreten könnte, weil sie sich auf seinem Gebiet befand, tat er es nicht. Eine solche Magie zu stören konnte ihr ernsthaften Schaden zufügen. Stattdessen setzte er sich auf eine umgefallene Statue und sah zu, wie sie sich auf die kalte harte Erde kniete, gekleidet nur in ihr altes braunes Kleid und eine schwarze Jacke.

Wenigstens, räumte er ein, war es seine Jacke.

Ein Kitzeln an seinem Bein verriet die Anwesenheit von Bitterkeit. Er sah hinab und bemerkte, dass es tatsächlich vier der Kreaturen waren. Und sie trugen eine Tasse Schokolade mit einem Hauch Zimt darauf. „Habt Dank." Er nahm die Tasse, und als eine weitere Gruppe mit einem Teller Brot, dick bestrichen mit Butter und Honig, hinterherkam, erwartete er sie schon fast. „Jissa gibt euch viel zu tun."

Sie hüpften fast vor Freude, als sie zu ihrer neuen Herrin zurückrannten. Das war es, was an Bitterkeit niemand verstand. Sie waren geschaffen worden, um schlechte Magie zu fressen, woher sie auch ihren Namen hatten – es hieß, sie wurden mit jedem Bissen bitterer. Doch das stimmte nicht. Wenn die Bitterkeit böse Magie fraßen, verlor sie ihre Bosheit und wurde wirkungslos. Die Bitterkeit selbst bestand aus treuen Kreaturen voller Freude und Hilfsbereitschaft. Hätten sie nicht die bedauerliche Angewohnheit, die Vorräte der Bauern zu plündern, wären sie sehr beliebt.

Micah verspeiste eine Scheibe Brot und beschloss, etwas für Liliana aufzubewahren. Er war unzufrieden mit ihr, weil sie ihm die Gelegenheit vorenthielt, ihren nackten Körper zu berühren und zu küssen, aber er wollte auch nicht, dass sie schwach war. Nachdem sie so viel Blut vergossen hatte – aus einer Wunde an ihrem Arm, wie er bemerkte –, würde sie Stärkung brauchen.

Ihre Lippen bewegten sich, und ihre Finger malten elegante Muster in der Luft, die glühend aufleuchteten. Es war Blutmagie, wunderschön und ursprünglich und ganz Liliana. Er sah gebannt zu, und seine eigene Magie vibrierte im Einklang mit ihrer, als wäre sie so gebannt davon, wie er es von der Frau war, die sie benutzte.

„*Sieh*", flüsterte sie.

Einen Augenblick später ließ sie die Hände fallen, und die glühenden Muster verschwanden. „Ich habe mich nicht geirrt, Micah", sagte sie und öffnete die Augen. „Er hat die Arachdem geschickt."

Ihre Worte trafen ihn wie ein kalter Wind. Von den Verdammten hatte er gelernt, dass die Arachdem mit der schwärzesten Magie genährt wurden und deswegen Gestalt gewordene Albträume waren. Es hieß, sie könnten die Große Grenze durchqueren, die Eisgebirge bezwingen, die Lavabecken und andere Hindernisse, die seine Welt beschützten. „Wann?"

„Bald. Höchstens Stunden."

„Brich den Kreis, Liliana."

„Was? Oh." Sie stand auf, zündete ein Streichholz an und ließ es auf den Kreis fallen. Er öffnete sich mit einem Zischen, als die Magie verdampfte.

„Ist das für mich?"

Er hielt ihr das Brot hin. „Meine Schokolade teile ich nicht." Aber als sie ihn anlächelte, gab er sie ihr doch.

Ein kleiner leiser Augenblick verging, während sie dort neben ihm saß, warm war und nur nach Liliana duftete. Dann trafen die Sonnenstrahlen auf den gebrochenen Kreis und ließen den Fleck aus ihrem Blut rubinrot funkeln. „Wie

viele?", fragte er.
„Ich glaube ... eine Armee."

Bard kümmerte sich darum, die Dorfbewohner in die sichere Zuflucht der Schwarzen Burg zu evakuieren – die der Legende nach noch nie gefallen war. Die Dorfbewohner kamen dicht zusammengedrängt und eingeschüchtert, nicht nur wegen der Bedrohung, vor der man sie gewarnt hatte, sondern auch wegen der Burg und ihren Bewohnern.

Jissa, schüchtern und verängstigt von den vielen Fremden, kam in Begleitung der Bitterkeit aus der Küche. Die kleinen Wesen trugen Becher mit süßem Tee und Kuchen für die Kleinsten. Zuerst starrten und flüsterten die Leute nur, aber der Anblick der Bitterkeit, die zwitscherten und Jissa gehorchten, entlockte ihnen bald ein Lächeln. Kurz darauf war die Schwarze Burg gefüllt mit dem Gelächter der Kinder, die versuchten, die Bitterkeit zu fangen – die sich in der Aufmerksamkeit sonnten, deren Zuneigung aber immer zuerst Jissa galt.

„Ich glaube", sagte Micah zu Liliana, als sie auf dem Dach der Burg einen seltenen Augenblick der Stille genossen, „die Bitterkeit werden bleiben."

„Ich habe sie gern hier." Sie legte eine Hand auf seinen Arm. „Er hat die Monster meinetwegen geschickt, das solltest du wissen."

Er wusste nicht, warum sie ihm das erzählte. Dachte sie, er würde sie fortschicken, um den Arachdem zu entgehen? Der Gedanke ärgerte ihn. „Gut", sagte er, „dann übergebe ich dich am Rand des Dorfes, und die Biester können verschwinden, woher sie gekommen sind."

Sie schwieg kurz, dann sagte sie mit leiser Stimme: „Es tut mir leid."

Er starrte den blutig schwarzen Himmel an und dann sie.

„Es soll dir nicht leidtun. Hilf mir lieber, die Armee aufzuhalten."

„Die Arachdem sind seine stärkste Waffe", sagte Liliana seltsam stockend. „Er hat noch keine Schlacht verloren, in die er sie geführt hat."

Das gefiel Micah nicht, aber er wusste auch, dass sie sich hier in seinem Reich befanden. Die Macht des Abgrunds gehorchte keinem anderen und würde allein für ihn singen. „Er hat auch noch nie versucht, den Abgrund zu betreten." Etwas regte sich in seinem Unterbewusstsein, ein anhaltendes Pochen. „Ihre Augen leuchten rot in der Dunkelheit wie lebendige glühende Kohlen, und sie tragen reines Gift in den Beuteln an ihren Beinen."

Liliana sah ihn verzweifelt an. „Du erinnerst dich?"

„Was?" Er schüttelte den Kopf, um das seltsame Pochen loszuwerden.

„*Bitte* kämpf nicht dagegen an."

Aber er hörte sie kaum, seine Aufmerksamkeit galt einer aufgewühlten Wolke in der Ferne. „Ich muss gehen. Sie sind schon fast hier." Er drehte sich um, überraschte ihre Lippen mit einem Kuss, der ihn bis ins Innerste erwärmte, und erhob sich dann auf den ledernen Schwingen, die für die Jagd auf Schatten gemacht waren, in die Luft.

Am Himmel donnerte es, und bedrohliche Schatten aus Rot und Schwarz leckten über den Horizont. Er tauchte in die hässliche schwarze Magie hinab und traf nur auf eine weitere Lage Schwarz. Diese war jedoch haarig und bewegte sich, und das Licht fing sich in glänzendem Metall, als die riesigen Spinnen auf ihren rasiermesserscharfen Beinen vorwärts krochen. Es waren so viele von ihnen, dass sie die köchelnden Lavabecken bedeckten, die seit Äonen Eindringlinge fernhielten. Er fragte sich, wie es ihnen gelang, nicht in der entsetzlichen Hitze der Becken zu vergehen – bis er tiefer hinabtauchte und entdeckte, dass sie einfach über die Leichen der Gefallenen hinwegstiegen.

Es überraschte ihn nicht.

Die Arachdem waren schließlich Kreaturen der schwärzesten Blutmagie. Es hieß, dass der Blutmagier selbst – er, der mehr Böses getan hatte als alle anderen zusammen, er, der ewig leben wollte, um dem Abgrund zu entkommen – sie geschaffen hatte, ehe er … Ein scharfer Schmerz bohrte sich in seinen Kopf und versuchte, Gedanken hervorzuholen, die sein Bewusstsein nicht akzeptieren konnte. Er knirschte mit den Zähnen, während er über die blitzende Masse der Arachdem hinwegschwebte.

Sie blieben wie ein Leib stehen.

Ihre Köpfe hoben sich, und ihre vielen Augen richteten sich auf ihn.

19. KAPITEL

Er rührte sich nicht. „Ihr seid Eindringlinge“, sagte er mit tausendfach verstärkter Stimme. „Kehrt um, ehe ihr in den Abgrund fallt.“

Statt einer Antwort hörte er nur ein hohes Klagen, einen geistlosen Ton aus Köpfen, die nichts kannten als Zerstörung und Schmerz. Die Arachdem töteten nicht einfach nur. Sie fraßen ihre Opfer bis auf den letzten Knochensplitter. Aber sie waren keine Aasfresser. Nein, die Arachdem waren Jäger, die alles Lebendige fraßen, was ihren Weg kreuzte. Egal, ob es dabei schrie.

Er wusste nicht, woher er dieses Wissen nahm, aber er zweifelte nicht daran.

Jetzt senkten sie die Köpfe und setzten ihren unnachgiebigen Marsch fort. In dieser Geschwindigkeit würden sie das Dorf in einer Stunde erreicht haben. Micah kniff die Augen zusammen und flog zurück zur Schwarzen Burg. Währenddessen öffnete er einen Zugang zu der Magie, die nur dem Wächter gehörte, und befahl seinem Land, zu erwachen und sich selbst zu schützen.

Tief in seinem Geist spürte er, wie das Land sich träge streckte und erwachte, beinahe ein Bewusstsein entwickelte, das fragte: *???*

Eindringlinge, sagte er. *Jene, die nicht sein dürften.*

!!!

Unter ihm fing der Boden an zu grollen und zu beben, und riesige Schluchten voll giftiger Gase und Strömen aus flüssigem Magma taten sich auf. Grelle Schreie durchschnitten hinter ihm die Luft, und er wusste, einige der Arachdem waren gefallen. Und es fielen noch mehr von ihnen, als das Land sich zu Bergen auftürmte und dann auf die eindringende Armee niederstürzte.

Doch die Arachdem waren Kreaturen der Blutmagie, sie konnten sich verteidigen. Sie stachen die Erde mit ihrem Gift, das durch Magie gestärkt war, und raubten ihr so die Kraft. Micah hörte das Land in Gedanken aufschreien und befahl ihm, sich auszuruhen, zu verstecken, neu zu sammeln. Es hatte genug getan, denn als er sich umdrehte, war die Armee halbiert, ihre Formation auseinandergerissen, und die Leichen waren zu tief gesunken, als dass die Überlebenden die Lavabecken noch auf ihren Rücken überqueren könnten.

Die Arachdem würden sich erholen, aber die Rebellion des Landes hatte Micah und seinem Volk Zeit verschafft, wenigstens eine weitere Stunde, vielleicht zwei. Es musste ausreichen. Er tauchte durch die Wolken und machte sich auf den Weg zurück zur Burg, wo Bard alle, die körperlich dazu in der Lage waren, vor den Burgmauern zu einer Verteidigungstruppe aufgestellt hatte.

Eine kleine Gruppe Männer allerdings stand abseits auf einer der Burgzinnen. Wenn Micah fiel, würden sie das letzte Tor herunterlassen und damit die Schwarze Burg vor Eindringlingen versiegeln. Die Verteidigung hatte den Befehl, sich ins Innere zurückzuziehen, aber einige von ihnen würden unausweichlich zurückbleiben, als Beute für die Arachdem. Das würde Micah auf keinen Fall zulassen.

Er landete neben Bard und Liliana. „Schickt sie alle durch die Tore."

„Sie wollen kämpfen", donnerte Bard. „Verteidigen."

Doch Liliana nickte. „Sie haben selbst keine Magie und hätten keine Chance gegen die Arachdem." Sie zögerte. „Wenn Micah allerdings mein Vater wäre, würde er die Männer vorausschicken – die Arachdem werden langsamer, wenn sie fressen."

„Dein Vater klingt nicht wie ein guter Mann, Liliana." Micah konnte sich nicht vorstellen, wie so ein Mann jemanden wie seine Geschichtenerzählerin gezeugt haben konnte – sie, die weinte, weil sie ihr rotes Kleid zerrissen hatte, und die ihn so süß und zärtlich küsste.

„Nein.“ Ein ersticktes Lachen. „Das ist er nicht.“

„Bard.“ Micah nickte ihm zu. „Führe die Leute ins Innere der Burg. Sag ihnen, sie müssen verhindern, dass die Burg fällt, denn wenn sie fällt, ist alles verloren.“ Wenn die Arachdem erst die Burg erreicht hatten, bedeutete es in Wahrheit, dass Micah tot war, und in dem Fall würden die Verteidigungsmechanismen der Burg von selbst einsetzen. Diese Verteidigung war beeindruckend – ein schwarzer Schild, den nichts durchdringen konnte –, aber der Tod des Wächters war nötig, damit sie einsetzte.

Doch jeder Mann hatte seinen Stolz und musste wissen, dass er sein Heim und seine Familie beschützen konnte, und so sagte Micah diese Dinge, auch wenn er in Bards Augen lesen konnte, dass der Riese seine Lüge durchschaute. „Sie müssen“, sagte er zu dem großen Mann.

Bard grollte endlich sein Einverständnis und machte sich auf den Weg, aber Micah hielt ihn noch einmal auf. „Komm nicht zurück, Bard.“

Der große Mann bedachte ihn mit einem stummen Blick, der selbst die Luft zum Erstarren brachte.

„Du darfst nicht.“ Er erwiderte den intelligenten und gelehrten Blick des Mannes. „Wenn ich falle, braucht der nächste Lord deine Hilfe.“

Bards Miene füllte sich mit Trotz, aber Micah schüttelte nur den Kopf, und endlich, nach langem Zögern, nickte Bard. Seine schweren Schritte hallten auf der Erde wider, und wenige Minuten später war seine dröhnende Stimme zu hören, als er den Dorfbewohnern ihre neuen Befehle erteilte. Rufe wurden laut, Widerstand, aber Bard war ein General. Er bekam, was er wollte.

Bald standen Micah und Liliana allein am Dorfrand. Die Schwarze Burg erhob sich dräuend hinter dem Flüsternden Wald. „Wenn ich dir befehle zu gehen“, sagte Micah, und er wusste, sie würde nicht gehen, nicht seine mutige Liliana, aber er musste sie doch beschützen, „was würdest du tun?“

„Dich mit einem Stock verprügeln.“ Sie ließ den Worten einen sanften Liliana-Kuss folgen. „Ich bleibe bei dir, Micah.“

So zart war seine Lily. Aber das bedeutete nicht, dass sie nicht stark wäre. Er versuchte nicht noch einmal, sie in Sicherheit zu bringen. „Sie haben das letzte Tor noch nicht heruntergelassen“, sagte er, nachdem er in die Luft gestiegen war, um nachzusehen.

„Natürlich nicht. Das tun sie erst im letzten Augenblick, erst wenn sie sicher sind, dass wir es nicht schaffen.“

„Glaubst du, wir schaffen es nicht?“

„Ich zweifle keine Sekunde, dass wir es schaffen.“ Ihre Stimme klang entschlossen. „Du trägst das Herz eines ganzen Königreiches in dir, Micah. Das hier wird dich nicht zu Fall bringen.“

Er verstand die Worte nicht, obwohl sie in seinem Kopf wieder diesen rasenden Schmerz entfachten, der stach und pochte. „Dein Blut ist stark“, sagte er und versuchte, die quälenden Empfindungen von sich zu schieben.

„Nicht so stark wie seines.“

„Ich gebe dir meines aus freiem Willen.“ Er legte ihr die Hand in den Nacken. „Wenn die Zeit kommt, dann nimm es, und benutz es, um mein Volk und meine Welt zu beschützen.“

Ihre unergründlichen, stürmisch grauen Augen füllten sich mit einer fesselnden, eindrucksvollen Energie. „Was auch immer geschieht, du *musst zurückkehren.* Verstehst du?“

Er nahm an, sie sprach von der Schwarzen Burg, also nickte er.

Lilianas Miene wandelte sich zu einem Ausdruck, den er nicht deuten konnte. „Micah, ich muss dir etwas sagen. Ich wollte es heute Morgen tun, aber …"

„Hinterher, Lily", unterbrach er sie. „Ich spüre, dass sie bald kommen. Es wird Zeit."

„Warte!" Sie packte den Arm, den er gerade heben wollte, um die dunkle Macht des Abgrunds zu sich zu rufen, stellte sich auf Zehenspitzen und presste ihre Lippen auf seine.

Dagegen hatte er überhaupt nichts einzuwenden. Er ließ seine Hand an ihr hinabgleiten, bis er ihren Po drücken konnte. Mit einem Keuchen löste sie sich von ihm. „So was sollst du nicht machen, wenn ich dir einen letzten Kuss vor der Schlacht gebe."

Er drückte noch einmal zu und zog sie in einem herrlich langen und feuchten Kuss an sich. „Später mehr." Damit ließ er sie los und breitete die Arme weit aus, um die Macht zu sich zu rufen.

Erwachet. Erhebet euch. Verteidigt.

Wieder bebte die Erde, aber dieses Mal nicht, um gegen die Bedrohung vorzugehen, sondern um die Bewohner des Reiches auszuspeien, die tief unter der Erde hausten. Die Kitchari waren riesige Kreaturen, die aussahen wie Nacktschnecken, blass, schwer und langsam und ihre vielen Augen vor Blindheit milchig weiß. Ihre Beine waren mit Klauen bewehrte Stümpfe, ihre breiten Mäuler gefüllt mit schwarzen Zähnen, die sich ständig bewegten. Mit einem grausigen Kreischen hievten die schwerfälligen Gestalten sich über die Erde. Ihre Leiber glänzten im roten Licht des Himmels.

„Sie sind so langsam", sagte Liliana entsetzt. „Sie werden abgeschlachtet."

Lächelnd rief er einen weiteren Befehl. *Fliegt. Fliegt und beschützt.*

Ein Windstoß wehte sein Haar zurück, und dann füllte der Himmel sich mit einer anderen Art Dunkelheit. Riesige schwarze Vögel mit gezackten Schnäbeln und klauenbesetzten Flügeln kreischten und schrien auf dem Weg in die Schlacht.

Im gleichen Augenblick trafen die Kitchari auf die Arachdem.

Liliana wollte den Blick von dem Gemetzel abwenden, das mit Sicherheit folgen würde, aber sie schuldete es den unschuldigen Leben, die ein Ende nehmen würden, dabei Zeuge zu sein.

Die erste Spinne bäumte sich auf, bereit, die ungelenke Kreatur unter sich zu töten. Ihr vergiftetes Bein fuhr hinab auf den blassen Körper ... und brach mit einem hörbaren Knacken. Die Spinne strauchelte – und wurde erstaunlich geschickt von der riesigen formlosen Gestalt mit den milchigen Augen verschlungen.

Liliana riss die Augen auf. „Du liebe Güte."

Neben ihr fing Micah an zu lachen. „Die Kitchari können tagelang essen, ohne Pause, und es ist ihnen egal, was."

Doch trotz des erheblichen Schadens, den diese Kreaturen anrichteten, blieben sie langsam und unflexibel. Während also eine Spinne verschlungen wurde, kletterten die anderen Arachdem einfach über den glücklosen Artgenossen hinweg und zogen weiter in Richtung Dorf. Und es schien, als hätten die Kitchari genau eine Schwachstelle – ihre Augen. Ein Stich dorthin von rasiermesserbesetzten Beinen brachte sie dazu, sich vor Schmerzen zu winden, ehe das Gift ihre Körper im Tod erstarren ließ. „Die Arachdem können kommunizieren!", rief Liliana Micah zu und schnitt sich im gleichen Atemzug in den Arm, dass es blutete.

Mit ihrer Magie beschwor sie einen Wind, der die Spinnen zurückwarf, den sie aber nur für den Bruchteil eines Augenblickes halten konnte. Trotzdem blieb Micah genug Zeit, die Kitchari zu warnen. Statt in ihre Tunnel zurückzugleiten, senkten sie einfach die Köpfe und verbargen ihre verwundbare Stelle vor den Arachdem, die nicht flexibel genug waren, um sich hinabzubeugen und die Augen zu erreichen. Und sie fraßen weiter.

Zur gleichen Zeit stürzten sich die Vögel, die Micah Anubi nannte, auf die Angreifer hinab, direkt auf das verletzliche Gelenk zwischen Hals und Oberkörper der Spinnen. Der Angriff war erstaunlich effektiv, und die gesamte erste Reihe der Arachdem blieb blutend und gelähmt zurück. Was die Kitchari lautstark auskosteten. Ihre Zähne malmten sich langsam und genüsslich durch Chitinpanzer und Fleisch und Sehnen.

Die hinteren Reihen der bedrohlichen Armee ihres Vaters blieben stehen und warteten. Als die Anubi zu ihrem nächsten Luftangriff ansetzten, hoben sie ihre Vorderbeine und sprühten ihr Gift direkt auf die Vögel. Kreischend fiel die Hälfte von ihnen zu Boden, während die anderen sich verzweifelt in den Himmel flüchteten. Sie hatten zu viel Angst, um sich noch einmal zu nähern. Doch gemeinsam hatten die Anubi und die Kitchari Liliana Zeit gegeben, einen komplizierteren Blutzauber zu weben, während Micah neben ihr vor Macht geradezu vibrierte. Er war so erfüllt davon, dass er wie eine glänzende Klinge wirkte, von Kopf bis Fuß in seine schwarze Rüstung gekleidet, sein Gesicht von einem Netz aus feinen Tentakeln überspannt.

Sie spürte ein kaltes Flüstern an ihrem Hals, an ihren Seiten, und sie wusste, die Geister waren gekommen, um ihnen zu helfen. Sie konnte sich nicht an ihrer kühlen Kraft bedienen, aber sie flüsterte ihnen ihren Dank zu und spürte, wie sie in Micah hineinflossen, der wie ein schwarzer Diamant war, eine lebendige Waffe.

Liliana trat vor und vervollständigte die Linie aus Blut, die sie schon vorher von einer Ecke des Dorfes bis zur anderen gezogen hatte. Ein flirrender Schild sprang vor ihnen empor. Grundsätzlich konnte eine Linie nie auch nur annähernd so stark wie ein Kreis sein, weil sie offen war, aber es reichte aus, um die Spinnen aufzuhalten, die den Angriff von Kitchari und Anubi überlebt hatten. Sie prallten daran ab und lösten sich in der Blutsäure auf, die entstand, wenn sie den Schild berührten. Aber die Kreaturen ihres Vaters waren nicht dumm.

Darin zeige sich die Genialität des Blutmagiers – er hatte sie gerade klug genug gemacht, damit sie Gefahr verstanden und darauf logisch reagierten. Jetzt fielen sie zurück – warteten, statt Zeit damit zu verschwenden, die Blutlinie zu umrunden. Sie wussten, dass Lilianas Blut nicht so stark war wie das ihres Meisters, wussten, dass es nicht nach unschuldigen Opfern schmeckte und nicht lange anhalten würde.

Schon jetzt fingen ihre Arme an zu zittern. „Micah."

„Wenn ich es sage, Liliana, musst du sie fallen lassen."

Sie nickte und biss sich in die Wange, bis Blut auf ihre Zunge floss, um Kraft zum Weitermachen zu finden. Als ihre Beine anfingen zu zittern, ging sie in die Knie, hielt den Schild aber aufrecht.

„Jetzt."

Sie ließ die Arme sinken, und mit ihnen fiel der säurehaltige Schild.

Mit lautem Kreischen rückten die Arachdem vor. Liliana kroch auf Händen und Füßen rückwärts und schrie Micah zu, er solle rennen. Aber er ignorierte sie und blieb wie angewurzelt stehen, als die Spinnen sich vor ihm auf die Hinterbeine stellten, die giftigen Klingen zum Angriff erhoben.

Schluchzend taumelte Liliana vor, wollte verzweifelt einen weiteren Blutkreis schließen, um ihn zu schützen. Ihre Hand streifte gerade seine Wade, als ein Wald aus messerscharfen schwarzen Dornen, größer als der Mann selbst, vor ihm aus der Erde fuhr. Die Dornen erstreckten sich bis in den Flüsternden Wald … und über den gesamten Bereich, in dem so viele Arachdems versammelt waren.

Fassungslos über das Ausmaß seiner Macht, saß sie stumm da und sah zu, wie die schrecklichen Kreaturen aufgespießt wurden und ihr eitrig gelbes Blut den Erdboden tränkte.

Micah pulsierte im Takt mit dem Herzschlag des Abgrunds. Aber hinter diesem Rauschen der Macht lag noch ein anderes – das der Erinnerung. Er sah, wie die Arachdem auf seine Heimat zuhielten. Ihre Augen waren wie glühende Kohlen in diesem grauen Zwielicht kurz vor Sonnenaufgang, und ihre behaarten Leiber machten ein flüsterndes Geräusch, als die Rasiermesser an ihren Beinen durch die tapferen Wächter schnitten, die versuchten, die Burg und ihre Bewohner zu verteidigen. Sein Vater war da draußen, das wusste er, und hielt die Stellung. Seine Mutter hatte ihn in sein Zimmer gesteckt und ihm gesagt, er solle bleiben, wo er war. Sie war in einem anderen Teil der Burg, heilte die Verletzten und half, wo sie konnte. Er wusste es, weil seine Nanny es ihm gesagt hatte.

„Nanny“, fragte er, und seine Finger umklammerten die Fensterbank, bis die Knöchel weiß hervortraten, „warum sind die Monster hinter uns her?“

Nannys Hände, warm und faltig, lagen auf seinen Schultern. „Weil der Blutmagier uns Elden rauben will.“

„Das kann er nicht, oder?“

„Nein“, sagte Nanny, aber Micah hörte das Zögern in ihrer Stimme, und es machte ihm Angst.

Unter ihnen zermalmten die schrecklichen Monster die Soldaten, und auch wenn Micah wusste, dass er seine Untertanen wie seine Familie lieben sollte, war er nur ein Kind, das wusste, dort unten befand sich der Mann, auf dem seine ganze Welt ruhte. „Vater", flüsterte er, „Vater."

„Es geht ihm gut", sagte Nanny und schloss die Hände fester um Micahs Schultern. „Er ist der König, und Könige fallen nie." Die absolute Überzeugung in ihrer Stimme überzeugte auch ihn, aber er konnte sich nicht von dem Gemetzel unter ihnen abwenden. Die Luft war von Schreien erfüllt und von einem Gestank, der ihm den Magen umdrehte.

Erst als die Streitkraft von Elden zurückfiel, sah Micah den Mann inmitten des Chaos aus Spinnen. Er war groß und selbst so dürr wie eine Spinne. In den Händen hielt er einen Stab aus verdrehtem und geschwärztem Holz. Seine Finger kamen Micah, der auf einmal kristallklar sah, wie Klauen vor.

Magie, wurde ihm jetzt als Erwachsener klar, es musste Magie gewesen sein, die ihn so deutlich hatte sehen lassen, entsprungen aus seiner natürlichen Verbindung zu Elden. Doch der kleine Junge in jener Nacht wusste nur, dass er das Monster zwischen den anderen Monstern erkennen konnte, und um sein Herz legte sich eine Eiseskälte. Sein junger Verstand begriff, dass dieser Zauberer das schlimmste Monster von allen war.

Dann sah der Mann mit dem Albtraumgesicht zu ihm hoch. Sein Blick richtete sich auf das Fenster, aus dem Micah ihn beobachtete. Er verspürte den kindlichen Drang, sich zu verstecken, sich abzuwenden, und doch sah er dem Magier in die Augen, Augen wie schmutziges Eis, sah, wie seine Lippen Worte formten: „Ich kriege dich, *Junge*."

„Nein", flüsterte Micah. „Das wirst du nie."

20. KAPITEL

Die Erinnerung verflog, aber sie war jetzt wieder vollständig und wartete nur darauf, von ihm angesehen zu werden. Als die Arachdem, die nicht aufgespießt worden waren, kreischten und sich zurückzogen, den Kampf aufgaben, öffnete er diese Tür in seinem Bewusstsein einen Spalt weit. Namen und Orte, Düfte und Geräusche und Schmerz, solcher *Schmerz*, durchfuhren ihn. Er war durch Raum und Zeit selbst geschleudert worden, sein Körper in einem Zauber gefangen, der ihn beschützen sollte, gesprochen aus Verzweiflung, als Elden gefallen war.

Der Zauber seiner Mutter hatte in einer kühlen ruhigen Kammer unter der Schwarzen Burg seinen unerwarteten Ausdruck gefunden, wo, hieß es, der neue Wächter immer dann erschien, wenn seine Zeit gekommen war. Aber er war bei seiner Ankunft noch zu jung gewesen und hatte viele Jahre im Schlaf verbracht. Er war erst aufgewacht, als er seiner Aufgabe gerecht werden konnte. Von dem alten Lord wusste er nur, was die Geister ihm berichtet hatten – dass er sich entschlossen hatte, an den Ort seiner Herkunft zurückzukehren, um den Rest seines Lebens weit entfernt vom Abgrund zu verbringen.

Aber nichts davon war jetzt wichtig. Wichtig waren nur die Augen wie schmutziges Eis.

Als er sicher war, dass die Spinnen nicht neuen Mut fassen und zurückkehren würden, fuhr er die Dornen, die er aus den Elementen der Erde geformt hatte, wieder ein. Sein erschöpfter Körper wurde nur noch durch reine Willenskraft aufrecht gehalten, als er sich umdrehte, um sich der Frau zu stellen, die sich gerade hinter ihm aufrappelte. Die Sorge in ihrer Miene versuchte sie nicht zu verbergen. Doch er hielt sie mit ausgestreckter Hand auf, ehe sie ihn berühren konnte.

Diese Augen … diese *Augen* sahen ihn an, als würden sie begreifen, und wurden trüb und leer. „Du weißt es."

„Du hast mich belogen, Liliana." Er hatte den sturmverhangenen Himmel in diesen wandelbaren Augen gesehen, doch sie waren die ganze Zeit nur voller Lügen gewesen.

Sie zuckte zusammen, blieb aber stumm.

„Du hast mir nicht gesagt, dass dein Vater der Magier ist, der meinen Eltern das Leben genommen hat." Er konnte noch nicht nach Nicolai, Dayn und Breena fragen.

Sie schluckte und ballte die Hände zu Fäusten. „Du musstest mir vertrauen, damit du dich erinnerst."

„Warum?" Etwas nagte an ihm, wie ein Traum, an den er sich nur halb erinnerte.

„Der zwanzigste Jahrestag von Eldens Untergang steht kurz bevor", sagte Liliana und schlang die Arme um sich. „Du musst vor Mitternacht an diesem Tag bei der Burg sein."

Micah packte ihre Oberarme. „Warum? *Sag es mir.*"

„Um Mitternacht wird Elden sterben … und mit ihm deine Geschwister." Statt sich aus seinem groben Griff zu befreien, legte sie zögernd die Hände auf seine Brust. „Nach dem heutigen Tag sind nur noch zwei Tage übrig, und die Straße nach Elden ist lang und voller Gefahren. Ich kann dich vielleicht den halben Weg bringen, wenn ich den Zauber benutze, der mich hergebracht hat, aber das laugt mich aus – und ich muss an deiner Seite kämpfen, denn mein Vater ist ein böser Mann, voller Macht."

Er ließ sie los und wich vor ihrer Berührung zurück. Schmerz trat in ihre Augen, der ihn wütend machte, aber er war auch so wütend auf sie, dass es ihm in seiner Heftigkeit fast die Sprache verschlug.

„Ich weiß", flüsterte sie mit gebrochener Stimme. „Ich weiß, was ich dir genommen habe. Ich erwarte nicht, dass du noch wie vorher für mich empfindest, jetzt, wo du weißt, wessen Blut in meinen Adern fließt, aber *bitte*, Micah, du musst mir glauben. Du musst, sonst ist deine Familie für immer verloren."

„Es geht nicht um dein Blut", sagte er und erhob sich in die Luft, gestärkt durch die mächtige Magie des Abgrunds. „Sondern darum, dass du mich belogen hast."

Liliana sah Micah nach, wie er in den Wolken verschwand, getragen von den ledernen Schwingen, die wie aus dem Nichts entstanden waren. Sie wusste, dass er Jagd auf die letzten Arachdem machte, damit sie nicht zurückkehrten. Aber er wollte auch Abstand zu ihr gewinnen – der Frau, die ihn belogen hatte. Doch egal, was er gesagt hatte, sie wusste, das konnte nicht der einzige Grund für seinen Zorn sein.

Wie konnte er es ertragen, sie zu berühren, wenn ihr Gesicht das hässliche weibliche Spiegelbild ihres Vaters war? Wenn ihre Augen die des Blutmagiers waren? Wenn ihre Hakennase genau die des Mannes war, der Micahs Eltern ermordet hatte? Von ihrer Mutter hatte sie nichts als die Farbe ihrer Haut, als hätte er auch das geraubt, als er Irina den Zauber auferlegt hatte, der sie mit Blindheit schlug für das Kind, das sie geboren hatte.

Der Himmel über ihr wurde wieder blau, und seine Klarheit lachte ihrem kläglichen Versuch Hohn, der Wahrheit ihrer mörderischen Herkunft zu entkommen.

„Es tut mir leid", flüsterte sie. „Es tut mir so leid."

Doch Micah konnte sie nicht hören, und als die Sonne sich auf ihrem Weg hinab zu den Bergen dunkel-orange verfärbte und die Kitchari beseitigten, was von den Leichen der Arachdem übrig war, war er nicht bei ihr, um sie im Arm zu halten … und würde es nie wieder tun. Sie zwang sich, nicht daran zu denken, damit der Schmerz sie nicht lähmte, und verbrachte die letzte halbe Stunde vor Sonnenuntergang damit, gemeinsam mit Jissa genug Proviant für ihre Reise nach Elden zusammenzutragen. Auch wenn sie noch nicht wusste, wie sie die Grenze zwischen den Welten überqueren sollten oder die tödlichen Fallen ihres Vaters auf dem Weg zur Burg umgehen. „Wir finden einen Weg", sagte sie. „Das werden wir."

„Was?", fragte Jissa. Die Brownie war mehr als verwirrt über Lilianas plötzlichen Wunsch, Proviant zu packen, aber sie tat, was sie konnte, um zu helfen.

„Zeit", antwortete Liliana. „Wir brauchen nur genug Zeit, denn auch wenn er die Macht des Abgrundes verliert, sobald er diese Welt verlässt, ist er immer noch ein Erdmagier und hat nicht nur seine eigene Magie, sondern die Kraft von ganz Elden zur Verfügung, wenn wir das Königreich erreicht haben." Nur dass dieses Land gebrochen war und seine Seele in Fetzen hing.

„Liliana." Sie spürte Jissas kleine warme Hand auf ihrem Arm. „Warum weinst du?"

„Oh." Sie versuchte, die Tränen abzuwischen, und schaffte es nicht, weil immer mehr kamen. „Ich muss schrecklich aussehen. Schlimmer als sonst." Sie nahm das Taschentuch, das die Brownie ihr reichte, und ließ sich zwischen die Säcke voll Mehl und Äpfeln auf den Boden sinken. Die zwitschernde Schar der Bitterkeit wuselte um sie herum, und die Kreaturen säuselten so beruhigend, wie sie konnten. Ihr ältester Freund in der Burg schlüpfte zwischen ihnen hindurch, um sie mit der Nase anzustupsen. Seine kleine Magie sprühte Funken vor Kummer.

Die Zärtlichkeit dieser kleinen Wesen brachte sie nur noch mehr zum Weinen, weil sie nichts davon verdient hatte.

„Liliana", erklang Jissas besorgte Stimme. „Komm her, komm."

Irgendwie lag sie schließlich mit dem Kopf in Jissas Schoß

und weinte sich richtig aus. Die Brownie streichelte ihr behutsam übers Haar und murmelte Dinge, die Liliana nicht richtig verstand, die ihr aber dennoch ein wenig Trost spendeten. Das klaffende Loch, das Micah in ihr hinterlassen hatte, als er fortgegangen war, würde nie verheilen, aber diese kleine Linderung würde es ihr erlauben, die kommenden Tage zu überstehen. Viele würden es nicht mehr sein – dafür würde der Todeszauber sorgen, der den Blutmagier ein für alle Mal vernichten sollte.

Kurz nach Sonnenuntergang saß sie im Badezimmer neben ihrem Schlafzimmer und versuchte, sich den Gestank der eigenen Hinterlist abzuwaschen, als Micah hereinkam. Ihr Herz zog sich schmerzhaft zusammen, als sie zu ihm aufsah und entdeckte, dass er vom Hals bis zu den Zehen in seine Rüstung gehüllt war. „Bist du bereit aufzubrechen?", fragte sie und konnte sich nur mit Mühe davon abhalten, ihn um etwas anzubetteln, auf das sie kein Recht hatte.

„Nein." Ein einziges hartes Wort. „Ich muss heute Nacht hierbleiben, um sicherzustellen, dass die Arachdem nicht zurückkommen."

„Ja, natürlich." Die Kreaturen ihres Vaters waren tückisch genug dafür, aber sie würden nicht mehr lange warten können. „Dann gehst du noch einmal in die Nacht hinaus?"

„Das muss ich nicht. Das Land weiß, dass es wachsam sein muss – es warnt mich, wenn sie kommen", sagte er in dem gleichen groben Tonfall, der nicht zu dem Micah passte, den sie kannte.

Und liebte. So sehr.

„Jetzt", befahl er, „wirst du mir alles erzählen."

Und das tat sie. Sie erzählte ihm von ihrer Vision, was sie glaubte, was passieren würde, und was sie wusste. „Die Uhr in deinem Zimmer – ich glaube, die Königin hat ihren Zauber

daran gebunden, damit du weißt, wann die Zeit knapp wird."
Mit verschränkten Armen sah er zu ihr hinab. „Das hast du mir am Anfang nicht erzählt."

„Ich habe es versucht. Du warst noch nicht bereit, zuzuhören oder dich zu erinnern."

Ein finsterer Blick. „Du hast dir nicht allzu viel Mühe gegeben."

Doch, hatte sie. Oder etwa nicht? Vielleicht hatte sie in Wirklichkeit alles getan, um die zerbrechliche Fantasie von einem Leben mit dem Mann, dem ihr ganzes Herz gehörte, aufrechtzuerhalten. „Es tut mir leid." Sie legte die Seife auf den Rand und wünschte sich, er würde sie nehmen und von ihr forthalten, irgendetwas, was der alte Micah getan hätte, der sie nicht mit dieser dunklen Verurteilung im Blick angesehen hatte.

Er regte sich nicht.

Sie biss sich auf die Lippe, schob sich die nassen Strähnen ihres Haares aus dem Gesicht und sagte: „Die Burg von Elden ist gut abgesichert." Wenn sie sich auf die praktische Seite ihrer Aufgabe konzentrierte, würde sie ihn vielleicht nicht mehr so sehr spüren, diesen Schmerz, als schnitten Messer sie von innen heraus auf. „Sie steht inmitten eines Sees."

„Ich weiß."

„Der See", fügte sie hinzu, „ist jetzt voller Fische, die menschliches Fleisch verzehren."

Dem Blutmagier machte es Spaß, „Reste" aus dem Fenster zu werfen und zuzusehen, wie die Fische aus dem Wasser sprangen und danach schnappten – nach den klein gehackten Körpern der magischen Kreaturen und Menschen. Einmal hatte er Liliana in einen dünnen Korb gesteckt und sie so dicht über das Wasser hinabgelassen, dass sie die schnappenden Zähne der Fische kaum eine Handbreit entfernt auf allen Seiten spüren konnte. Da war sie gerade acht Jahre alt gewesen.

Sie kämpfte mit der Kraft der Erfahrung gegen diese Erinnerungen an und fuhr fort: „Es gibt eine Brücke, die zur Burg führt, aber sie wird Tag und Nacht von giftigen Kreaturen bewacht, die einmal blaue Sandskorpione gewesen sind und jetzt etwas sind, das nicht existieren sollte.“ Ein einziger Stich bedeutete den sofortigen Tod. „Es sind vier. Zwei stehen am Tor, und zwei gehen auf der Brücke auf und ab.“

„Warum hast du Angst vor dem See?“

Sie hob den Kopf mit einem Ruck und starrte Micah an. „Was?“

„Du hast Angst vor dem See.“ Er hielt sie mit seinem Blick gefangen. „Sag mir, warum.“

„Mein Vater ist ein böser Mensch“, sagte sie, denn sonst gab es nichts dazu zu sagen. „Als Tochter war ich eine große Enttäuschung.“

Als Micah nichts sagte, sondern sie nur mit seinen kühlen wintergrünen Augen ansah, fühlte sie sich, als müsse sie ertrinken, auch wenn das Wasser ihr nur bis zu den Schultern reichte. „Ich würde jetzt gern aus dem Bad steigen“, sagte sie. „Ich muss das Abendessen zubereiten.“

Eine Sekunde lang glaubte sie, dass er sich weigern würde zu gehen, und ein Teil von ihr wollte genau das, weil es das war, was der alte Micah getan hätte, der gerissen und arrogant war und sie auf ungezogene Weise neckte. Aber dieser Micah – der jedes Recht hatte, sie zu hassen – stieß sich von der Wand ab, ging hinaus und knallte die Tür hinter sich zu. Sie suchte nach dem eisernen Willen, der es ihr erlaubt hatte, ihren Vater zu überleben, aber sie fand nur heiße Tränen.

Dumme, dumme Liliana.

Ihre groben Selbstvorwürfe linderten das Brennen in ihrer Kehle nicht, aber ein Spritzer kaltes Wasser ins Gesicht, nachdem sie aus der Wanne gestiegen war, klärte wenigstens ihre Augen. Sie trocknete sich ab und zog noch einmal das hässliche braune Kleid an, in dem sie gekommen war, auch wenn es von der Schlacht mit den Arachdem staubig war. Es schien nur passend. Sie war nicht mehr die Frau, für die Micah die Kleider in Schokoladenbraun, Rot, Grün und Silber gebracht hatte.

Nachdem sie sich das Haar glatt gekämmt hatte, starrte sie sich im Spiegel an.

Gut, dass du meine Tochter bist, sonst würde man dich anspucken wie einen räudigen Köter auf der Straße. So wie es jetzt steht, betteln die Männer darum, in dein Bett gelassen zu werden, auch wenn sie wissen, dass sie es mit geschlossenen Augen tun müssen.

Bei der Erinnerung drehte sich ihr der Magen um, und sie konnte das wenige, was sie gegessen hatte, nur bei sich behalten, weil sie sich weigerte, ihrem Vater diese Befriedigung zu verschaffen. Damals war sie jung gewesen, ein zusammengekauertes Ding auf dem Boden, das er mit den Stahlkappen seiner Stiefel getreten hatte, um seinen Worten Nachdruck zu verleihen. Jetzt war sie die Frau, die ihn in den Abgrund schleifen würde, damit die Basilisken sich an ihm laben konnten.

Durch diesen Gedanken ermutigt, öffnete sie die Badezimmertür und ging hinaus, um sich Micah zu stellen.

Er war nicht da.

Ihre Hand auf der Türklinke zitterte, aber sie schüttelte den Kopf. „Keine Tränen mehr." Sie hatte keine Zeit für Selbstmitleid. Keine Zeit, den Verlust von etwas zu betrauern, das ihr nie gehört hatte. Sie war ein Dieb gewesen, hatte sich so viele Momente gestohlen, Momente, mit denen sie nie im Leben gerechnet hatte. Dieser geraubte Schatz musste reichen.

Nur dass sie jetzt, da sie Micah berührt hatte, da sie von ihm berührt worden war, da er sie angesehen hatte, als wäre sie schön, obwohl sie wusste, dass sie es nicht war, viel mehr litt als vorher, als sie noch nichts erwartet hatte.

Micah lief in der Großen Halle auf und ab, bis er die Geduld verlor. „Wo bleibt mein Essen?“, brüllte er so laut, dass die Wände wackelten.

Bard sah ihn vorwurfsvoll an. „Jissa bekommt Angst.“

„Finde *sie*!“ Wenn sie versucht hatte davonzurennen, würde er sie in den Kerker werfen und mit eisernen Schellen fesseln, die in der brennenden Kälte des Abgrundes geschmiedet worden waren.

Die Tür öffnete sich sofort nach seinem Befehl, und das Ziel seines Zorns kam mit einem Tablett herein. „Die Verspätung tut mir leid, mein Lord.“ Ihre Worte waren höflich und zurückhaltend.

Er verzog das Gesicht und setzte sich. Die Mahlzeit, die sie ihm servierte, war eine Art sämiger Eintopf mit Reis, gefolgt von Früchten. Sie stellte alles hin und wollte gerade gehen, da packte er ihr Handgelenk. „Du bleibst hier.“ Bard allerdings bedeutete er mit einem Nicken zu gehen.

Liliana stand reglos neben ihm, während er aß.

„Warum hast du Angst vor dem See?“, fragte er noch einmal.

Sie wurde starr. „Ich …“

Er wartete ab, ob sie ihn wieder belügen würde.

„Nur weil ich seine Tochter war“, sagte sie schließlich, „bedeutet das nicht, dass ich sicher vor ihm war.“

Er zog sie am Handgelenk zu sich hinab und schob ihr ein Stück Obst in den Mund. „Setz dich. Iss. Ich brauche dich bei Kräften, wenn wir deinen Vater besiegen wollen.“

Ihre Unterlippe zitterte, er sah es genau. Aber sie biss darauf, löste sich aus seinem Griff und setzte sich neben ihn. Dort zwang sie sich zu essen. Er sah zu, um sicherzugehen, dass sie genug aß. „Was hat er dir angetan?"

Sie schob den Teller von sich und presste die Hände auf ihren Bauch. „Er hat mich benutzt und mir auf jede Art Schmerz zugefügt, die er für angebracht hielt. Ich gehörte ihm, schließlich hat er mich geschaffen."

Micah schlug mit der Faust auf den Tisch, dass die Teller hüpften. „Hör auf, so zu klingen!"

Diese Augen von unbestimmbarer Farbe, in denen sich alles spiegelte, waren trüb, als sie sagte: „Ich habe dich beleidigt. Das tut mir leid."

Es sollte ihn freuen, dass sie sich so schlecht fühlte, weil sie ihn belogen hatte. Er sollte sie wieder und wieder zwingen, sich zu entschuldigen. Aber ihm gefiel ganz und gar nicht, wie sie aussah und wie sie die Schultern hängen ließ, als erwartete sie, dass er ihr wehtat. Diese Erkenntnis machte ihn noch wütender. „Du glaubst, ich werde dich schlagen?"

Liliana fing den Teller, ehe er über den Rand des immer noch kaputten Tisches auf den Boden fallen konnte. „Nein, mein Lord. Ihr braucht mich noch, um meinen Vater zu besiegen." Sie straffte die Schultern und legte dabei ihren geschwungenen Hals frei. „Ich gebe Euch alles, was ich habe."

Er wollte diesen Hals beißen.

Fest.

Und plötzlich hatte er seine Antwort. „Du wirst dafür sorgen, dass ich nicht mehr wütend bin."

Sie sah ihm starr in die Augen. „Was?"

„Du wirst mich davon überzeugen, nicht mehr wütend zu sein."

„Wie?" Sie schüttelte den Kopf, als könnte sie so ihre Gedanken ordnen. „Ich kann um Vergebung bitten, aber …"

„Nein. Worte sind nicht genug. Mit Worten hast du mich belogen."

„Was dann?"

„Komm." Er nahm ihre Hand, befahl ihr, das Geschirr stehen zu lassen, und zerrte sie die Treppe hinauf in sein Schlafzimmer. „Hier", sagte er und drehte sich um, damit er sie gegen die geschlossene Tür drängen konnte. „Hier wirst du mich überzeugen, nicht mehr wütend zu sein."

21. KAPITEL

Lilianas Verstand setzte einige Sekunden lang einfach aus. Noch ehe Micah die Tür geschlossen und sie festgehalten hatte, die Hände neben ihrem Kopf abgestützt, war ihr das riesige Himmelbett mit den schwarzen Laken aufgefallen, in dem sie in der Nacht vor dem Angriff der Arachdem gelegen hatte. Ein Bett, in dem sie eingeschlafen war, weil sie dort auf den Wächter des Abgrunds gewartet hatte.

„Liliana."

Sie nahm all ihren Stolz zusammen und schob ihr Kinn vor. „Was, wenn ich sage, ich will nicht?" Wieder bei ihm zu sein war eine Versuchung, der sie nur mit Mühe widerstehen konnte, aber sie würde sich nicht so erniedrigen, nicht einmal, um diesen Mann friedlich zu stimmen, von dem sie leichtsinnigerweise angenommen hatte, dass er sich etwas aus ihr machte.

„Ich würde dir zwischen die Beine fassen und beweisen, dass du lügst."

Er musste sie wirklich hassen, wenn er sie so beschämen wollte. „Bin ich deine Gefangene?", fragte sie. Die Scham legte sich wie ein schwerer, kalter Stein auf ihre Brust. Jede Erinnerung an ihre gemeinsame Zeit wurde durch diese Hässlichkeit beschmutzt. Es zerriss ihr das Herz, weil diese Erinnerungen ihr größter Schatz waren.

Er runzelte die Stirn und stieß sich von der Tür ab. „Geh. Geh einfach." Er wandte sich ab und verschränkte die Arme.

Er lässt mich gehen.

Selbst nach den Lügen, die sie ihm erzählt hatte, und auch wenn er so wütend war, dass seine Augen wie Edelsteine funkelten, ließ er sie gehen – obwohl er jedes Recht hatte, ihr wehzutun. Nein, dachte sie, nein. Das waren die dunklen

Gedanken einer Frau, die bei jemandem aufgewachsen war, der sie wie Besitz behandelt hatte, den er brechen und schlagen und ausbluten konnte.

Für einen Mann wie Micah, dessen Ehre so tief und wahrhaftig war, dass sie den Abgrund selbst überlebt hatte, wäre es ein Gräuel, einer Frau wehzutun. Und doch hatte er sie in sein Schlafzimmer gebracht und verlangt, dass sie seine Wut linderte. Die Nähe des Bettes ließ nur einen Schluss zu, aber sie wusste jetzt, es war der falsche.

Verletzt und verwirrt, wie sie war, voller Angst, dass die Hoffnung sich als trügerisch erweisen würde, nahm sie sich ihn selbst zum Vorbild und fragte einfach direkt. „Warum hast du mich hergebracht?"

Schweigen.

Sie war wütend und frustriert, aber sie wollte ihn mehr, als sie je irgendetwas oder irgendjemanden gewollt hatte – selbst ihre Freiheit –, also stapfte sie um ihn herum und sah ihn fest an. Als er sich weigerte, den Kopf zu senken, um ihr in die Augen zu sehen, hämmerte sie mit den Fäusten gegen seine gepanzerte Brust. „Ich muss es wissen, du riesiges schmollendes Biest!" Es platzte einfach aus ihr heraus.

Damit brachte sie ihn dazu, sie anzusehen. Sein Blick war grün und kalt, seine Worte waren schneidend vor Wut. „Du wolltest gehen. Da ist die Tür."

Sie starrte ihn an und konnte kaum widerstehen, ihm auf den gestiefelten Fuß zu stampfen. „Ich dachte …" *du wolltest mich demütigen.* Sie schluckte die Worte herunter, ehe sie entkommen konnten, denn sie auszusprechen würde ihn auf eine Weise verletzen, auf die dieser Mann nie, niemals verletzt werden sollte.

Nein. Worte sind nicht genug. Du hast mich mit Worten belogen.

„Liliana, du bist noch da."

Hier wirst du mich überzeugen, nicht mehr wütend zu sein.

„Warum gehst du nicht?“ Er knurrte es fast.

„Wir hatten in der Großen Halle Freude aneinander“, flüsterte sie, sah über ihre Scham hinweg, weil sie einfach so viel wiedergutzumachen hatte. „Auf dem Stuhl.“

Sein Augen leuchteten, und sie wusste, *wusste* einfach, dass er daran dachte, wie sich ihre nackte Haut an seiner angefühlt hatte, als sie sich an seinem heißen und harten Schaft gewunden hatte. „Ich glaube nicht, dass es dir sehr viel Spaß gemacht hat.“

„Hat es.“ Sie schluckte, um ihre trockene Kehle zu befeuchten, stellte sich auf die Zehenspitzen und spürte, wie die Erkenntnis wie ein sanfter Regen auf ihre Sinne niederging. „Bitte beug dich etwas vor.“

„Warum?“

„Ich versuche, dich zu überzeugen, nicht mehr wütend zu sein.“ Es war nichts Brutales oder Grausames an seinem Befehl gewesen, auch nicht daran, wie er sie in sein Zimmer gezogen hatte. Micah war nicht in der Welt aufgewachsen, er dachte nicht wie ein gebildeter Höfling oder ein weltgewandter Verführer, er hatte nie einen Grund gehabt zu lernen, wie man Lügen hinter Charme verbarg oder seine Sexualität zu seinem Vorteil nutzte. Für ihn gab es nur Lust an diesem Akt, nur Freude … also bot er ihr damit einen Weg, ihn um Vergebung zu bitten, auf eine Art, die ihr nicht schadete.

Götter, wie sehr sie ihn liebte. „Micah, bitte.“

Er neigte den Kopf ein kleines Stück, gerade genug, dass sie ihm die Hände auf die Schultern legen und ihre Lippen gegen seinen Hals pressen konnte. „Bist du noch wütend?“, flüsterte sie.

„Sehr.“ Er beugte sich etwas weiter vor.

Immer noch auf Zehenspitzen, setzte sie Kuss an Kuss seinen Hals entlang. Sie spürte seine verschränkten Arme an ihrem Oberkörper. Als sie aufhörte, um sich wieder richtig hinzustellen, zog er finster die Augenbrauen zusammen. Ihr Herz klopfte heftig von dem Geschmack auf ihren Lippen – heiße Haut und Salz und Micah. „Wenn du dich aufs Bett setzen würdest, ginge es einfacher."

Reines Misstrauen stand in seiner Miene, aber er ging doch hinüber zum Bett und setzte sich breitbeinig auf den Rand. Seine Beine waren muskulös und von der glänzenden schwarzen Rüstung bedeckt. Bevor sie es sich noch einmal anders überlegte, zog sie schnell die Schuhe aus und setzte sich rittlings auf ihn, ein Echo ihres Liebesspiels in der Großen Halle. Die Beine verschränkte sie hinter seinem Rücken und kreuzte die Knöchel.

Er legte die Hände um ihre Taille, tat sonst aber nichts. Sie beugte sich vor und hielt ihr Versprechen, indem sie die lange Spur aus langsamen Küsse auf der anderen Seite seines Halses weiterzog. Sie hielt inne, um über die Stelle zu lecken, an der sein Puls schlug, ehe sie ihre Reise fortsetzte. Immer noch blieben seine Hände, wo sie waren, aber sein Herzschlag klang erregter, schneller … und die Rüstung verschwand von seinen Armen.

Sie wollte bei diesem Anblick aufstöhnen, streckte eine Hand aus, um seine nackte Haut zu streicheln, und küsste gleichzeitig seinen Kiefer. Seine Stoppeln waren rau an ihren Lippen, es fühlte sich verrucht an. Schließlich fand ihr Mund wieder seine festen Lippen. Sie legte ihm die Hand in den Nacken und küsste ihn mit sanftem Saugen und Lecken.

Es dauerte etwa zwei Sekunden.

Er ergriff mit einer Hand ihr Haar, neigte ihren Kopf so, wie er es gern hatte, und eroberte ihren Mund dann mit einer sinnlichen Lust, die so offensichtlich war, dass ihre Beine sich wie von selbst fester um seinen Körper schlossen.

„Bist du feucht da unten?", fragte er grollend, als er ihr eine kurze Atempause gestattete. Er ließ ihr keine Zeit, zu antworten, stattdessen zog er an ihrem Kleid, bis er es hinten über ihren Po hochgeschoben hatte und es vorne zwischen ihnen zusammenknüllt war. „Soll ich dich dort anfassen, um es herauszufinden?" Seine Finger tanzten auf ihrem Bein.

„Ich sage es dir", flüsterte sie mit keuchenden Atemstößen.

„Du lügst vielleicht." Seine Finger waren jetzt an der Innenseite ihres Oberschenkels, ganz nah an ihrem Höschen.

„Werde ich nicht." Die Zuneigung, mit der sie ihr Gesicht an seinem Hals barg, fühlte sich ganz natürlich an, obwohl sie nie die Gelegenheit gehabt hatte, irgendjemandem Zuneigung zu zeigen, nie gelernt hatte, etwas oder jemanden zu lieben, nachdem ihr Vater Bitty umgebracht hatte. Der Blutmagier hätte ihr jede Liebe geraubt. Aber bei Micah konnte sie nicht anders. „Ich verspreche es."

Mit rauen Fingerspitzen strich er über den zarten Stoff ihres Slips. Ihr Herzschlag beschleunigte sich, und ihr Atem kam in leisen Stößen. Ein Teil von ihr wollte, dass er seine Drohung wahr machte, so sehr hungerte sie nach seiner Berührung. Aber der Rest von ihr wusste … er musste ihr glauben. Musste ihr vergeben.

„Ich bin noch immer wütend", sagte er an ihren Lippen. „Aber ich gestatte dir eine Antwort."

Als er seine Hand wieder besitzergreifend auf ihr Bein legte, bebte sie, schluckte und sagte: „Ja."

„Ja?" Er drückte ihren Oberschenkel. „Ich will mehr Worte."

Sie steckten ihr in der Kehle fest. Selbst nach allem, was sie mit Micah getan hatte, diesen so skandalösen Dingen, dass sie sicher kein respektables Mädchen mehr war, konnte sie so etwas nicht sagen. Es ging einen Schritt zu weit.

Er verteilte Küsse auf ihren Wangen, ihren Kiefer entlang, hinauf zu ihrem Ohr. „Sag es, Lily." Ein heiserer Befehl. „Sag es, und ich sauge dafür an deinen hübschen kleinen Brüsten."

Ihr rauschte das Blut in den Ohren, und ihr Kopf wurde von Vorstellungen überflutet, von Micahs Mund auf ihren Brüsten, wie er heiß und heftig daran zerrte. Sie rieb ihre Wange an der rauen Haut seines Kiefers, als er ihr empfindliches Ohrläppchen zwischen den Zähnen einfing. Er leckte daran, und sie sagte: „Ich … ich bin …" Ihre Kehle trocknete aus, und ihre Fingernägel gruben sich in seinen Nacken.

Er ließ ihr Ohrläppchen los. „Ich werde so fest daran saugen." Ein lockendes Flüstern, das ganz und gar männlich war, genau wie die Erektion, die sich an sie presste. „Bis sie sich ganz eng zusammenziehen und rot werden und ich meine Zähne darin vergraben will."

Er fuhr mit den Händen bis zu ihrem Po hinab und zog sie an sich, sodass sie sich noch enger an ihn schmiegte, so hart und so nah. Sie konnte spüren, dass seine Rüstung verschwunden war. Aber darunter trug er schwarze Kleidung, und der Stoff bildete weiterhin eine dünne Barriere zwischen ihnen.

„Sag es für mich, Lily."

Und die Worte platzten aus ihr heraus. „Ich bin feucht zwischen den Beinen. Feucht und heiß und …"

Eine Hand packte ihr Kinn und hielt sie fest, als Micah wieder auf seine Art ihren Mund nahm, eindrang und von ihr die gleiche Leidenschaft forderte. Sie krallte die Hände in sein Haar und gab ihm alles. Sein Geschmack, dunkel und verlockend und wild, war in jedem ihrer Atemzüge, sogar in ihrem Blut.

Erst als er tief und männlich stöhnte und seine Hand auf

ihrem Po zudrückte, merkte sie, dass sie sich im Takt mit den Stößen seiner Zunge an seinem harten Schaft rieb. Zu heiß, um davon schockiert zu sein, machte sie schamlos damit weiter und hörte auch nicht auf, als er den Kuss löste, um sich einen Weg hinab bis zu ihrem Hals zu lecken und so hart an ihrer Haut zu saugen, dass es sicher einen Knutschfleck hinterließ.

Er ermunterte sie in diesem schamlosen Exzess und trieb sie mit seinem Griff zu noch schnellerem Tempo und dazu, ihn noch härter zu reiten. Aber die Position war nicht ganz perfekt, und sie konnte sich nicht mit der Stelle an ihm reiben, wo sie es am meisten brauchte. In ihrer Frustration verlor sie alle Zurückhaltung. Sie versuchte, näher an ihn zu kommen, doch das zusammengeknüllte Kleid war ihr im Weg. „Bitte berühr mich."

„Diese kleine Perle?" Er küsste sie, ohne eine Antwort abzuwarten, schob eine Hand in ihren Slip und berührte sie nicht dort, wo er gesagt hatte, sondern an dem pulsierenden Eingang zu ihrem Körper, drückte eine einzelne raue Fingerspitze dagegen.

Ihr ganzer Körper spannte sich an, und kleine Blitze der Lust durchfuhren sie. Sie wusste, dass ihre Lust seine Hand benetzte, wusste, dass sie sich auf ihm wand, aber es war ihr egal. Einen Herzschlag später zog sich jeder Muskel in ihrem Körper zusammen.

Danach lag sie schwer atmend an seiner Brust, ihr Gesicht an seinem Hals verborgen. Sie murmelte protestierend, als er die Hand wegzog, hob den Kopf und sah mit vor Leidenschaft vernebelten Augen, wie er die Finger an seinen Mund legte und … *„Micah."*

„Du schmeckst gut, Lily."

Ausgelaugt von dem Höhepunkt, der sie gerade überwältigt hatte, müsste sie jetzt eigentlich schlaff und träge sein.

Stattdessen kribbelte die Stelle zwischen ihren Beinen erwartungsvoll, und ihre Brüste spannten sich schmerzhaft unter dem groben Stoff ihres Kleides.

„Jetzt werde ich an deinen Brüsten saugen." Damit nahm er das Mieder ihres Kleides in beide Hände und riss es auf.

Sie hatte nichts dagegen einzuwenden, und schon bald spürte sie statt des Kratzens seinen heißen Atem. Ihre nackten Brüste hoben und senkten sich in einem schnellen Rhythmus, als wolle sie seine Berührung damit anlocken, doch auch wenn er den Blick kein einziges Mal von ihren Rundungen nahm, er berührte sie erst, als er ihr den oberen Teil des Kleides ganz vom Körper gestreift hatte.

Schließlich legte er die Hände auf ihren Brustkorb. Das Gefühl war mehr als herrlich, aber nichts konnte so schön sein wie sein Blick, der nur auf sie gerichtet war. „Sie sind klein", platzte es aus ihr heraus, weil sie es nicht mehr ertragen konnte.

Micah antwortete, indem er den Kopf neigte und eine bettelnde Brustwarze zwischen die Lippen nahm. Das heiße Brennen der Lust ließ Liliana erzittern, sie krallte eine Hand in sein Haar und hielt sich einfach nur fest. Er saugte und leckte an einer Brustspitze, als wäre sie ein köstliches Bonbon, und spielte gleichzeitig mit der anderen, massierte sie, ehe er eine ganze Hand über die Brust legte und zudrückte.

„Das gefällt mir", sagte er und hob den Kopf, um noch einmal ihren Mund zu küssen, ehe er wieder auf ihre Brüste hinabsah.

Sie war sich nicht sicher, ob sie diese tiefe Erotik ertragen konnte, und folgte dennoch seinem Blick. Erschauerte. Ihre Brustspitze war fest und feucht von seinen Lippen, ihre Brüste geschwollen und gerötet unter der gebräunten Haut. Während sie zusah, massierte er weiter die andere Brust mit einer großen selbstsicheren Hand.

„Sieh nicht fort“, sagte er und fing an, die andere Brust mit der Hand zu streicheln und seinen Mund um die zu schließen, die er vorher vernachlässigt hatte. Schon beim ersten dekadenten Zupfen schrie sie auf, und ihr Blick traf auf seine wintergrünen Augen, als er die Lider hob.

Es war schockierend intim.

Vielleicht sagte sie deshalb: „Fester.“

Er stöhnte aus tiefer Kehle, legte die freie Hand auf ihren Rücken und drückte sie unwahrscheinlich eng an sich, um ihrem Befehl zu gehorchen. Gleichzeitig nahm er noch mehr von ihrer Brust in seinen Mund.

„Das fühlt sich so gut an.“ Sie war schockiert über sich selbst, sprach aber weiter, weil es Micah gefiel. „Die andere noch einmal. *Bitte.*“

Er entließ ihre Brust mit einem feuchten Schmatzen von seinem Mund und verlangte einen Kuss, ehe er ihr gab, was sie wollte. Dann leckte und kostete er die andere mit seiner Zunge, als wäre sie eine Prallbeere, die er genießen wollte.

Sie fragte sich, ob er der Stelle zwischen ihren Beinen bald die gleiche intensive Aufmerksamkeit zukommen lassen würde. „Du bringst mich dazu, unanständige Gedanken zu haben.“

„Gut.“ Er saugte und massierte ihre Brüste weiter genüsslich.

Als sie die Kraft fand, ihm ins Ohr zu flüstern: „Bist du noch wütend?“, ließ er ihre Brustspitze mit einem letzten Kratzen seiner Zähne los und sagte: „Ja.“

Sie küsste die Stelle unter seinem Ohr und von dort aus weiter seinen Hals hinab bis zu seiner Halsbeuge. „Bist du sicher?“

„Vielleicht ändere ich meine Meinung, wenn ich dich zwischen den Beinen geleckt habe.“

Jeder Nerv in ihrem Körper erschauerte zur Antwort. Ihr

war vollkommen klar, dass er nicht mehr wütend war, aber der Lord der Schwarzen Burg wusste, wie er bekam, was er wollte. Als er sie also hochhob und aufs Bett legte, wehrte sie sich nicht. Sie wehrte sich auch nicht, als er ihr das Kleid ganz auszog, sodass sie nur noch in die dünne Unterhose gekleidet vor ihm lag, die vollkommen durchnässt war und an den geschwollenen Falten zwischen ihren Beinen klebte.

Sie wurde rot, als er ihre Beine spreizte, um sich dazwischen zu knien, und sagte: „Ich will dir auch Lust bereiten." Ihr Blick senkte sich auf seinen Schwanz, unglaublich steif unter dem schwarzen Stoff seiner Hose. „Ich könnte … ich könnte ihn in den Mund nehmen."

Ein harter besitzergreifender Kuss. „Das wirst du", sagte er und setzte sich wieder auf. „Später."

Ihr lief das Wasser im Mund zusammen. Einen Liebhaber zu haben, hätte sie nie erwartet, aber sie war eine Frau. Sie hatte Träume. Doch nicht einmal in ihren geheimsten Träumen hätte sie es gewagt, sich einen Liebhaber vorzustellen, der so unverfroren forderte, was ihm gefiel, dass er auch sie selbst sündig und mutig machte.

Er rutschte zur Seite, damit sie die Beine schließen konnte, und sagte: „Dreh dich um."

Überrascht tat sie, was er verlangte. Er folterte sie nicht, indem er sie warten ließ, sondern spreizte ihre Beine wieder und setzte sich dazwischen. Dann zog er ihren Slip über die Kurve ihres Pos, als wolle er damit den Anblick einrahmen. Sie krallte die Finger ins Laken und zwang sich, sich nicht zu winden, nicht zu protestieren, obwohl ihr schrecklich peinlich war, was für einen Anblick sie abgeben musste.

Micahs Hände lagen auf ihrer Haut. „Du bist hier so weich, Lily."

Sie stöhnte, weil seine Hände, diese starken selbstbewussten Hände, sich herrlich anfühlten.

„Ich mag dieses Geräusch von dir", sagte er und beugte sich vor, um ihren Nacken mit Küssen zu bedecken, und die Wärme seines Körpers und sein Gewicht hielten sie auf eine köstliche Weise gefangen.

Sie protestierte, als er sich wieder aufsetzte, aber dann fuhr er mit einem einzelnen verwegenen Finger die Spalte zwischen ihren Pobacken hinab, und Teile ihres Verstandes wurden einfach vernebelt.

„Wenn ich zwei oder drei Mal in dir gewesen bin", sagte er, massierte und streichelte sie, „dann werde ich so auf dir liegen, wenn wir beide nackt sind, und meinen Schwanz hier entlangreiben." Der wagemutige Finger kehrte zurück. „Würde dir das gefallen, Lily?"

22. *KAPITEL*

Sündig. Diese Frage war zu sündig für eine Antwort. Aber sie antwortete, weil sie Micah nie wieder belügen würde. „Ja."

„Gut." Er ließ, noch während er sprach, eine Hand unter sie gleiten und legte sie um die angespannte empfindliche Rundung ihrer linken Brust, fing die Spitze zwischen Daumen und Zeigefinger ein. „Ich mag deine Brustwarzen so sehr." Eine herrliche Liebkosung ihrer unverhüllten Kurven, seine Hand heiß, seine Haut rau.

Sie konnte es nicht mehr ertragen. Sie bäumte sich schwungvoll auf und schaffte es, sich auf den Rücken zu drehen. Das Haar klebte an ihrer schweißnassen Haut, und ihre Beine hatten sich in der Unterwäsche verfangen. Micah riss ihr den Stoff vom Leib und ermöglichte ihr damit, die Beine um seinen großen Körper zu schlingen. Sie zerrte an dem dünnen schwarzen Stoff, der seine Brust bedeckte. „Zieh das aus." Sie hatte ihn schon nackt gesehen, aber in der Großen Halle hatte sie ihn nicht so anfassen können, wie sie wollte. „Ich will dich dort küssen."

Er lächelte.

Und ihr wurde klar, dass sie genau so verdorben geworden war wie er.

Aber immerhin zeigte die direkte Forderung Wirkung: Er kniete sich hin, zog das Hemd über den Kopf und warf es auf den Boden. Sie streckte eine Hand nach ihm aus, als er sich wieder über sie beugte, und strich mit den Finger über seine Brust. Die Haut dort fühlte sich an wie heiße Seide, und das Gefühl hätte sie vollends alle Hemmungen verlieren lassen, wenn er dafür nicht bereits gesorgt hätte. Seine Brust war mit einem Flaum aus goldenen Locken bewachsen, die zum Saum seiner Hosen einen schmalen Pfad bildeten, und sie wollte ihn dort lecken und beißen und Dinge tun, von denen sie nie, nie, nie gedacht hätte, dass sie so etwas mit einem Mann tun wollte.

Als sie ihre Hände auf seine Seiten legte und ihn an sich zog, beugte er sich hinab, bis sie ihn mit dem Mund erreichen konnte. Oh, wie gut er sich unter ihren Lippen und ihrer Zunge anfühlte: der Satin seiner Haut, das Kratzen seiner Brusthaare, das salzige Aroma. Sie wollte ihm ein Bein um die Taille schlingen, aber er drehte sich mit ihr um, bis sie auf ihm saß.

Sie genoss die Möglichkeit, ihn zu erforschen, wie sie wollte, zu sehr, um sich Sorgen um seine Hände zu machen, mit denen er immer weiter ihren Rücken hinabstreichelte, bis er an einem seiner Lieblingskörperteile angekommen war. Sie küsste ihren Weg hinab zu einer seiner flachen Brustwarzen. Als sie den Mund darüber öffnete und daran saugte, wie er an ihr gesaugt hatte, verkrallte er eine Hand in ihrem Haar. „Noch einmal, Lily."

Das Vibrieren, das sie unter ihren Handflächen spüren konnte, ließ sie dahinschmelzen, und sie gehorchte. Als sie den Kopf hob, fragte er: „Warum hörst du auf?" Die Hand in ihren Haaren zog sie wieder hinab.

Sie sträubte sich. „Die andere Seite."

Er hielt sie nicht auf, als sie ihn kostete und erforschte, wie sie es schon so lange wollte. Sie rieb die Wange an seiner Brust, streichelte mit den Händen seinen Körper hinab, der so hart und muskulös und stark und schön war – weil er Micah war, der auch in ihr Schönheit sah, bis sie sie fast selbst erkennen konnte.

Sie zog eine Spur aus Küssen seine Brust hinab, an den festen Bauchmuskeln vorbei und zu der schmalen Spur aus Haaren, die in seine schwarze Hose hinabführte. Als sie den Kopf hob, sah sie, dass er sich auf die Ellenbogen gestützt hatte. Seine wintergrünen Augen waren wie gebannt auf sie gerichtet, als sie den Pfad hinableckte. Er machte ein heiseres ungeduldiges Geräusch. „Ich will deinen Mund auf mir."

Oh ja. Sie rutschte vom Bett und löste die Schnallen seiner Stiefel. Fast stolperte sie rückwärts, als sie ihm erst den linken, dann den rechten von den Füßen zog. Aber ehe sie wieder zu ihm kommen konnte, um seine Hosen zu öffnen, hatte er sich schon vom Bett geschwungen und die Aufgabe selbst übernommen.

Sekunden später war er nur noch nackte Haut und Muskeln. Nur ihr fester Griff um den Bettpfosten hielt sie noch aufrecht. Besonders als er mit der Hand seine lange pulsierende Erektion umfasste. Sie dachte nicht darüber nach, was sie tat, sondern kletterte einfach zurück aufs Bett, kniete sich an den Rand und wartete. Micahs Finger schlossen sich fest um die Wurzel seines Schaftes, als er auf sie zuging.

„Tut das nicht weh?", fragte sie und legte ihre Hände auf seinen steinharten Oberschenkeln ab, deren kurze Haare sie herrlich kitzelten.

„Ein wenig." Sein Atem war flach, seine Haut erhitzt. „Aber wenn ich das nicht tue, komme ich in deinem Mund."

Sie presste die Beine zusammen, um den sehnsüchtigen Schmerz dazwischen zu lindern. „Das macht mir nichts aus." Weil er Micah war, der Mann, den sie liebte, der Mann, mit dem sie alles ausprobieren wollte, um zu sehen, wie es sich anfühlte. „Du hast mich auch gekostet", flüsterte sie, und ihr Atem hauchte dabei über seinen steifen Schwanz. „Jetzt bin ich dran."

Er stöhnte tief, als sie ihre Hand unter seine legte und ihn in den Mund nahm. Sie wusste nicht, was sie erwartet hatte, aber ihn so zu lieben war besser als alles, was sie sich vorgestellt hatte. Auch wenn er hart wie Stein war, steif und verlangend, fühlte sich seine Haut an ihrer Zunge zart an, und sein Geschmack hatte eine dunkle Moschusnote, die sie willenlos machte.

„Das fühlt sich gut an", sagte er kehlig und nahm seine Hand fort.

Gleich darauf begann er, sich mit kleinen Stößen an ihrer Zunge zu reiben. Stöhnend saugte sie fester, wollte ihm die gleiche Lust bereiten, die sie von ihm bekommen hatte. Als er in ihr Haar fasste, wusste sie sofort, dass er sie näher an sich drücken würde.

Sie kratzte ihn nur ganz leicht mit den Zähnen.

Er fauchte. „Lily!"

In einer langsamen neckenden Bewegung löste sie den Mund von ihm und sah zu ihm auf. „Du hast versucht, die Kontrolle zu übernehmen."

Der Wächter des Abgrundes starrte zu ihr hinab. „Und du sollst versuchen, mich nicht mehr wütend zu machen."

Sie lächelte und hauchte über seinen heißen Schaft, der jetzt durch ihren Mund feucht glänzte. „Du bist nicht mehr wütend."

Er knurrte fast vor Verlangen und zog an ihren Haaren. „Mehr."

Inzwischen war sie so feucht zwischen den Beinen, dass sie sich geschämt hätte, wäre sie nicht so erregt gewesen. Sie hielt still, als er wieder zwischen ihre Lippen drang. Sie sehnten sich beide nach diesem Gefühl. Nur dass Micahs Geduld am Ende war – er beschleunigte seine kurzen Stöße, die Hände auf ihr Gesicht gelegt, und seine Oberschenkel wurden unter ihren Handflächen starr. Sie nahm ihn so tief auf, wie sie konnte, und hörte ihn stöhnen. Und dann ergoss er sich in ihren Mund.

Micah lag auf dem Rücken ausgestreckt im Bett. Seine Brust hob und senkte sich noch rasch von der intensiven Lust, die Liliana ihm bereitet hatte. Als sie sich an ihn kuschelte, schlang er einen Arm um sie und zog sie an seine Seite, wo sie hingehörte. Sie lagen lange so da – bis sein Herz nicht mehr so wild hämmerte und sein Körper wieder anfing sich zu regen.

Er nahm ihre Hand und legte sie auf seinen Schaft. „Streichle mich, bis ich hart bin“, murmelte er und zeigte ihr mit seiner Hand auf ihrer, wie es ihm am besten gefiel. „Ich will in dich eindringen.“

Ihre Haut erhitzte sich an seiner, aber sie zögerte nicht, ihn zu berühren. „Bist du nie schüchtern?“

Micah nahm seine Hand weg, weil ihre sich so viel besser anfühlte, klein und weich. „Nein.“ Er sah darin keinen Sinn. Aber Liliana war manchmal schüchtern. Er erlaubte es ihr, weil er an ihren kleinen Aufschreien und an der Art, wie sie sich wand und feucht wurde, erkennen konnte, was sie wollte. Sie roch dann erdig und sehr sinnlich.

Er brummte zufrieden und legte ihr die Hand in den Nacken, während sie ihn massierte. „Wir werden das hier oft tun, wenn wir verheiratet sind.“

Sie hörte auf, ihn mit langen festen Griffen zu streicheln. „Du kannst mich nicht heiraten, Micah.“

Er legte seine Hand auf ihre, damit sie weitermachte. Es fühlte sich so gut an. „Ich bin der Lord der Schwarzen Burg. Ich kann tun, was ich will.“

Liliana erhob sich mit einem Ruck in die Hocke. Seine Erektion rutschte aus ihrer Hand und ragte in die Luft. „Du bist auch ein Prinz von Elden, und mein Vater ist der Blutmagier.“

„Na und?“ Er entschied, dass er sie in dieser Stellung mochte, die Beine unter ihrem Körper, die Fersen an ihren Po geschmiegt. Vielleicht sollte er von hinten in sie eindringen. So konnte er ihren prächtigen Hintern spüren, aber auch mit ihren Brüsten und dem empfindlichen Knopf zwischen ihren Beinen spielen. Er wurde noch härter bei dem Gedanken und streckte eine Hand aus, um die vollen Lippen streicheln zu können, die er durch die dunklen Locken zwischen ihren Beinen sehen konnte.

Sie zuckte zurück und ergriff seine Hand. „Das Volk von Elden“, presste sie hervor, „würde mich kaum akzeptieren.“

„Ich bin der jüngste Prinz“, erklärte er und reizte sie weiter mit seinem Finger. „Ich sitze nicht auf dem Thron – und selbst wenn ich der älteste wäre, würde ich mir meine Braut immer noch selbst aussuchen. Keine Widerrede.“

Sie versuchte sich zurückzulehnen, ohne Zweifel, um ihm weiter zu widersprechen, aber er wollte nicht mehr über etwas reden, was sowieso kein Problem war, auch wenn sie das glaubte. Mit einer einzigen Bewegung legte er sie auf den Rücken und drückte ihre Beine auseinander. Eine Sekunde später waren seine Lippen dort.

„*Micah.*“

Ihm gefiel, wie sie seinen Namen sagte, so bebend und voller Verlangen. Er fand diesen einen empfindlichen Punkt, der ihr so viel Lust bereitete, und saugte daran. Dieses Mal klang ihr Schrei fast verzweifelt. Er hob den Kopf und sah, wie dunkel ihre Augen geworden waren, weil ihre Pupillen sich weiteten, und wie ihre Brust sich rasch hob und senkte.

Er wusste, was sie brauchte, was sie wollte. Er legte sich auf sie und brachte sich in die richtige Position, nicht durch Erfahrung gelenkt, sondern durch ursprünglichen Instinkt. Und dann, mit einem weiteren Kuss, drang er langsam in sie ein. Ihr Inneres umschloss ihn wie ein warmer Ofen. Mit einem Stöhnen löste er den Kuss, um zu Atem zu kommen – und merkte, dass sie die Beine um ihn geschlungen hatte und ihn drängte, schneller zu machen, während sie den Unterkörper ungeduldig wand.

„Lily.“ Bebend drang er tiefer in sie ein. Noch tiefer.

Bis sie aufschrie und die Fingernägel in seinen Rücken presste. „Es tut weh.“

Er erstarrte und hätte sich von ihr gelöst, wenn sie ihre Beine nicht um ihn geschlungen hätte. „Lily?“

„Nur weil ich das hier noch nie gemacht habe“, keuchte sie. „Ich … Ich brauche einfach einen Augenblick.“

Sie fühlte sich so herrlich an, dass Micah nicht sicher war, ob er die Willenskraft hatte, ihr diesen Augenblick zu geben. Aber dann erinnerte er sich an ihren Schmerzensschrei und wusste, er hatte sie. Er würde Lily niemals wehtun. Selbst wenn er sehr wütend auf sie wäre, würde er ihr nicht wehtun. Vielleicht würde er sie ein wenig anknurren, aber das schien ihr nicht viel auszumachen.

Die Gedanken waren gut, aber sie halfen nicht, ihn davon abzulenken, dass er halb in ihr war, sein ganzer Körper reglos am Rand von den herrlichsten Gefühlen, die er je empfunden hatte.

Entlang seiner Wirbelsäule brachen kleine Schweißperlen aus.

Sie sprach an seinen Lippen. „Jetzt, Micah.“

Er fragte nicht, ob sie sich sicher war, er drang einfach weiter ein. Sie machte noch ein Geräusch, aber es klang nicht nach Schmerz. Er küsste sie, fuhr mit der Hand unter sie, um ihren Po anzufassen, und sank ganz in sie hinein. „*Lily*“, stöhnte er.

Ihre Antwort war leiser, aber nicht weniger leidenschaftlich, und ihre Beine umklammerten ihn fester. „Hör nicht auf.“

Er zog sich langsam ein Stück aus ihr heraus und drang dann genau so langsam wieder in sie ein. Das fühlte sich sogar noch besser an. Also tat er es noch einmal. Sie war einfach perfekt, heiß und eng und feucht um ihn herum, und ihr Körper war dort, wo er sie packte, weich. Er merkte, wie er sich schneller bewegte, mit harten Stößen in sie eindrang, aber sie hatte nichts dagegen und murmelte ihm sogar zu, er solle sich beeilen. Sie küsste sein Kinn, sein Gesicht, und ihre Nägel krallten sich in seine schweißnassen Schultern. Ein letzter harter Stoß, und er ergoss sich mit einem leisen tiefen Ton der Lust in ihr. Er spürte, wie ihre Muskeln sich zusammenzogen, als auch sie sich aufbäumte, keuchte und um ihn herum zerschmolz.

Später, nachdem sie beide genug Kraft gesammelt hatten, um zu baden, kuschelte sie sich an ihn und nannte ihn „Liebling". Micah beschloss, dass es ihm gefiel. Er würde ihr erlauben, ihn Liebling zu nennen, aber nur, wenn sie allein waren. Der Wächter des Abgrunds konnte nicht einfach so Liebling genannt werden.

Es war sein letzter Gedanke, ehe der Schlaf ihn wie eine heimtückische Welle übermannte.

Sie verließen die Schwarze Burg beim ersten Morgengrauen.

Liliana organisierte den Proviant und andere Vorräte, während Micah sich mit Messern bewaffnete und einem langen, tödlich scharfen Schwert, das er in einer Scheide auf seinem Rücken trug – denn wenn sie diese Welt erst verlassen hatten, würde er nicht länger in der Lage sein, die Macht des Abgrunds zu beschwören. Er und Liliana würden sich dann auf ihre eigene Magie verlassen müssen, bis sie Elden erreichten – wenn sie davon jedoch zu viel benutzten, machte sie das schwach und verletzlich.

„Du wirst über die Burg wachen", sagte er zu Bard. „Die Kitchari haben ein Auge auf die Umgebung, die Anubi bewachen den Himmel. Aber die Arachdem sollten nicht wiederkommen." Er hatte nach dem Aufwachen gespürt, dass sie seine Welt verlassen hatten, als Liliana noch weich und warm neben ihm gelegen hatte.

Bards seelenvolle Augen waren dunkel. „Passt auf euch auf.“

Micah nickte und schaute zu Liliana, die wieder eine von den Laufburschen-Uniformen trug, die Jissa von irgendwo aufgetrieben hatte. Sie verabschiedete sich gerade von der Brownie, der Bards Herz gehörte. Jissa war aufgebracht, aber sie weinte nicht. Die Frauen umarmten sich fest und eindringlich, und dann stand Liliana neben ihm. „Es wird Zeit“, sagte sie mit einem Blick auf die Uhr, die sie für ihn an einer Kette um ihren Hals trug, die Uhr mit dem Einhorn-Prinzen auf dem Zifferblatt.

Die Zeiger standen fast auf Mitternacht.

Ohne weitere Verabschiedungen – auch wenn er Liliana dabei erwischte, wie sie einer winzigen zuckenden Schnauze zuwinkte, die in einem Türspalt erschien – führte Micah sie hinaus in den Steingarten und nahm sie in die Arme.

Als Micah sich auf ledrigen braunen Schwingen in die Luft erhob, lenkte Liliana sich ab, indem sie überlegte, wie sie zur Burg gelangen sollten, wenn sie Elden erst erreicht hatten. Der See war unüberwindbar – die speziell von ihrem Vater gezüchteten Fische verschlangen nicht nur Fleisch, sie würden sich auch über jedes Boot oder Floß hermachen, das nicht mit den persönlichen Schutzzaubern des Blutmagiers versehen war.

Die Brücke war nicht besser. Die Kreaturen, die sie bewachten, mit Zangen und Schwänzen wie riesige Skorpione und Zähnen wie eine kreischende Banshee, waren vielleicht einmal klein und relativ harmlos gewesen, aber jetzt nicht mehr. Sie waren dermaßen groß, dass Micah und sie vielleicht schnell genug sein könnten, um an ihren peitschenden Schwänzen vorbeizukommen – aber das Risiko war viel zu hoch, nicht nur wegen des tödlichen Gifts der Kreaturen, sondern auch, weil sie schutzlos auf der Brücke stehen würden, leichte Zielscheiben für die Wachen auf den Burgzinnen.

Eine Hitzewelle traf sie, auf der schmalen Grenze zwischen erträglich und schmerzhaft.

Als sie hinabblickte, entdeckte sie die brodelnden Lavabecken, die diese Hitze ausstrahlten. Von diesen glühend roten Becken sagte man, sie wären so heiß, dass ein Mann, der dort hineinfiel, binnen eines Atemzugs schmolz. Etwas regte sich unter der zähen Oberfläche eines der Becken, und als es sich mit vier Krallen über den Rand zog, erkannte sie einen riesigen Salamander. Aus Schwefelaugen starrte er sie so gierig an, dass sie wusste, wenn sie ihm zu nah kamen, würde er seine feurige Zunge ausstrecken und sie in sein brennendes Reich ziehen, um sie langsam und qualvoll zu verschlingen.

Micah schloss die Arme fester um sie. „Hab keine Angst, Lily. Hier kann uns nichts und niemand etwas anhaben."

Sie löste den Blick nicht von der Echse, als sie sagte: „Mein Vater hat mich einmal mit einem Salamander verbrannt. Ich habe solche Angst vor ihnen." Sie hatte diese Angst noch nie jemandem anvertraut, noch nie jemanden gehabt, dem sie vertrauen konnte, dass er diese Angst nicht benutzen würde, um sie zu quälen.

Micahs Flügel flatterten wie die von Fledermäusen, als er sie schneller über die Lavabecken trug. „Ich werde deinen Vater umbringen, und dann wirst du keine Angst mehr haben."

Der Befehl – und ein solcher war es – brachte sie zum Lachen, noch während die Angst in ihr lauerte. Dann hatten sie die Lavabecken hinter sich gelassen und überquerten ein ödes Stück Wüste. Der Sand schien zu glitzern wie Splitter wertvoller Steine. „Micah", sagte sie nach einiger Zeit und runzelte die Stirn, „deine Flügel."

„Ich weiß." Durch heiße Luftströme hindurch landete er auf dem leuchtenden Wüstensand, der mit Rot und Blau und Aquamarin durchzogen war.

Sie setzte die Provianttasche ab, die sie getragen hatte, und bat ihn, seine Flügel auszubreiten, damit sie sich die Stellen ansehen konnte, an denen das ledrige Material durchsichtig geworden war. Ein feines Netz hielt Muskeln und Sehnen weiterhin zusammen, aber es war spröde und riss leicht. „Das muss daran liegen, dass du mich trägst", sagte sie mit gerunzelter Stirn. „Die Anstrengung …"

„Nein." Er ließ sein Schwert in den Sand fallen und neigte den Kopf in den glühend heißen Wüstenwind. „In der Luft ist ein schleichendes Gift. Es wurde durch den Eintritt in diese Welt geschwächt und kann unseren Körpern nicht schaden, aber meine Flügel, so scheint es, sind verletzlicher."

„Ich bin schuld", flüsterte sie und wusste, der Giftzauber war an ihr Blut gebunden. „Das Gift greift uns meinetwegen an."

23. KAPITEL

„Hör auf, an ihn zu denken, Lily." Micah sah seine Flügel finster an. „Konzentrier dich darauf, wie wir das Gift bekämpfen können, denn wenn uns meine Flügel nicht über den Großen Graben tragen können, kommen wir nie rechtzeitig an."

Sie schüttelte die Kälte in sich ab und berührte einen der durchsichtigen Flecken. „Tut es weh?"

„Ja."

Sie hob ruckartig den Kopf und ließ die Hand sinken. „*Micah.*"

„Ist schon gut." Er streckte einen Arm aus und stach ein Loch durch die beschädigte Stelle. „Es hilft ja nichts. Sie lösen sich auf."

Vor Lilianas Augen rollten die Flügel sich nach innen zusammen. Ihr drehte sich vor Schreck der Magen um. „Du darfst die Flügel nicht wieder in deinen Körper aufnehmen!"

„Ich weiß nicht einmal, woher sie kommen, aber ja, wenn sie in meinen Körper zurückkehren, könnte es dem Gift gelingen, mich von innen anzugreifen. Ich kann in dieser Welt eigentlich nicht sterben, aber die Magie deines Vaters ist heimtückisch." Er griff in einen seiner Stiefel und zog ein großes Jagdmesser heraus. „Du musst sie abschneiden, Lily. Ich kann sie nicht selbst erreichen."

Ihr Magen drohte bei dem Gedanken daran zu revoltieren, aber sie zögerte nicht, denn wie sie ihren Vater kannte, würde das Gift Micah erst unerträgliche Schmerzen bereiten, ehe es ihn umbrachte. Sie nahm das Messer, verschloss sich vor allem anderen und legte dann, zum ersten Mal im Leben, aus freien Stücken eine Klinge an ein lebendes Wesen.

Seine Flügel waren zäh, und sie schluchzte fast vor Erleichterung, als der erste Schnitt nicht blutete. Trotzdem wusste sie, dass sie Micah wehtat, auch wenn er keinen Laut von sich gab. „Fast geschafft“, flüsterte sie mit rauer Kehle. „Nur ein bisschen weiter noch, Liebling.“

Der zweite zusammengerollte Flügel fiel in den schimmernden Sand, der so heiß war, dass er anfing, die Sohlen ihrer Stiefel zu versengen. „So.“ Sie untersuchte die zwei schmalen Stümpfe, die an seinem Rücken verblieben, und konnte dort keine Anzeichen von Gift entdecken, aber sie biss sich doch auf die Unterlippe und benutzte den winzigen Tropfen Blut, um ganz sicherzugehen. „Du kannst diese Stücke wieder einziehen.“

Er sank auf die Knie, noch während die Stümpfe seiner Flügel in seinem Fleisch verschwanden und die schwarze Rüstung sich darüber schloss. Sie ließ das Messer fallen und kniete sich vor ihn. Es war ihr egal, dass der Sand durch ihre Hosen brannte. „Es tut mir leid, Micah. Es tut mir so leid.“ Sie schlang die Arme um ihn und küsste und tätschelte und streichelte ihn, bis er aufhörte zu zittern und aufstand, wobei er sie mit hochzog.

„Ohne meine Flügel“, sagte er, wieder ganz Lord der Schwarzen Burg, „müssen wir einen anderen Weg finden, um die Grenze zwischen den Welten zu erreichen.“

Jetzt, da sie wieder denken konnte, wurde sie sich der glühenden Hitze bewusst. „Ich könnte mein Blut benutzen“, sagte sie, und Schweißperlen liefen ihr die Wirbelsäule hinab und sammelten sich im Tal zwischen ihren Brüsten.

Micah schüttelte den Kopf. „Nein, wir müssen unsere Kräfte, so gut es geht, bewahren. Dein Vater ist ein mächtiger Gegner.“

„Gibt es einen anderen Weg, die Magie des Abgrundes zu nutzen, um uns an die Grenze zu bringen?“ Sie schirmte ihre Augen mit der Hand ab und sah sich um, aber in jeder Richtung sah sie nichts als endlosen Sand, der glitzerte und über den Wellen unerträglicher Hitze rollten.

„Ja." Micah sah sie ernst an. „Ich kann einen der riesigen Salamander rufen, damit er uns den Rest des Weges trägt."

Galle stieg in ihr hoch. „Er verbrennt uns bei lebendigem Leib." Die Haut dieser Kreaturen war reines Feuer.

„Ich werde uns beschützen", sagte er und streichelte dabei zärtlich ihre Wange. „Du musst mir vertrauen, Lily."

Das Kind in ihr, das sein eigenes verkohltes Fleisch gerochen hatte, begleitet vom grausamen Gelächter ihres Vaters, wand sich panisch, aber sie nickte. „Tu es."

Er war bereits in seine schwarze Rüstung gehüllt, und jetzt verschluckte sie ihn, bis nur noch sein Gesicht zu sehen war. Er hob die Arme und brüllte in den Himmel. Eine Antwort kam fast sofort zurückgebrüllt. Viel zu bald fing der Sand an, wie durch einen seltsamen Wind Wellen zu schlagen. Als sie aufsah, begegnete sie dem hungrigen Blick eines Salamanders, der auf Feuerschwingen angeflogen kam und neben Micah landete.

Er streckte seine gespaltene Zunge aus, leckte die Luft, und seine Facettenaugen richteten sich auf sie wie auf eine besonders leckere Zwischenmahlzeit. Sie brauchte allen Mut, den sie aufbringen konnte, um Micah zu gestatten, sie zu dem Monster zu führen, dessen Hitze ihr die Sinne verbrannte. Micah ließ ihre Hand los und sprang auf den Rücken der Kreatur. Sein Schwert hatte er sich wieder auf den Rücken geschnallt, schräg diesmal. „Fass nur mich an, Lily", sagte er und streckte ihr die Hand entgegen.

Es war nicht einfach, aber er war stark, und er zog sie – und die Vorräte, die sie trug – auf seinen Schoß, ohne dass irgendein Teil von ihr den Salamander berührte. Sie kauerte sich auf ihm zusammen und hielt sich gut fest, während er mit einer gepanzerten und behandschuhten Hand mehrere der dünnen biegsamen Dornen packte, die der Kreatur aus dem schuppigen Kopf wuchsen. „Erhebe dich!“

Der Salamander stieß bellend gelbe und tödliche Flammen aus und sprang in die Luft. Seine Schwingen bestanden aus reinem Feuer und waren deswegen nicht vom Giftfluch ihres Vaters befallen. Angst ließ ihr das Blut in den Adern gefrieren, brachte ihre Zähne zum Klappern und schnürte ihr den Atem ab.

Der Salamander bellte weiter sein gelbes Feuer. „Er ist nicht glücklich“, presste sie trotz ihrer Angst hervor.

„Er ist eine elementare Kreatur. Wie den Wind kann man auch ihn nicht zähmen.“ Er beugte sich nach links, als der Salamander einer Sandfontäne auswich, die vom Boden heraufsprühte, und zog sie noch enger an sich. „Er fliegt schneller als ich. Wir kommen mehr als rechtzeitig an die Grenze.“

Und von da an, das wusste Lily, würde ihre Reise nur noch schwerer werden. Wenn sie die Grenze zwischen den Welten überschritten hatten, waren sie zwar in den Königreichen, aber noch immer weit von Elden entfernt. Die verbleibende Strecke zu Fuß zurückzulegen würde viel zu lange dauern, deswegen mussten sie einen anderen Weg finden. Aber dieses Problem gehörte in eine andere Zeit. Im Augenblick musste sie sich ganz darauf konzentrieren, bei Verstand zu bleiben.

Später würde sie sich an höllische Hitze erinnern, an den giftigen Gestank nach Schwefel, aber am meisten an Micahs Arm, der sie festhielt, unerbittlich und stark, sein Körper ihre Zuflucht. Sie flogen stundenlang über schimmernden Sand, über gruselige Marschlande voll flackernder Lichter und sechsbeiniger Tiere, die durcheinanderwuselten und hinterhältig lachten, über wogendes rotes Gras, das tückische Raubtiere mit scharfen Zähnen verbarg, über Berge aus Eis, so kalt, dass ein Mann ohne Magie schon erfroren wäre, ehe er auch nur einen Atemzug getan hatte, bis sie endlich die leuchtend grünen Hügel erreichten.

Der Große Graben lag dahinter.

Der Salamander setzte zur Landung an, bellte noch einmal und versengte dabei das Gras und verbrannte die Erde. Liliana stieg ab, so schnell sie konnte, und schaffte es irgendwie, auf den Beinen zu bleiben, obwohl sie verkrampft und ihre Muskeln steif waren. Das Herz schlug ihr bis zum Hals, und als Micah sich so nah vor das Monster stellte, dass es ihn ganz einfach in Flammen hüllen könnte, kämpfte sie gegen den Drang an zu schreien, dass er da wegkommen sollte. „Ich danke dir, mein Freund“, sagte Micah und streichelte ihm den riesigen schuppigen Kopf mit einer behandschuhten Hand.

Liliana sah schockiert, wie der Salamander den Kopf zur Seite neigte, als wäre er verlegen. Plötzlich ertrug sie ihre eigene Feigheit nicht mehr und zwang ihre Beine vorwärts, bis sie nah genug war, um ihm in eines seiner Facettenaugen sehen zu können. „Hab Dank“, flüsterte sie mit heiserer Stimme.

Micah stellte sich neben sie und sagte: „Flieg nach Hause.“

Flammenschwingen schossen dem Salamander wieder aus den Flanken, dann stieg er, gelbes Feuer ausstoßend, in den immer dunkler werdenden Himmel. Als sie seiner leuchtenden Spur nachblickte, musste sie zugeben, dass er eine prächtige Kreatur war – eine, vor der sie immer Angst haben würde, das wusste sie, aber jetzt würde diese Angst sie wenigstens nicht mehr lähmen.

„Komm, Lily.“ Micah nahm ihre Hand in seine und führte sie an den Rand der Großen Grenze.

Einen Übergang wie diesen, dachte sie, konnte es nur im Abgrund und in der Ewigkeit geben. Er bot einen Weg in alle Welten, aber die meisten Sterblichen waren nicht in der Lage, die schimmernde Wand aus Magie zu durchqueren. Micah allerdings, als Wächter des Abgrunds, hatte das Recht, sie zu durchqueren, wann immer er wollte. „Ich glaube, die Fähigkeit ist eine Absicherung, falls es einem der Verdammten gelingt, in eine andere Welt zu entschlüpfen“, hatte er gesagt, als sie ihn danach gefragt hatte. Jetzt legte er eine Hand an die durcheinanderwirbelnden Farben, und es war, als würde die Magie ihn mit einem Seufzen willkommen heißen. „Ja, dieser Teil des Übergangs bringt uns in die Königreiche.“

Sie trat in den Schutz seiner Arme, und er trat mit ihr durch die Mauer. Die Erfahrung war … als würde man von Magie geküsst, wenn so etwas möglich wäre. Und doch lag eine leise Bedrohung darin – wäre sie nicht in Micahs Armen, hätte die Mauer sie mit brutaler Gewalt zurückgeworfen.

„Wir haben es geschafft.“

Liliana sah, dass sie in einem nachtschwarzen Wald waren. „Wo sind wir?“

„Der Pfad dort führt in ein Dorf nahe der Grenze.“

„Micah.“ Sie berührte seinen linken Wangenknochen – wo er jetzt mit dem Symbol einer Sichel, gekreuzt mit einem Schwert, gezeichnet war. „Das Zeichen des Abgrunds.“

„Um sicherzustellen, dass die Bewohner nicht vergessen, wer da unter ihnen wandelt.“ Er nahm ihren kleinen Beutel. „Komm – die kreischenden Pinien dort markieren die Dorfgrenze.“

Die Bäume machten ihrem Namen alle Ehre: Sie kreischten und heulten, und ihre Zweige wiegten sich hektisch hin und her. Durch ihr Geschrei alarmiert, warteten die Dorfbewohner schon dahinter, bewaffnet mit Sensen und Heugabeln. Doch ein einziger Blick auf Micah, und sie ließen ihre Waffen fallen und wurden blass wie Gespenster. Ein paar von ihnen rannten davon. Ein stämmiger Mann mit einem Holzbein und einem nervösen Zucken im Gesicht wagte es schließlich vorzutreten. „Mein Lord. Kommt Ihr zu uns?“

Micah legte dem mutigen Mann eine gepanzerte Hand auf

die Schulter. „Eure Seelen sind nicht schwarz. Ich möchte den Dienst von Esme ersuchen."

Ein Flüstern erhob sich unter den Dorfbewohnern, aber die Schultern des Mannes, der gesprochen hatte, waren auf einmal stolz durchgedrückt. „Sie ist meine Frau – ich bin ihr George." Er lächelte strahlend. „Kommt mit mir, verehrter Lord."

Liliana hörte die Worte *hässlich* und *hakennasige Kreatur* im Vorbeigehen, und auch wenn es wehtat, war es ein Schmerz, den sie einfach abschütteln konnte. Denn Micah fand sie nicht hässlich, obwohl er Schönheit kannte und die atemberaubenden Frauen im Dorf am Fuße der Schwarzen Burg gesehen hatte. „Du hast Esme mit keinem Wort erwähnt", flüsterte sie.

Er neigte den Kopf, um neugierig eine fette getigerte Katze anzustarren, die sie durch die Fensterscheibe eines reichen Kaufmannshauses beobachtete. „Ich wusste nicht, ob die Windmagierin noch hier lebt. Bard ist schon viele Monde nicht mehr in dieser Welt gewesen."

„Eine Windmagierin." *Bard, ich könnte dich küssen.*

„Hier sind wir", sagte ihr Führer in diesem Augenblick und blieb vor einer kleinen Hütte stehen, umgeben von lauter fröhlichen Blüten, die sich zur Nacht geschlossen hatten. „Esme! Wir haben Gäste! Setz den Eintopf auf!"

Da sie plötzlich merkte, wie hungrig sie war, wandte Liliana nichts gegen den Befehl des Mannes ein, während sie ihm in die Hütte folgten – und dort auf eine Frau mit roten Wangen trafen, die blass wurden, sobald sie Micah erblickte. „Also, hört mal", sagte sie, auch wenn ihre Stimme vor Angst zitterte, „ich tue doch wohl nichts Böses."

„Bard schickt uns", sagte Micah, ehe Liliana versuchen konnte, die verängstigte Frau zu beruhigen.

Esme sperrte den Mund auf. „Bard?" Sie ließ sich in einen

Stuhl fallen, obwohl der Lord der Schwarzen Burg vor ihr stand, und starrte ihn mit offenem Mund an. „Ich habe einmal sein Leben gerettet, und er hat versprochen, es mir zu vergelten, aber gleich den Wächter zu schicken …"

Micah zog einen Samtbeutel aus ihrem Gepäck. „Eure Bezahlung."

Esme sah zu, wie ihr Mann den Beutel öffnete und sich einen Schwall Rubine, Smaragde und Diamanten auf die Hand regnen ließ. Auch er ließ sich in einen Stuhl fallen. Micah setzte sich ebenfalls, ohne auf eine Einladung zu warten, und Liliana tat es ihm gleich.

„Für so viel Reichtum, mein Lord", sagte Esme mit leiser besorgter Stimme, während ihr Mann den königlichen Schatz ignorierte, um ihre Hand in seine zu nehmen, „wollt Ihr entweder meine Seele oder mein Leben."

„Keines von beidem. Lily?"

Sie war sich sehr bewusst, wie das Ehepaar sie mit unverhohlener Neugierde anstarrte, diese seltsame Kreatur, die den gefürchteten Lord begleitete. „Wir müssen das Herz des Königreiches Elden vor Mitternacht des morgigen Tages erreichen. Sprecht Ihr zu den Winden?"

Esme schluckte. „Ich bin keine mächtige Magierin, Mylady. Ich kann nur flüstern."

Ihr Mann schüttelte den Kopf, und der Stolz auf seine Frau stand ihm deutlich im Gesicht geschrieben. „Meine Esme kann Euch auf halbem Weg in dies gottverlassene Reich bringen – vergebt meine deutlichen Worte, mein Lord, aber so ist es eben –, und dort bittet Ihr den Mann ihrer Schwester Emmy um zwei Nachtmähren." Er hielt inne. „Nachtmähren sind temperamentvoll."

„Ich bin sicher, wir werden mit ihnen fertig", sagte Liliana. Sie wusste, dass diese mächtigen Tiere Micah dienen würden, denn er hatte ein reines Herz. Und auch sie selbst schien, so seltsam es war, von den meisten Tieren akzeptiert zu werden, trotz ihres schmutzigen Blutes.

„Gut, also dann." George rieb mit dem Daumen über Esmes Knöchel. „Mit den Nachtmähren seid Ihr spätestens morgen Abend in Elden, lange vor Mitternacht."

Liliana nickte. „Danke." Vielleicht hatte sie die Zukunft verändert, indem sie zu Micah gegangen war, sodass es nicht so kommen würde, wie sie es vorhergesehen hatte, aber sie konnte – würde – dieses Risiko nicht eingehen. Nichts war sicher – nicht Micahs Land, nicht seine Geschwister –, bis ihr Vater tot war.

Kurze Zeit später, nachdem sie eine einfache, aber herzhafte Mahlzeit gegessen hatten, standen sie im flackernden Schein der Fackel, die George in der Hand hielt, während seine Frau mit den rosigen Wangen sagte: „Wenn Ihr Euch bitte nahe aneinanderstellen würdet?" Sie rang ihre Hände ineinander. „So nah Ihr könnt. Sonst reißt der Wind Euch auseinander."

Micah legte die Arme um sie, stark wie Eisen, und sie schloss ihre um seine Hüften. Seine Rüstung fühlte sich warm an. Dass sie noch da war, bestätigte ihre Theorie, dass sie aus seiner eigenen angeborenen Magie geschaffen war. Also würde sie ihn gegen ihren Vater schützen – aber nicht für immer, denn der Blutmagier war durch die Lebenskraft von Unschuldigen unvergleichlich stark.

„Gute Reise, mein Lord, meine Lady", sagte Esme und hob die Hände.

Ihr Gesicht und das ihres Mannes verschwanden einen Augenblick später hinter einem Tornado, einem mächtigen Wind, der sie von den Füßen riss und sie mit sich wirbelte. Wenn sie sich nicht so fest an Micah geklammert hätte, wäre sie vielleicht zu einer Wolke aus Blut und Fleisch zerrissen worden. Doch so spürte sie nur, wie sein Körper sich an ihren schmiegte, um sie vor der peitschenden Kraft des Windes zu schützen.

Ihr Micah.

Stark.

Ehrenhaft.

Wunderbar.

Liliana konnte nicht sagen, wie lange sie mit dem Sturm gereist waren, aber sie wäre zusammengebrochen, mitten in dem leeren Hof, auf dem sie gelandet waren, hätte Micah nicht fest wie ein Felsen neben ihr gestanden.

„Vielleicht", sagte er ein wenig verschmitzt, „scheint dir der Salamander jetzt nicht mehr so schlimm."

„So weit würde ich nicht ..." Sie brach ab, als ein Paar in flatternden Nachthemden und mit hoch erhobenen Fackeln aus dem kleinen Wirtshaus gestürmt kam, zu dem der Hof zu gehören schien. „Micah, wenn sie wirklich Nachtmähren haben, sollten wir hier Rast machen, finde ich", sagte sie, ehe Esmes Schwester – mit ihren rosigen Wangen musste sie es einfach sein – und ihr Mann in Hörweite kamen. „Das ist wahrscheinlich die letzte Gelegenheit, ehe wir Elden erreichen."

Micah nickte einmal, als das Paar sie erreichte. Emmy erwies sich als nicht so tapfer wie Esme – sie sah den Wächter des Abgrunds ein einziges Mal an und fiel ohnmächtig zu Boden. Micah beugte sich vor, hob sie mühelos hoch und starrte ihren fassungslosen Ehemann finster an. „Bring uns ins Haus."

„Ja, mein Lord!" Der Mann eilte voraus. Seine Fackel hüpfte wild über seinem Kopf, den eine lange weiße Nachtmütze zierte.

„Ja", sagte er, als Liliana nach den Nachtmähren fragte, während Micah die Frau behutsam auf einen Tisch legte,

„wir haben ein Pärchen. Meine Emmy heilt Tiere – sie kommen zu ihr, bleiben eine Weile, helfen den Reisenden, die sie mögen. Magische Kreaturen, wisst Ihr, die kann man zu nichts zwingen.“

Als Liliana sich im Wirtshaus umsah, verstand sie, warum sie das Paar so unvorbereitet antrafen – bis auf sie vier war es vollkommen leer. „Früher hat der Laden hier einmal gebrummt, das hat er wirklich“, murmelte der Wirt mit Trauermiene. „Dann ist *er* gekommen, und jetzt haben alle zu viel Angst, um hier entlangzukommen. Er lässt Eldens Straßen von Monstern bewachen, wisst Ihr? Und die meisten Leute, die hier entlanggekommen sind, waren auf dem Weg ins Königreich, nicht? War so ein schönes Land – schade, was draus geworden ist. Wirklich schade.“

Er murmelte weiter leise vor sich hin, ohne zu merken, dass er einen Eiszapfen in Lilianas Gedanken getrieben hatte. Sie hatte nichts von den Monstern gewusst und war nicht darauf vorbereitet. Was sollten sie tun? Die Zeit …

Sanfte Finger legten sich in ihren Nacken und drückten sie zärtlich. „Wir machen uns in ein paar Stunden Gedanken darüber, Lily.“

„Lord.“ Der Wirt neigte den Kopf. „Hier wären wir. Ein Zimmer für die Lady und ein Zimmer für Eu…“

„*Ein* Zimmer.“ Micahs Tonfall ließ keinen Widerspruch zu.

Der Wirt richtete den Blick auf Liliana, aber statt schockiertem Missfallen sah sie nur Mitleid darin. Ihre erste Reaktion war, ihn zu ignorieren, so sehr war sie an diese Blicke gewöhnt … Doch dann entdeckte sie die Angst hinter dem Mitleid, und ihr wurde klar, dass der arme Mann dachte, Micah würde sie bei lebendigem Leibe auffressen oder Schlimmeres – schließlich war er der Wächter des Abgrunds.

Statt den zitternden Mann über seinen Irrtum aufzuklären,

tat sie ihr Bestes, verängstigt auszusehen, als der Wirt ihnen die Schlüssel gab und sie in ein schlichtes, aber großes Zimmer führte. Der Ruf des Wächters trug einen wichtigen Teil dazu bei, den Abgrund vor Übergriffen zu bewahren, genau wie die Gefahren in den Ödlanden.

Sobald sie allein waren, zog sie Schuhe und Hosen aus, dann auch ihre Tunika, hob die Bettdecke und kroch darunter. Ein nackter Micah folgte ihr fast im gleichen Augenblick, zog sie fest an sich und legte ein schweres Bein über ihres. Vollkommen beschützt, ließ sie sich in die Dunkelheit fallen.

24. KAPITEL

Micah erwachte und spürte, dass der Sonnenaufgang noch wenigstens eine Stunde entfernt war. In die Dunkelheit hinauszugehen war unmöglich – sie brauchten Licht, wenn sie sich den Monstern stellten, die der Blutmagier geschaffen hatte. Das bedeutete, er musste diese Stunde auf andere Weise nutzen.

Er sah zu der Frau hinab, die sich an ihn kuschelte. Sie war müde, und er sollte sie ausschlafen lassen. Das wäre das Richtige. Leider wurde seine Stimme der Vernunft vollkommen überwältigt von der Stimme, die sie auf den Rücken rollen, ihre Beine spreizen und tief und fest in sie eindringen wollte.

Er zog seinen Arm unter Lilianas Kopf hervor und drehte sie vorsichtig auf den Rücken. Sie murmelte etwas, wachte aber nicht auf. Die Tiefe ihres Vertrauens erfüllte ihn mit einem leisen wilden Glücksgefühl, das durch seine Adern pochte. Dieses Vertrauen, murmelte der ungezogene Teil von ihm, würde es so viel einfacher machen, ihr die Unterwäsche auszuziehen.

Er zog die Decke zurück, bis sie zu ihren Füßen lag, und lächelte zufrieden, als ihre festen Brüste, die zum Anbeißen aussahen, offen vor ihm lagen. Sie gab ein sehr sinnliches Bild ab, wie sie so dalag, warm und entspannt im Schlaf, einen Arm über dem Kopf. Nur ein Hauch von feinem Stoff verbarg die Locken zwischen ihren Beinen vor seinem Blick. Er überlegte, an ihren Brustspitzen zu saugen, bis sie aufwachte, aber er genoss den Anblick zu sehr.

Micah stützte sich neben ihr auf und sah sich satt, ließ seinen Blick über die festen kleinen Hügel mit den dunklen Spitzen wandern. Er war bereits hart und presste sich voller Verlangen an sie, und sie bewegte sich rastlos, ehe sie sich wieder beruhigte. Aber sie hatte ein Bein gebeugt und den dünnen Stoff über ihrem Hügel fest gespannt.

Er fuhr mit der Hand ganz sanft über ihren Oberschenkel und brachte sie so dazu, das Bein wieder auszustrecken. Er nutzte die Gelegenheit und zog vorsichtig den Stoff hinab, der sie bedeckte, bis er ihr das Höschen ausziehen und neben das Bett werfen konnte.

Jetzt war sie nackt. Und sie gehörte ganz ihm.

Wieder neben ihr aufgestützt, fuhr er mit einer Hand zwischen ihre Beine und wartete, bis sie sich beruhigt hatte, ehe er mit einer Fingerspitze über ihre gerötete Haut fuhr. Sie gab ein leises Geräusch von sich, und ihr Körper hob sich seiner Liebkosung entgegen. Das gefiel ihm, also wiederholte er die Bewegung. Ihr Atem veränderte sich, und er erstarrte ... Aber sie schlief weiter.

Er berührte sie noch einmal, ganz langsam und heimlich, und spürte eine Spur aus Feuchtigkeit.

Er zog die Hand hervor, spreizte ihre Beine und legte sich dazwischen, seinen Schaft ganz eng an die Stelle geschmiegt, die für ihn so heiß und feucht war. Lilianas Augen öffneten sich plötzlich, als er anfing, in sie einzudringen, und sie schob die Hände in sein Haar, als er den Kopf neigte, um an einer ihrer Brüste zu saugen und mit seiner Zunge das zu tun, was sie letzte Nacht dazu gebracht hatte, sich eng an ihn zu klammern. Die Wirkung war auch diesmal die gleiche. Er stöhnte tief auf, spreizte ihre Beine noch weiter und drang ganz in sie ein.

Sie erstickte einen Schrei an seiner Brust, aber es lag nur Lust darin, kein Schmerz. Er würde seiner Liliana niemals wehtun. Er nahm sie mit kurzen, harten Stößen und hob den Kopf, um ihre Lippen zu erobern. Sie schlang gleichzeitig ein Bein um ihn und versuchte, sich mit dem anderen am Bett abzustützen.

Er lachte über ihre Frustration darüber, den Rhythmus

nicht kontrollieren zu können, und umschloss eine Brust mit sicherer, besitzergreifender Hand – immerhin gehörte sie ihm –, ehe er sie umdrehte, sodass sie oben war und er unter ihr. „Hier, Lily. Bin ich nicht großzügig?“

Sie setzte sich auf und stützte sich mit den Händen an seiner Brust ab, ehe sie stöhnend sagte: „Du bist so hart.“

Er packte sie an den Hüften und drängte sie zu einer langsamen rotierenden Bewegung, die sich sehr, sehr gut anfühlte. „Es ist Morgen. Du bist nackt. Da ist es doch kein Wunder.“ Die letzten Worte waren ein Stöhnen, weil sie ihn mit ihren inneren Muskeln massierte, während sie sich auf ihm bewegte, und, oh, das gefiel ihm.

„Micah, warte.“ Sie schob seine Hände von sich, als er versuchte, das Tempo zu beschleunigen.

Er beschloss, sich mit etwas anderem abzulenken, und umschloss ihre Brüste mit Daumen und Zeigefinger, um sie in die Brustspitzen zu kneifen. „Komm näher“, sagte er, ihre Brüste süße Verlockung. „Ich will meine Zähne benutzen.“

„Du schreckliches neckendes Biest.“ Sie schob seine Hände von ihren Brüsten, verschränkte ihre Finger mit seinen und benutzte sie, um sich abzustützen und ihn aus sich hinausgleiten zu lassen.

Bei diesem herrlich seidigen Sog bog er den Rücken durch. Dann senkte sie sich wieder hinab, und der Schock flüssiger Hitze durchfuhr ihn. Als er merkte, dass es nicht mehr lange dauern würde, bis er kam, ließ er sie los und fing an, den Knopf zwischen ihren Beinen zu necken.

„*Micah.*“ Sie erbebte über ihm, als sie sich ein zweites Mal senkte, und danach gab es für sie beide keine Hoffnung mehr.

Nachdem sie ihr Bad in der flachen Wanne beendet hatte, zog Liliana frische Unterwäsche an, die Micah ihr vor Sonnenaufgang im Dorf besorgt hatte, ehe sie die Schwarze Burg verlassen hatten. Sie würde dem Ladenbesitzer nie wieder in die Augen sehen können, aber wenigstens fühlte sie sich so ordentlich angezogen. Nachdem sie damit fertig war, bückte sie sich nach ihren Hosen, aber bevor sie sie aufgehoben hatte, wurde sie von Micah auf seinen Schoß gezogen, der halb angekleidet auf dem Bett saß. Sie machte es sich bequem und schlang ihm einen Arm um den Hals. Sie hatten noch Zeit – die Sonne hatte den Horizont noch nicht berührt.

Er fuhr mit einer Hand ihren Rippenbogen hinauf, bis er ihre Brust umfassen konnte, und auch wenn es wollüstig war, weil der ganze Mann schamlos wollüstig war, war es auch voller Zuneigung und tröstlich. „Hab keine Angst", sagte er, die wintergrünen Augen klar und frei von Lüge und doch nicht weniger stark durch ihre Reinheit. „Dein Vater wird nicht gewinnen."

„Es ist nur ..." Sie atmete die frische Morgenluft tief ein und barg ihr Gesicht dann an seinem warmen Hals. „Er hat mir wehgetan", vertraute sie ihm an, weil er Micah war, der sie nie hintergehen würde. „Ein Teil von mir ist immer noch das verängstigte kleine Mädchen, das Angst hat, dass sich die Tür mitten in der Nacht öffnet und man es kreischend und schweißgebadet und zitternd aus dem Bett zerrt, um ..." Ein riesiger Kloß steckte in ihrer Kehle. „Um zuzusehen, wie er unschuldigen Männern und Frauen die Kehlen durchschneidet, zuzusehen, wie ihr Blut durch die Rillen läuft, die in seine Schlachtbank gehauen sind, in verzauberte Kelche, die das Blut ewig frisch halten."

Micahs Hand legte sich fester um ihren Hinterkopf. „Allein dafür werde ich ihn leiden lassen, ehe er stirbt."

„Nein, Micah." Sie konnte den Gedanken nicht ertragen, dass er auf irgendeine Weise durch den Blutmagier beschmutzt wurde. „Du solltest es nur wissen, falls ich während des Kampfes vor Angst erstarre." Es war ein peinlicher und schrecklicher Gedanke, aber sie musste es in Betracht ziehen. „Wenn ich das tue, dann versuch bitte gnadenlos alles, um mich zu wecken. Ohrfeige mich, wenn du musst, aber *hol mich aus dem Albtraum raus.*"

„Ich werde dich nicht ohrfeigen, Lily", sagte er durch fest zusammengepresste Zähne. „Ich könnte dich allerdings küssen – und meine Zunge benutzen."

Und ganz plötzlich wurde ihre Sorge zu einem so intensiven Bedürfnis, dass es ihr Angst machte. „Rette dich selbst, Micah", flüsterte sie. „Was auch immer geschieht, bitte lass dich nicht von ihm umbringen." Er war so einzigartig und wundervoll, und sie konnte den Gedanken an eine Welt ohne ihn nicht ertragen.

„Wenn du stirbst, Lily", sagte er und liebkoste ihre Brust, „stehle ich deine Seele und bringe dich an den Abgrund, wo ich dich in meinem magischen Kerker gefangen halte, damit du niemals entkommen kannst." Er besiegelte die Drohung mit seiner Art Kuss. Heiß und dunkel und besitzergreifend.

Die Lust verwirrte ihre Sinne, bis sie die Schuldgefühle kaum noch spüren konnte. Denn sie hatte ihr Versprechen gebrochen und ihn wieder belogen – ihm etwas verschwiegen, wie auch beim ersten Mal. Doch wie könnte sie ihm von dem Todeszauber erzählen, wenn sie genau wusste, dass er es ihr nicht erlauben würde? Nein, auch wenn es unehrenhaft war, konnte sie dieses Geheimnis doch nicht preisgeben – nicht solange es um Micahs Leben ging.

Nachtmähren waren legendäre Kreaturen, selten und wild. Ihrem Vater war es nie gelungen, eine einzufangen, obwohl er ihr stolzes Blut begehrte – und für diese Gnade konnte sie nur den Himmeln danken. Sie stand neben Micah und betrachtete die zwei riesigen Biester, die er gebracht hatte – beide waren pechschwarz mit erstaunlich bernsteinfarbenen

Augen, die vor Temperament Funken zu sprühen schienen.

Schnaufend und mit den Hufen scharrend, bleckten sie ihre Zähne, als wollten sie ein Stück aus ihr herausbeißen. Micah, der sein Schwert gerade an eine Satteltasche schnürte, klopfte der Mähre vor ihm auf die Nüstern. „Sie ist meine Frau. Behandelt sie mit Respekt."

Liliana wusste nicht, was sie mehr schockierte – Micahs Worte oder die Art, wie die Mähren daraufhin ihre Köpfe hängen ließen, als würden sie sich schämen. Sie starrte Micah an, dem nicht aufzufallen schien, welchen Aufruhr er in ihr veranstaltete, und streckte vorsichtig eine Hand aus, um erst dem einen Tier die samtige Schnauze zu streicheln, dann dem anderen. „Ihr seid sehr prächtig", sagte sie ernsthaft. „Ich bin sicher, ihr seid die schnellsten Kreaturen im ganzen Land."

Sie hoben ihre Köpfe, und ihre Mähnen flatterten stolz. In den Augen wie bernsteinfarbene Blitze sah sie eine Magie, die zu ihrem Blut sang. „Ihr müsst rennen", flüsterte sie. „Wenn ihr uns ans Ziel gebracht habt, dann dreht um. Ihr müsst mir versprechen fortzurennen." Ihr Vater würde diese erstaunlichen Tiere foltern, wenn er sie einfing – und die Vorstellung, wie sie gebrochen in blutigen Ketten aus Rasierklingen lagen, tat ihr im Herzen weh.

Die Pferde wieherten rebellisch.

„Sie sind sehr stolze Kreaturen, Liliana", erklärte Micah ihr, „und Krieger. Wir müssen sie wie Kameraden behandeln."

Es war schwer für sie, das zu tun, schwer zu akzeptieren, dass sie diese herrlichen Kreaturen in ihren Tod reiten könnte, aber man konnte den lebendigen Augen, die sie ansahen, nicht widersprechen. „Ich danke euch, Freunde." Damit schwang sie sich auf den Rücken eines Pferdes und wartete darauf, dass Micah das andere bestieg.

Der Wirt und seine Frau – beide erheblich reicher – winkten ihnen mit Tränen in den Augen nach. Sie wussten, welches Ziel vor den beiden lag. Sie waren gute Menschen und hatten Liliana und Micah versprochen, dass es immer ein Bett für sie in der Wirtschaft geben würde, egal, was passierte.

Nach einem letzten Blick auf das fröhliche Haus sah Liliana in wintergrüne Augen. „Bereit?"

Statt einer Antwort lächelte er nur und trieb mit einem „Hüa!" seine Nachtmähre an.

Sie lachte – ein unerwartetes Geschenk – und galoppierte ihm nach. Ihr eigenes magisches Reittier war zur Jagd bereit. Die Pferde rannten um die Wette, bis das Wirtshaus nicht mehr zu sehen war, und preschten dann gleichmäßig in so hoher Geschwindigkeit weiter, dass Liliana schon erwartete, Flügel zu sehen. Beschwingt, trotz des Bösen, das vor ihnen lag, erlaubte sie es sich für einen Augenblick, an die Zeit vor Sonnenaufgang zu denken.

So aufzuwachen, das sinnliche verspielte Lächeln auf Micahs Lippen zu sehen, seinen Körper so groß und heiß um sich, in sich zu spüren … Das war etwas, was sie noch eine Million Mal erleben wollte. Doch selbst wenn sie durch irgendein unvorstellbares Wunder überleben sollte, wusste sie, dass es dazu nie kommen würde. Micah glaubte, was er gesagt hatte, daran bestand kein Zweifel, aber sie wusste auch, wie königliche Familien funktionierten.

Von einem Prinzen, egal, welchen Rang er in der Thronfolge hatte, wurde erwartet, dass er eine bestimmte Art Frau heiratete, eine Frau mit unbefleckter Vergangenheit, eine, die die Krone einer Prinzessin voll Eleganz und Schönheit tragen konnte.

Alles, was Liliana nicht war.

Du könntest seine Geliebte sein.

Dieser tückische Vorschlag kam aus dem Teil von ihr, der,

was Micah anging, keine Ehre kannte. Sie war sich sicher, sie würde die schrecklichsten Dinge tun, um bei ihm zu sein – aber sie könnte es nicht ertragen, ihn zu teilen, zu wissen, dass eine andere Frau das Recht hatte, seinen Namen zu tragen, seine Kinder zu bekommen, ihn zu lieben und festzuhalten. Daran würde sie zerbrechen.

Nein, wenn die Zeit kam, würde sie diese Selbstsucht unterdrücken und ihn gehen lassen, ihm erlauben, sich dem Schicksal zu stellen, das immer seines gewesen war.

„Liliana!"

Sie sah auf und in die Richtung, in die Micahs ausgestreckte Hand wies. Zuerst konnte sie nichts erkennen, aber dann merkte sie, dass der Boden sich nicht weit entfernt von ihnen bewegte. „Was ist das?"

„Schlangen."

Horror breitete sich in ihr aus – das Winden der langen Leiber reichte wenigstens zehn Schritt in jede Richtung, wohin sie auch schaute. Es gab keine Möglichkeit, es zu umkreisen oder zu überspringen. Dann sah sie die glitzernd roten Schuppen auf den Rücken der Schlangen. „Zurück!" Sie berührte Micahs Arm und drängte ihn mit sich rückwärts. „Ihr Gift", sagte sie, als sie in sicherer Entfernung waren, „reicht aus, um die Pferde hinzustrecken."

Die Nachtmähren schüttelten die Köpfe und stampften mit den Hufen, als wollten sie heftig widersprechen, diese stolzen, temperamentvollen Kreaturen. Ähnlich wie der Mann vor ihr, der die Stirn runzelte. „Schlangenzähne können ihre Haut nicht durchdringen."

„Diese Schlangen sind keines natürlichen Ursprungs", erklärte sie. Immerhin war sie nackt im Turmzimmer angekettet gewesen, als ihr Vater diese Monster erschaffen hatte, und ihre Wunden hatten genässt. Er hatte mächtiges Blut benötigt, aber der Blutmagier vergoss selten sein eigenes. „Ihre

Fangzähne sind aus Stahl. Doch ich kann meine Magie benutzen, um sie aus dem Weg zu räumen."

Die Schlangen waren dick und glänzten, und ihr Zischen hing wie ein ständiges Flüstern in der Luft, während sie sich schlängelten und durcheinanderkrochen – wenn sie einander nicht gerade fraßen. Seltsam, dass die Kreaturen ihres Vaters so oft zu Kannibalen wurden. Sie waren breiter als Micahs Unterarm und wenigstens zehn Fuß lang, und jede von ihnen konnte einen Menschen mit Leichtigkeit zerquetschen. Das einzig Gute war, dass sie anscheinend ihre vorgegebenen Grenzen nicht verlassen konnten – wahrscheinlich eine magische Sicherheitsvorkehrung, damit sie nicht über das ganze Land herfielen.

„Wir werden deine Magie nicht benutzen", sagte Micah nach einem Augenblick. „Dein Vater hat vielleicht noch mehr Fallen gelegt, die an dein Blut gebunden sind. Da wir uns jetzt in einer Welt befinden, in der er Macht hat, stehen die Chancen gut, dass sie sehr viel wirksamer sein werden."

Auch wenn es sie ärgerte, gab sie ihm recht. Und es wäre unklug, ihre Gegenwart zu verraten, wenn die Überraschung der einzige wirkliche Vorteil war, den sie hatten. „Sie haben Angst vor Feuer." Sie erinnerte sich, wie wütend ihr Vater über diesen Makel gewesen war. „Aber es muss ein großes sein, um einen so riesigen Schwarm zu verscheuchen."

„Wir müssen nicht alle verscheuchen." Er wendete seine Nachtmähre, sodass er hinter ihr war, und sagte: „Wenn ich es dir sage, nimmst du dein Pferd und fliehst. *Verstanden.*" Es war keine Frage.

„Ich bin bereit."

„Versprich es mir."

Vermutlich wollte er sichergehen, dass sie sich an seine Anweisungen hielt, weil ihre Flucht sekundenschnelles Timing benötigte. Sie nickte. „Ich verspreche es." Sie streichelte die Mähne ihrer Nachtmähre, die viel zu intelligent war, um sich anzustellen, die aber in der Nähe der Schlangen sichtlich nervös war, und wartete. Und schrie fast auf vor Schreck, als sie sich umdrehte und sah, wie Micah von seinem Pferd auf den Boden sprang. „Nein!“

„Denk an dein Versprechen“, ermahnte er sie und grub seine Finger in die Erde. Die Anstrengung war seinen Schultern und seinem Gesicht deutlich anzusehen, und an seinen Schläfen bildeten sich Schweißperlen. Aber sein Blick war nach vorn gerichtet. Sie folgte ihm und sah, dass der Schwarm aufgebracht wurde und jetzt unaufhörlich zischte, scharf und angriffslustig.

Einen Augenblick später fingen die Schlangen an, rasch in zwei Richtungen davonzukriechen, und bildeten einen schmalen – viel zu schmalen – Gang zwischen ihren Leibern. Da sah sie die dünnen Rinnsale aus Magma, die sich einen Weg aus der Erde bahnten, den Schlangen die Bäuche verbrannten und sie in die Flucht schlugen. Mit wild pochendem Herzen wollte sie sich gerade zu Micah umdrehen, als er rief: *„Lauf!“*

Jeder Teil von ihr wollte Widerstand leisten, aber sie hatte es versprochen, also beugte sie sich über den langen Hals ihrer Nachtmähre und trieb die tapfere Kreatur über das Magma. Seine Hufe schlugen so schnell, dass sie hoffentlich keinen Schaden dabei nahmen. Erst als Liliana fast auf der anderen Seite war, wurde ihr klar, dass sie hinter sich niemanden hören konnte.

25. KAPITEL

Micah kannte dieses Land nicht. Es gehörte nicht ihm. Statt zu ihm sprechen zu können, musste er seine Magie in die Erde zwingen und das Magma förmlich hinaufziehen. Es war schwer, und seine Muskeln wurden steif dabei. Er wusste, dass die dünnen Rinnsale aus geschmolzenem Gestein wieder im Boden versinken würden, sobald er den Kontakt brach, deshalb wartete er, bis Liliana sicher auf der anderen Seite angekommen war, ehe er aufstand und in einer einzigen flüssigen Bewegung auf seine Nachtmähre sprang.

Das intelligente Tier sprang im gleichen Augenblick vor, und sie liefen auf den schmalen Pfad zu, auch wenn die heißen Tränen der Erde sich bereits zurückzogen. Zischend kamen die Schlangen auf sie zu, schnappten nach den Beinen des Pferdes. Er sah, wie Lily von ihrem eigenen Reittier sprang, sah, wie das Licht sich an der Klinge in ihrer Hand spiegelte, und wusste, dass sie sich bereitmachte, ihre Blutmagie zu benutzen. *Noch nicht, noch nicht.*

Er beugte sich dicht über den Hals der Nachtmähre. „Bereit, mein Freund?"

Muskeln spannten sich, ein kräftiger Sprung, und die Nachtmähre setzte noch über die letzte Schlange hinweg und kam rutschend auf dem leichten Abhang dahinter zum Stehen. Liliana ließ das Messer fallen und rannte auf ihn zu, noch während er vom Pferd sprang. Er breitete die Arme aus, um sie zu umarmen. Sie schlug stattdessen mit beiden Händen auf seine Brust. „Wie konntest du mir das antun!" Wut färbte ihre Wangen und ließ ihre Augen leuchten. „Du könntest jetzt tot dahinten liegen, und die schrecklichen Schlangen würden ihre Zähne in dich versenken!"

Micah packte ihre Handgelenke, aber statt von ihm

abzulassen, trat sie nun nach ihm. Also zog er sie fest in seine Arme und verschränkte seine Beine mit ihren. „Liliana“, fing er an, aber sie hörte nicht zu. Er hatte noch nie eine wütende Frau in den Armen gehabt und war sich nicht sicher, was er tun sollte, aber es schien logisch, dass Lust ihre Wut ersticken würde.

Also küsste er sie.

Sie biss ihn in die Lippe.

Er zuckte zurück und warf ihr einen finsteren Blick zu. „Ich habe uns gerettet!“

„Indem du dich in Lebensgefahr begeben hast!“ Sie versuchte noch einmal nach seiner Brust zu schlagen, und ihr Atem kam in heftigen Stößen. „Wie hättest du dich gefühlt, wenn ich es gewesen wäre? *Wie*?“

Ein eisiger Schauer lief seine Wirbelsäule hinab, seine Adern entlang. „Es tut mir leid, Liliana.“ Das hatte er noch nie zu jemandem gesagt – der Lord der Schwarzen Burg musste sich bei keiner Seele entschuldigen. Außer, so schien es, bei der missgelaunten Kreatur in seinen Armen, die so fest zugebissen hatte, dass es wehtat.

Sie blinzelte ihn an. „Es tut dir leid?“

„Ja.“

Ihre Unterlippe bebte, und dann schlang sie die Arme um seinen Hals und drückte ihn fest. „Wenn du stirbst, bricht es mir das Herz. Du darfst nicht sterben, Micah. Du darfst einfach nicht.“ Feuchtigkeit an seiner Haut.

Sie weinte.

„Denk dran, ich habe dir nur viermal pro Jahr erlaubt“, brummte er. „Glaub nicht, dass ich nicht mitzähle.“

Sie schniefte und schluckte noch ein paarmal, dann hob sie den Kopf und legte einen Finger auf seine Lippe. „Tut es weh?“ Die sturmgrauen Augen, die sein Leitstern geworden waren, waren voller Reue.

„Schrecklich."

„Oh, Micah." Sie stellte sich auf die Zehenspitzen, nahm seine Lippen zwischen ihre und saugte zärtlich daran, ehe sie sich wieder richtig hinstellte und tief durchatmete. „Ich muss dir etwas sagen." Er würde so wütend werden, aber nach dem, was sie gerade durchgemacht hatte, wusste sie, wie sehr es ihn verletzen würde, wenn sie sich selbst opferte, um ihn zu retten.

In ihrem Herzen hallte noch der Schmerz nach. Einen Augenblick lang hatte sie gedacht, er würde es nicht schaffen. Ihr Verstand hatte sie mit Bildern davon gefoltert, wie er hilflos den giftigen Zähnen ausgeliefert war. Diesen albtraumhaften Anblick würde sie so schnell nicht vergessen, und sie sah deshalb die Konsequenzen ihrer Pläne in einem neuen Licht. Micah durch ihren Tod hilflos zu machen … Das würde ihm mehr Schaden zufügen als alle Fallen ihres Vaters. Es würde sein stolzes Herz in Stücke reißen.

Er bedachte sie mit einem finsteren Blick. „Du hast mich wieder belogen."

„Es war keine richtige Lüge", sagte sie, auch wenn sie wusste, dass sie es damit nur noch schlimmer machte.

„Ich kann die Schuldgefühle in deinen Augen sehen. Sag es mir."

Sie wusste, dass es keinen Weg gab, die kalte Endgültigkeit ihres Planes zu beschönigen, also spuckte sie es einfach aus. „Ich weiß, wie man meinen Vater umbringt. Aber für den Zauber braucht man einen Tod."

Wut ließ die wintergrünen Augen funkeln. „Und *du* bist wütend auf *mich*?" Natürlich war ihm klar, von wessen Tod sie da sprach.

„Ich kannte dich noch nicht, als ich mir den Plan ausgedacht habe."

Sein Blick wich nicht einen Augenblick von ihr, und

wilder Zorn stand darin.

„Es tut mir leid."

Keine Wirkung.

Sie fletschte die Zähne und schlug nach seiner Brust. „Ich habe deine Entschuldigung auch angenommen."

„Ich hatte auch nicht vor, zu sterben und es dir zu verschweigen."

Die Schuldgefühle stachen, aber sie verschränkte die Arme, denn wenn sie jetzt nachgab, würde er sie stets herumkommandieren, wie er wollte. „Aber du hast mich auch nicht gewarnt. Ich dich schon." Und damit hatte sie die beste Möglichkeit, ihren Vater zu besiegen, aufgegeben – denn auf keinen Fall würde Micah ihr erlauben, den Plan auszuführen.

Er fauchte wütend, dann küsste er sie. „Wenn du auch nur darüber nachdenkst, diesen Zauber anzuwenden, dann kette ich dich an einen Baum und stelle deinen Vater allein."

Sie ballte die Hände an seiner Brust zu Fäusten und versuchte, ihn in die Wange zu beißen. „Wage es, und ich benutze Blutmagie, um dich in ein anderes Königreich zu schicken."

Er warf sie mit einem Knurren auf den Rücken der offensichtlich verwirrten Nachtmähre. „Ich bestrafe dich später."

„Rachsüchtiger Mann."

„Vergiss das nicht."

Und damit waren sie wieder auf dem Weg nach Elden.

Es war ungefähr Mittag, als sie einem riesigen Brückentroll begegneten, dessen Steinkeule so groß war, dass er sie damit mitsamt den Pferden hätte zerschmettern können. Aber in diesem Fall brauchte es keine Gewalt.

Der Troll hatte anscheinend etwas von einer Elster und ließ sich durch das Geschenk eines rosa Saphirs und eines grob geschnittenen Topas besänftigen. Micah verzog das Gesicht, weil er so viel von seinen Schätzen hergeben musste, aber Liliana warf ihm nur einen Blick zu, und er sagte kein Wort – nicht ehe sie an der Kreatur vorbeigezogen waren, die mit diebischer Freude die Juwelen in der Sonne glitzern ließ. Doch sobald sie außer Hörweite waren, murmelte Micah etwas davon, wie sinnvoll es wohl war, solche Juwelen einem Troll zu überlassen, der sie nur in seiner Höhle versteckte.

Liliana drehte sich um, bereit, mit ihm zu streiten. Immerhin hatte er sich jetzt genug beruhigt, um überhaupt mit ihr zu sprechen. Aber sie kam nicht dazu, auch nur ein Wort zu sagen – denn in dem Augenblick kamen die Pfeile geflogen.

Ein scharfer Schmerz durchfuhr sie.

Sie schrie auf und fiel über den Hals ihres Pferdes, ein Pfeil tief in ihrem linken Arm. Verzweifelt bemühte sie sich, ihr Blut nicht auf die Erde tropfen zu lassen – ihr Vater hatte sich wahrscheinlich nicht die Mühe gemacht, Warnzauber an die Luft zu binden, weil es viel Kraft kostete, aber er hatte sie ohne Zweifel auf das Land gelegt –, und presste ihre Hand auf die Wunde. Mit Mühe konnte sie sich im Sattel halten, als die Nachtmähre Micah zu einer kleinen Anhöhe folgte, hinter der sie in Deckung gehen konnten.

Er hob sie aus dem Sattel, sobald sie standen, und stellte sie hin. „Wir müssen den Pfeil rausziehen."

Sie nickte und biss in seinen gepanzerten Arm, den er ihr vors Gesicht hielt, während er mit der anderen Hand den Pfeil entfernte. Tränen rollten ihr das Gesicht hinab, aber sie unterdrückte den Drang, die Wunde mithilfe ihrer Zauberkraft zu verschließen. Wenn ihr Vater Fallen gestellt hatte, würden sie zuschnappen, sobald sich ihr Blut mit ihrer Magie verband.

Micah drückte ein zusammengefaltetes Stück Stoff auf die

Wunde und befahl ihr, es dort festzuhalten, dann wickelte er den Pfeil in ein weiteres Stück Stoff und steckte ihn in eine Satteltasche, um sicherzugehen, dass ihr Blut nicht auf die Erde tropfte.

„Tapferes Mädchen“, murmelte er und legte eine Hand an ihre Wange. „Ich bin mir sicher, ich hätte gebrüllt vor Schmerz und gedroht, dich in den Kerker zu werfen.“

Seine Worte entlockten ihr trotz der Schmerzen ein Lächeln. „Ich bin mir sicher, das hättest du.“ Sie ergriff sein Handgelenk, da er aussah, als würde er seine Magie beschwören wollen, und sagte: „Du hast sie bereits für die Schlangen gebraucht. Du musst deine Kräfte aufsparen.“ Sie zog am Saum ihrer Tunika. „Reiß hiervon ein Stück ab, und binde es um die Kompresse. Das reicht – ich blute schon kaum noch.“

Er warf ihr einen düsteren Blick zu. „Lily ...“

„Du musst dieses Mal auf mich hören.“ Pfeile trafen auf den Erdwall hinter ihnen. „Ich kenne die Macht meines Vaters – wir brauchen alles, was wir haben, wenn wir den Todeszauber nicht benutzen wollen.“

„Darüber sprechen wir später.“ Er riss einen Streifen ihrer Tunika ab und band ihn um ihren Arm.

Mehr Pfeile regneten auf sie nieder.

„Weißt du, wer da auf uns schießt?“, fragte sie.

„Eine Horde Gremlins.“

Liliana zuckte zusammen. Die kleinen dürren Kreaturen mit ihren spitzen braunen Zähnen, der leichengrauen Haut und einem Durst nach Blut waren die natürlichen Verbündeten ihres Vaters, weil sie Aasfresser waren. Aber es schien, als wären sie in all den Jahren ungekannter Freiheit von Sammlern zu Jägern geworden. „Sie geben sicher nicht auf.“

„Dann müssen wir sie loswerden.“ Er kramte in seinen Satteltaschen, bis er den Pfeil herauszog, der sie getroffen hatte, und einige kleine glatte Messer.

Er legte den Pfeil an eine Klinge und murmelte leise tiefe Worte. „Ein kleiner Zauber, Lily. Ein Kinderspiel.“ Er stand auf und warf die Klinge in die ungefähre Richtung der Gremlins. Ein Schmerzensschrei wurde laut, gefolgt von einem Hagel aus Pfeilen, die überall um sie herum landeten.

Lächelnd fing Micah an, sie aufzusammeln.

Die Gremlins rannten kreischend davon, nachdem ihre Pfeile zu ihnen zurückkehrten – und treffsicher auf lebendige Ziele stießen. „Das war sehr clever“, sagte sie, als er ihr zurück in den Sattel half. Ihr Arm tat weh, aber sie konnte ihn noch benutzen, und das war es, was zählte.

„Ein Spiel, das mein Vater mir beigebracht hat.“ Micah zog sich in seinen eigenen Sattel und sah nicht ausgelaugter aus als nach dem Zwischenfall mit den Schlangen. „Um Dinge zu finden.“

Und was Micah gefunden hatte, sahen sie, als sie an den Gebüschen vorbeikamen, in denen die Gremlins sich versteckt hatte. Es waren die Herzen der verschrumpelten und haarlosen Kreaturen, die Beine und Arme hatten wie Menschen, aber die Intelligenz von Ratten. Das Einzige, was sie trugen, waren ihre Waffen. Ehe sie weggelaufen waren, hatten ihre „Freunde“ jedem ein Arm und ein Bein abgehackt – als Zwischenmahlzeit wahrscheinlich. Gremlins war egal, was sie fraßen, solange es tot war.

„Hier gibt es nichts mehr für uns, Lily. Brechen wir auf.“

Es schien eine Ewigkeit zu dauern, ehe sie die Grenze von Elden erreichten. Der Himmel färbte sich von Blau zu Orange und dann zu Dunkelrot, während die Stunden verstrichen. Weitere Hindernisse stellten sich ihnen in den Weg, ein hungriger verzauberter Bär zum Beispiel oder ein Schwarm Krähen mit giftigen Schnäbeln. Den Bären konnten sie einfach täuschen, bei anderen Zwischenfällen musste

Micah seine Magie anwenden … Und jedes Mal wurde er schwächer dabei.

Die Sonne war schon fast untergegangen, als sie endlich die unsichtbare Linie überschritten, die ihm das ehrfürchtig geflüsterte Wort „Elden“ entlockte. Das Staunen in seiner Stimme wandelte sich allerdings rasch in Wut und Trauer, als ihm der Zustand des Landes bewusst wurde. Es war unübersehbar, selbst im Zwielicht der herannahenden Nacht – die Bäume waren verkrüppelt und braun, der Erdboden so trocken, dass er Risse bekam, und kein Vogelgesang war zu hören, obwohl es noch früh war.

Micah sprang vom Pferd und legte die Hände auf die Erde. „Wir sind gekommen“, flüsterte er. „Wir sind da.“

Der Boden bebte, aber er war gebrochen, fast tot.

Nein, nein. In ihrem Herzen vergoss sie eine Träne. *Ohne die Kraft der Erde ist Micah zu schwach, um den Blutmagier zu bekämpfen und es zu überleben.*

In dem Augenblick hob er den Kopf, und in seinem Blick kämpften die widersprüchlichsten Gefühle. „Gib mir ein Messer, Lily.“

„Nein, Micah.“ Sie sprang ebenfalls ab und legte ihm beide Hände auf die Brust, um ihn von den Satteltaschen fernzuhalten. „Wenn du hier blutest, gewinnt mein Vater, und das Land muss in jedem Fall sterben.“

Sein Körper vibrierte unter ihren Handflächen, und sie wusste, wenn er sie aus dem Weg schubsen wollte, konnte sie ihn nicht aufhalten. „Bitte hör auf mich. Du bist jetzt hier. Die Erde wird heilen. *Sie wird heilen.*“

Die Augen, die zu ihr hinabblickten, waren die des tödlichen Wächters … und auch die eines Prinzen von Elden, voller Kraft und unglaublicher roher *Macht.*

„Wie kann das sein?“, flüsterte sie, denn um sie herum lag das Land noch im Sterben.

„Die Macht ist uralt“, sagte er, und die Kraft hallte in seiner Stimme wider. „Sie war verborgen, schlummerte, bis sie meine Anwesenheit gespürt hat. Der Preis dafür war diese Krankheit – das Land hat sich selbst geopfert, um diese Macht zu beschützen.“

Ihre Knie gaben unter dem Gewicht der Magie in seinen wintergrünen Augen fast nach, aber sie wich nicht zurück. „Mein Vater hat vor zwei Jahrzehnten versucht, deine Blutlinie auszulöschen“, sagte sie und zwang sich, seinen schrecklichen und doch schönen Blick zu erwidern. „Wenn du das jetzt tust, wird er es schaffen. Das Opfer deiner Eltern, das Opfer des Landes, es wäre alles umsonst.“

Er legte seine Finger fest um ihren Kiefer. „Du weißt nichts von meinen Eltern.“

„Nein“, sagte sie und nahm seinen festen Griff hin, weil sie die Tochter des Blutmagiers war und er der Grund, warum Micah ein Waise war.

„Ich habe dir wehgetan.“ Er nahm die Hand von ihrem Kinn, und seine steinerne Miene wurde weicher.

„Das war nichts.“ Sie zeigte auf die unbeschädigte Haut, wo er sie festgehalten hatte. „Siehst du?“

„Nicht da ...“ Er legte eine große Hand auf ihre Brust, über ihr Herz. „Dort.“

Das Herz zog sich vor Verlangen, Trauer und Liebe zusammen. „Ist schon gut ...“

„Nein, ist es nicht.“ Er erschauerte und legte seine Stirn an ihre. „Dieses Land singt mit gebrochener Stimme zu mir, bis ich meine eigenen Gedanken nicht mehr hören kann.“

Zitternd streckte sie die Arme aus, um seinen Kopf an sich zu halten, und streichelte ihm durch sein dichtes seidiges Haar. „Es ist nur so froh, dass du wieder hier bist, Micah.“ Elden hatte so lange Zeit darauf gewartet, dass sein Blut zurückkehrte.

Er küsste ihre Nasenspitze mit einer Zärtlichkeit, die sie vom Lord der Schwarzen Burg nicht erwartet hätte, und strich mit dem Daumen über ihre Wange. „Wenn ich verspreche, dich nicht mehr anzuknurren, würdest du mir dann glauben?“

Sie schüttelte den Kopf und legte ihre Finger an seine Lippen. „Ich zähle auch mit, weißt du“, neckte sie ihn. „Vielleicht sollte ich dich bitten, mir als Ausgleich deine schönsten Juwelen zu geben.“

„Du kannst sie alle haben.“

„Oh, Micah.“ Auch wenn sie nichts mehr wollte, als in seinen Armen zu bleiben, zwang sie sich, wieder an die Aufgabe zu denken, bei der sie auf keinen Fall versagen durften. „Bitte das Land, ruhig zu bleiben, bis du dich um meinen Vater gekümmert hast. Es wird schon verstehen.“

Micah ging in die Knie und legte seine Hände auf die trockene, aufgesprungene Erde. Er murmelte eine Bitte um Ruhe. *Nicht für immer*, versprach er. *Nur bis das schlechte Blut verschwunden ist. Ich bin jetzt hier. Ich singe für dich, soviel du brauchst.*

Die Erde seufzte und antwortete mit einer friedlichen Liebkosung.

„Komm, Lily. Es wird Zeit.“

Sie stiegen schweigend auf ihre Nachtmähren und machten sich auf den letzten Teil ihrer Reise: zu der Burg, die einst das Herz von Elden gewesen war und jetzt als Sitz eines Bösen diente, dass sogar die Erde selbst zerstört hatte. Sie ritten, bis sie den Ort erreichten, den Liliana den Toten Wald nannte.

„Ich habe hier früher gespielt“, sagte er und erinnerte sich an das Schimmern der Aseria-Blüten, das leuchtende Grün der Honigtau-Bäume, die voller tulpenförmiger Blüten hingen, und an die Symphonie des Vogelzwitscherns.

Jetzt war alles von Kriechpflanzen in der Farbe von verwestem Fleisch bedeckt, und schwarze Bäume reckten ihre kranken Äste in den Himmel. Die einzigen Lebewesen, die in seinen modrigen Tiefen herumstrichen, so erzählte ihm Liliana, ähnelten Gremlins – eklige Kreaturen, die nur für den Tod lebten.

Und die nur zu gern eine Nachtmähre reißen würden.

„Geht", sagte Micah zu den stolzen Tieren, nachdem Liliana und er abgestiegen waren und ihr Gepäck abgenommen hatten. „Wir danken euch für eure Hilfe."

Die Pferde schüttelten die Köpfe.

Er packte ihre Mähnen und sah jedem einzeln in die Augen. „Ihr müsst gehen. Die Dinge, die hier herumstreunen, tun euch sonst weh, und dann weint Liliana. Ich mag es nicht, wenn Liliana weint." Er legte alle Drohung, zu der er fähig war, in seine Worte – und das war beim Wächter des Abgrunds eine ganze Menge. „*Geht.*"

Die Nachtmähren bäumten sich auf, drehten sich um und wieherten noch einmal laut, ehe sie davongaloppierten.

Aus den Satteltaschen nahm Micah die Messer und band sie Lily an den Körper, damit sie bewaffnet war, ehe er sein Schwert zog.

„Warte." Liliana nahm das Essen, das Emmy ihnen eingepackt hatte, und zwang ihn und sich selbst, es zu verzehren, damit sie zusätzlich gestärkt waren.

So gut vorbereitet, wie sie es eben sein konnten, traten sie in den gierigen Schlund des Toten Waldes. Über ihnen quiekten und raschelten Lebewesen, aber keins davon kam ihnen nah.

Die seltsamen Pflanzen, die nach verrottetem Fleisch stanken, versuchten nach ihnen zu lecken, als wollten sie ihre riesigen Zungen um Micah und Liliana wickeln und sie in die mit spitzen Zähnen gefüllten Mäuler ihrer „Blüten" ziehen.

Micah hieb nach einer aggressiven Zunge, und schwarzes Blut quoll daraus hervor. Die anderen wichen nach dieser Warnung zurück. Sie gingen weiter, ohne anzuhalten, und Liliana hackte mit einem Messer nach einer Liane, die versuchte, sich um ihren Arm zu schlingen.

Das ist meine Frau, dachte er, wild und stark.

Die Zähne zu einem stolzen Lächeln entblößt, ging er neben ihr her, während sie sich ihren Weg durch diesen einst prächtigen Wald schnitten, sägten und hackten, der jetzt nur noch ein Albtraum war. Es dauerte zu lange, die Zeit lief ihnen unaufhaltsam schnell durch die Finger. Auf einmal spürte er, Stunden nach Einbruch der Dunkelheit, Knochen unter seinen Stiefeln knirschen.

Liliana und zuckte bei dem Geräusch zusammen. „Mein Vater." Tiefe Furchen bildeten sich um ihren Mund. „Er entsorgt seine Feinde hier oder im See", sagte sie mit hohler Stimme. „Früher hat er seinen Anhängern noch befohlen, sie zu vergraben, aber inzwischen ist es ihm egal, solange er das verwesende Fleisch nicht riechen muss."

Micah passte danach besser auf, wo er hintrat, denn auch wenn einige dieser Knochen vielleicht einst Männern gehört hatten, die dem Blutmagier gedient hatten, waren mit Sicherheit auch viele Unschuldige unter ihnen. Als er gerade um einen Schädel herumging, der im Mondlicht weiß leuchtete, erblickte er zum ersten Mal das Gebäude, das einst die Burg von Elden gewesen war.

26. KAPITEL

In seiner Erinnerung war die Burg ein stolzes Gebäude aus glitzernden Steinen inmitten eines klaren Sees. In der Nacht waren die Fenster von goldenem Licht erfüllt gewesen, und am Tag kündeten die bunten Banner hoch über den Zinnen vom königlichen Haus Elden und seinen Verbündeten. Musik war oft über den See hinweg erklungen, und die Brücke, die die Burg mit dem Festland verband, war immer geschäftig gewesen, voller Menschen, die kamen und gingen.

Was er jetzt vor sich sah, war eine Schande.

Liliana und er waren auf der Seite aus dem Wald gekommen, die von der Brücke am weitesten entfernt auf der anderen Seite der Burg war, doch selbst aus dieser Entfernung konnte er die widerlichen Gestalten erkennen, die sich auf dem schmalen Weg herumtrieben. Sie schienen aufgebracht, ihre Wut tödlich. Aber ihre Gegenwart war fast noch das Erträglichste. Die Burg selbst dagegen …

Es drang genug kränkliches gelbes Licht aus ihrem Inneren, dass er den schwarzen schleimigen Schimmel und das monströse Unkraut erkennen konnte, die über die Steinmauern hinaufkrochen. Die Gärten seiner Mutter, ihre Obstbäume, alles verschwunden, tot. An ihrer Stelle wuchsen faulige Pflanzen wie jene im Toten Wald.

Der See sah nicht besser aus – zäh und verschmutzt, mit einer dünnen Fettschicht auf der Oberfläche, scheinbar leblos. Aber er war nicht unbewohnt. „Was ist das?“, fragte er, als er die gierigen Bewegungen unter dem Schleim entdeckte.

„Die fleischfressenden Fische, von denen ich dir erzählt habe“, antwortete sie mit einem Schaudern, ehe sie mit dem Kopf auf ein kleines hölzernes Boot deutete, das nicht weit entfernt von ihnen am Rand des Sees lag. „Wenn wir versuchen, das ohne den Schutzzauber meines Vaters zu Wasser zu lassen, fressen die Fische sich durch den Rumpf, um uns anzugreifen." Sie starrte auf den See. „Ich habe nachgedacht. Mein Blut ähnelt seinem vielleicht genug, dass es die Fische täuscht und wir sicher zur Burg rudern können – sonst müssen wir es über die Brücke versuchen."

Er schmeckte beinahe ihre Angst und wusste, dass ihr Vater sie auch mit den blutrünstigen Fischen im See gefoltert hatte. Aber diese Untiere waren nicht die einzigen Wesen im Wasser.

Du musst sie immer mit Respekt behandeln, Micah. Sie sind die Wächter dieses Ortes.

Die strenge und doch freundliche Stimme seines Vaters klang ihm in den Ohren, der mit einem Jungen sprach, der von seiner eigenen Macht berauscht war. Es war ihm gelungen, einen dieser großen Wächter aus der Tiefe heraufzubeschwören, denn seine Magie sprach zur Erde und ihren Kreaturen, ob auf dem Land oder zu Wasser. Vielleicht waren die Wächter auch schon tot, vergiftet von all dem Schmutz, aber das glaubte Micah nicht. Sie waren Wesen von uralter und unvorstellbar großer Magie, die tief, tief unter ihnen schliefen, noch unter dem Schlamm am Grund des Sees.

„Nein, Lily", murmelte er. „Spar dir deine Kraft und dein Blut." Er ging zum Boot und bedeutete ihr einzusteigen. „Du musst mir vertrauen."

Es überraschte ihn nicht, dass sie das Boot ohne ein weiteres Wort bestieg. Sie war sein. Natürlich vertraute sie ihm, hatte ihm zu vertrauen; wenn nicht, würde er sie wahrscheinlich wieder anknurren. Er legte sein Schwert neben sie, kniete sich vor das Boot, stützte sich gegen den Bug ab und berührte das Wasser mit den Fingerspitzen.

Liliana zog ihn an den Haaren. *Fest.* „Diese Fische schwimmen auch an den seichten Stellen. Sie beißen dir die Fingerspitzen ab."

Er warf ihr einen finsteren Blick zu. „Das hat wehgetan."

„Es tut mehr weh, wenn sie dich anknabbern."

Er verzog das Gesicht, weil sie recht hatte, und dachte über die Situation nach. „Ich muss das Wasser berühren, um zu tun, was ich vorhabe."

Liliana krabbelte aus dem Boot und rannte ohne ein weiteres Wort in den Wald. Er wirbelte herum und rannte ihr nach, nur um festzustellen, dass sie an einer der „Zungen" säbelte, die sie von den Bäumen abgeschnitten hatten. Es machte ihn wütend, sie von diesem schwarzen Blut beschmutzt zu sehen, aber er half ihr trotzdem bei ihrer Aufgabe, und gemeinsam schleiften sie das Stück zurück an den See.

„Wenn du dir das vor die Finger hältst", sagte sie und steckte dabei ihr Messer weg, „machen sich die Fische zuerst darüber her. Es ist vielleicht genug für zehn Herzschläge."

„Bist du sicher? Ich mag meine Finger eigentlich."

„Ich auch." Sie schenkte ihm ein sündiges Lächeln, so unerwartet, dass sich auch seine Lippen bogen. „Die Pflanze ist eine Delikatesse für sie – mein Vater belohnt sie damit, wenn sie für ihn einen Feind erledigt haben."

„Zurück ins Boot", befahl er und wartete, bis sie hineingestiegen war, ehe er den großen Klumpen der Pflanze ins Wasser fallen ließ. Während die ekligen weißen Fische mit den blassrosa Augen hektisch ausschwärmten, tauchte er seine Finger ins seichte Wasser und flüsterte: *„Eure Hilfe ersuche ich, von einem Wächter zum anderen. Die Zeit zu erwachen ist gekommen."*

Zähne kratzten an seinen Fingern, als er sie gerade aus dem Wasser zog. Liliana schrie verzweifelt auf, als sie sah, wie Blut heiß und glänzend seinen – noch vollständigen – Finger hinabquoll. „Du kannst es später mit einem Kuss heilen“, sagte er, den Blick auf den See gerichtet.

Die Oberfläche blieb still. Die Fische hatten sich beruhigt.

„Micah“, flüsterte Liliana nach einem Blick auf die Uhr, die sie um ihren Hals trug. „Es ist schon fast Mitternacht.“

„Geduld.“ *Da.* Eine Wasserblase, zu groß für einen Fisch.

Micah rannte ans Heck des Bootes und begann, es in den See zu schieben. Im letzten Moment sprang er hinein. „Rudere, Lily!“

Ein leises Knirschen ertönte überall um sie herum, und Liliana wusste, die widerlichen Fische mit den rosa Augen fraßen am Boot. Kalter Schweiß brach auf ihrem Rücken aus, als sie das Ruder aus dem Wasser hob, um es wieder darin zu versenken, und dabei eine der schrecklichen Kreaturen aus dem Wasser hob, die ihre Zähne in das Holz vergraben hatte und an der Luft zappelte. „Micah.“

„Wir sind fast an der tiefsten Stelle.“

Das beruhigte sie nicht, weil es ihnen jede Möglichkeit zur Flucht abschnitt. Aber sie hatte versprochen, Micah zu vertrauen, also ruderte sie wild entschlossen weiter … und ließ fast das Ruder fallen, als ein riesiger Tentakel auftauchte und sich um den Rumpf des Bootes legte. Ein weiterer glänzender Tentakel erschien auf der anderen Seite.

Sie spürte ein Zerren und merkte, dass Micah ihr das Ruder abnahm und es ins Boot legte. „Halt dich fest“, warnte er sie, ehe das Wasser zu wirbeln begann und sie in einer Geschwindigkeit durch den See rasten, bei der sie sich nur noch festklammern konnte, bis ihre Knöchel weiß hervortraten. Überall im See tauchten weitere geheimnisvolle Kreaturen auf, die gespenstisch sangen, ihre Leiber so riesig, dass es kaum zu fassen war, ihre Kiefer, mit denen sie langsam die bösartigen Kreaturen ihres Vaters verschlangen, unglaublich massiv.

Begeistert wischte sie sich das schmutzige Wasser aus dem Gesicht und hielt sich gut fest. Sie rasten direkt auf das Ufer zu – und damit auf die Rückseite der Burg. Die Tentakel glitten davon, als sie seichtere Gewässer erreichten, aber der Schwung warf sie gegen das felsige Ufer und zerschmetterte beim Aufprall das Boot.

Liliana kletterte auf die Felsen, Micah dicht hinter ihr, und sah zur brodelnden Oberfläche des Sees zurück. „Die Kreaturen meines Vaters sind tödlich.“ Sie konnte sehen, wie die Fleischfresser sich an den Tentakeln festgebissen hatten, die durch die Luft wogten. „Sie werden den Wächtern wehtun.“

Micah hatte sich bereits umgedreht, um seine Finger ins Wasser zu stecken. Die Fische waren zu abgelenkt, um auf ihn zu achten. „*Schlaft wieder*“, sagte er. „*Wacht auf, wenn der See wieder rein ist. Habt meinen Dank.*“

Der See beruhigte sich augenblicklich. Die Wächter tauchten in die Tiefen hinab, wohin ihnen die fleischfressenden Fische nicht folgen konnten. „Sie haben überlebt“, flüsterte sie. „Die ganze Zeit hat mein Vater geglaubt, das Land hätte sich ergeben, aber sie haben überlebt.“ Ein wildes Glücksgefühl breitete sich in ihr aus. „Wenn sie überlebt haben, muss es auch andere geben.“

Micah grinste sie an, und die tödliche Kälte des Abgrunds lag in seiner Miene. „Es wird Zeit, das Monster zu vernichten, Lily.“

Ein Kreischen über ihnen schnitt ihre Antwort ab. Als sie den Kopf hob, entdeckte sie die lodernde Gestalt eines Feuertänzers. Auf seiner Bahn sandte er Flammen hinab, und erst da merkte Liliana, dass Teile der Insel brannten.

„Das Bestiarium!", rief sie Micah zu, als sie die Felsen zur Burg hinauf erklommen. „Der Vogel muss entkommen sein!"

Einen Augenblick später hörte sie das Trompeten eines riesigen Säbelzahnmammuts, gefolgt von einer Stampede kleinerer Tiere. „Mein Vater hat sie eingesperrt, um sie auszubluten", sagte sie und wischte sich das feuchte Gesicht mit dem ebenso feuchten Ärmel ab. „Es sind keine bösen Kreaturen."

Micah nickte und hob den Arm.

Und der Feuertänzer schoss hinab und landete auf seinem Handpanzer. Sein ganzer Körper stand in Flammen, von dem langen tiefroten, gespreizten Schwanz bis zu dem genauso leuchtenden Kamm auf seinem Kopf und dem Inferno in seinen Augen.

Liliana stand der Mund offen. „Wie kann das sein?"

„Ich habe ihn gerufen, und er ist gekommen", war Micahs schlichte Antwort, ehe er sich hinabbeugte und dem Vogel etwas zuflüsterte.

Sie hätte schwören können, dass der Vogel lachte, ehe er auf den Toten Wald zuflog – der kurz darauf in Flammen aufging. Sie gestattete sich ein Lächeln und kletterte weiter auf den schmalen Hintereingang zu, den kaum jemand je benutzte. „Ich kann sein Blut hier spüren. Er muss auch mich spüren."

„Es scheint, als hätte er andere Probleme, vielleicht achtet er nicht darauf."

Die Tür war nicht verschlossen – aber von einer zischenden dreiköpfigen Schlange bewacht.

Micah hieb das Biest in zwei Teile, ehe Liliana nach ihrer Magie greifen konnte. Sie gingen um die Überreste herum, die so schwarz bluteten wie die Pflanzen, und dann den Korridor hinab. Sie konnte über ihnen trampelnde Füße hören,

Rufen und Kreischen, und hoffte, dass dieser Teil ihrer Vision sich bewahrheitete. Wenn die anderen Erben in dieser Nacht gekommen waren und ihren Vater und seine Truppen ablenkten, dann hatten Micah und sie vielleicht eine Chance, ihn zu schlagen.

Sie verließ den Korridor und fand sich einem winzigen Schnappdrachen gegenüber, dessen Name von seiner Vorliebe für das Beißen stammte. „Runter!“ Sie warfen sich beide zu Boden, als die Kreatur – nicht größer als ein fünfjähriges Kind – Feuer spie, dann plötzlich ein verängstigtes Geräusch machte und in die entgegengesetzte Richtung davonlief.

Micah grinste, als sie sich nach ihm umsah. Sie schüttelte den Kopf über ihn und ging dann vorsichtig den Korridor entlang. Prankenspuren und Schutt von zerstörten Tischen und Vasen säumten ihren Weg. Sie gingen auf die Treppe zu, die in das Turmzimmer führte. Der Wächter auf der zweiten Stufe war kein Flüchtling aus dem Bestiarium – er war eine Kreatur ihres Vaters, ein riesiger gelber Tausendfüßler, den der Magier mit seinem eigenen magischen Blut gefüttert hatte, bis er zu monströser Größe angeschwollen war. Seine riesigen Scheren schnitten vor ihnen durch die Luft.

„Keine Klinge kann seine Haut durchdringen“, flüsterte sie, als sie einige Schritte entfernt stehen blieben – der Tausendfüßler würde seinen Posten nicht verlassen, um sie anzugreifen, seine einzige Aufgabe war es, die Treppe zu bewachen.

Sie schnitt sich in die Handfläche, ehe Micah sie aufhalten konnte. „Das ist der einfachste Weg, an ihm vorbeizukommen.“ Denn ihr Vater hatte auch ihr Blut an diese Kreatur verfüttert. Viele Male.

Micahs Augen glitzerten vor Wut. „Das ist eine weitere

Sache, über die wir später sprechen müssen." Trotz seiner Verärgerung erlaubte er es ihr, mit ihrem Blut Streifen auf seine Wangen zu malen und auch seine Handrücken damit einzufärben.

„Ich gehe zuerst", sagte sie. Die Hand, in die sie nicht geschnitten hatte, ballte sie zur Faust und entspannte sie wieder.

„Nein." Micah schob sie hinter sich, das Schwert nach vorn gerichtet. „Wenn es eine Frage des Blutes ist, bin ich jetzt in deines getaucht."

„Aber …"

„Heißt das, dass du vorausgehen willst, weil du dir nicht sicher bist, ob der Schutz ausreicht?", fragte er mit seidiger Stimme. „Ich sperre dich auf jeden Fall in den Kerker, wenn wir wieder zu Hause sind."

„Hör auf, mir immer den Kerker anzudrohen", murmelte sie, auch wenn es das Wort *zu Hause* war, das ihre Kehle brennen ließ. „Sonst sperre ich vielleicht zur Abwechslung dich ein."

„Ich habe den einzigen Schlüssel." Er trat vor, um den Tausendfüßler zu stellen und Liliana mit seiner Rüstung zu schützen.

Die missgestalteten Antennen der Kreatur wogten aufgeregt, als sie sich gemeinsam näherten. Eines der Tentakel streckte sich aus, um Micah an der Wange zu berühren. Liliana glaubte schon zu sehen, wie das eklige Vieh sein Maul erwartungsvoll aufriss, aber es ließ Micah doch passieren. Erst als Liliana folgen wollte, verstellte es ihr den Weg. Sie hörte, wie Micahs Schwert durch die Luft zischte, aber sie schüttelte den Kopf. „Warte."

Der Tausendfüßler wand seinen langen Leib vor, um an ihrer Wunde zu saugen, ein schreckliches Gefühl, von dem sie sich übergeben wollte, aber sie konnte es doch ertragen. Sie zog die Hand fort, nachdem das Monster gekostet hatte – mit einer Bestimmtheit, die sie gelernt hatte, nachdem ihr Vater sie ein paarmal mit diesem Biest zusammen in eine Grube geworfen hatte, als es noch im Wachstum gewesen war –, und schloss sie zur Faust, als sie an dem Monster vorbeiging.

Micahs Leib war reglos wie eine steinerne Mauer, seine Augen waren fest auf den Tausendfüßler gerichtet. „Wenn dieses Vieh nicht mit deinem Vater zusammen stirbt", sagte er in einem Tonfall, in dem der Abgrund widerhallte, „dann nehme ich es mit nach Hause und verfüttere es eigenhändig an die Basilisken."

Noch nie war jemand für sie eingestanden. Niemand außer Micah.

Ihr Herz war ein Knoten aus Schmerz und Liebe, als sie ihm das Blut mit einem feuchten, aber nicht nassen Teil ihres Ärmels von Gesicht und Händen wischte. „Das Turmzimmer, in dem er seine Magie ausübt, ist am Ende dieser Treppe."

„Spürst du ihn?"

„Ja." Sie liefen die Stufen, so schnell sie konnten, hinauf – so wie sie ihren Vater kannte, hatte er sich nicht die Mühe gemacht, Fallen zu stellen, weil er sich sicher war, dass an dem Tausendfüßler nichts vorbeikam.

Sie irrte sich.

Die scharfen Metallspeere schossen drei Schritte vor der Tür zum Turmzimmer aus der Wand und spießten sie an der gegenüberliegenden Mauer auf. Micah, der einen Schritt vor ihr lief, brüllte, dass es das Fundament der Burg selbst erschütterte. Als sie an sich hinabsah, entdeckte sie die riesigen Speere in ihrem Bauch, ihrer Brust, ihren Beinen, Armen und Schultern. Es tat nicht weh. Das würde später kommen. Blut quoll langsam und dunkel in das feuchte Schwarz ihrer

Laufburschen-Tunika.

Sie. Die Falle war an das Blut der *einzigen* anderen Person gebunden, die den Tausendfüßler kontrollieren konnte. Wenn sie Micah nicht das Blut abgewischt hätte, wäre er es gewesen. „Danke", flüsterte sie dem Schicksal zu, das ihn gerettet hatte, den Mann, dem ihr ganzes Herz gehörte.

Heiße raue Hände erfassten ihr Gesicht. „Du ... wirst ... nicht ... sterben." Ein Befehl.

Blut troff ihr aus dem Mund. „Geh", flüsterte sie, so froh, dass er am Leben war. „Lass ihn nicht gewinnen." Das Atmen fiel ihr immer schwerer, das Sprechen auch, aber sie musste ihn dazu bringen, weiterzumachen. „Wenn er gewinnt ...", die rote Flüssigkeit tropfte ihre Arme hinab auf den Boden, „... dann ist alles verloren. Deine Brüder. Deine Schwester."

Micah war alles andere und alle anderen egal. Nur Liliana war wichtig. Aber dann richtete sich ihr Blick flackernd auf etwas hinter seinem Rücken, und der stumme Schrecken darin ließ ihn gerade rechtzeitig herumfahren, um die Rüstung über seinen Hals und sein Gesicht zu schließen, ehe ein knochendürrer Mann mit verwesender Haut ein Dutzend fleischfressender Käfer auf ihn warf. Sie fielen von ihm ab und krabbelten auf Lilianas verwundbaren und bereits schwer verletzten Körper zu.

Nein!

Er zerquetsche sie alle, aber das brauchte Zeit und erlaubte es dem Blutmagier, die Arme zu heben und einen Zauber zu sprechen, der eisige Kälte die Treppe hinaufkriechen ließ. Verdorbene Seelen wurden aus den Gefängnissen gerissen, in denen der Zauberer sie festgehalten hatte.

„Tötet ihn!", brüllte der Blutmagier.

Er kämpfte mit all seiner Macht gegen die Seelen und schützte Liliana mit seinem Körper. Micah zerriss ihre

Schattengestalten, aber es waren viele, und er war weit entfernt vom Abgrund. Ihre eisigen Finger drangen durch seine Rüstung bis an sein Herz, und er musste jede letzte Kraftreserve aufwenden, damit sie die Finger nicht darum schließen konnten.

Dann hörte er den Befehl: „*Verschwindet.*"

Kreischend wurden die Geister dorthin zurückgesaugt, wo sie herkamen. Lilianas Blutmagie war stark … weil so viel von ihrem Lebenssaft den Boden und die Mauern der Burg befleckte. Der Blutmagier kreischte vor Wut und wirbelte zurück in sein Turmzimmer. Micah folgte ihm nicht. Stattdessen legte er Liliana eine Hand an die Wange. „Sprich nicht den Todeszauber. Vertrau mir ein letztes Mal, und sprich den Zauber nicht."

Die Tränen ließen ihre Augen schimmern wie eine Fata Morgana. „Ich werde dich nicht sterben lassen." Blutgetränkte Worte.

„Noch einmal, Lily", wiederholte er. „*Verlass mich nicht.*"

„Geh", flüsterte sie. „Ich kann ihn erst im Augenblick des Todes aufhalten."

Nein. „Nicht bevor du es versprochen hast."

„Elden …"

„Bedeutet nichts ohne dich. *Versprich*, dass du den Zauber nicht aussprichst."

Eine Träne lief ihr die Wange hinab. „Ich verspreche es."

Micah drehte sich um und warf sich gegen die Tür zum Turmzimmer. Sie zerbrach in tausend Stücke. Aus dem Augenwinkel sah er, wie der Schnappdrache den Tausendfüßler verkohlte, um zwei Bergtrollen zu helfen, die gerade dabei waren, ihn mit ihren hammerschweren Händen zu bearbeiten. Das winzige Wesen krabbelte die Treppe hinauf.

Pass auf sie auf.

Es war reiner Instinkt, dass er den Befehl aussprach, sich

ausstreckte und den Verstand des Schnappdrachens berührte. Denn er war Teil von Elden, und Micahs Magie erkannte ihn. Er wartete nicht ab, ob der Drache gehorchte – er wusste, dass er es tun würde –, und betrat den Raum, wieder ganz der gefürchtete Wächter des Abgrunds. Seine Rüstung bedeckte jeden Teil seines Körpers, nur die Augen nicht.

Der Blutmagier hob seine glänzend roten Hände vom Körper des Mannes, den er gerade geschlachtet hatte – einer seiner Anhänger, wie es aussah –, und lachte. „Du bekommst keine Macht aus dem Land. Es gehört mir!"

Micah trat vor, prallte aber gegen eine unsichtbare Wand. Egal, wie fest er dagegen schlug, sie ließ sich nicht brechen. Er griff nach der alten Macht, die geschlummert hatte, wo sie für den Blutmagier unerreichbar war, der Macht, die in seinem Blut sang, zog sie in seine gepanzerten Fäuste und hämmerte wieder gegen die unsichtbare Wand. Risse bildeten sich, die rot über die Oberfläche flackerten. Mit einem wütenden Zischen fing der Blutmagier an, einen Zauber zu beschwören.

Micah gelang es, die Wand zu durchbrechen – nur um von einem Tornado aus so scharfen Klingen angegriffen zu werden, dass sie durch seine Rüstung schnitten und er blutete. Er schlug die Klingen mit einem Fauchen zur Seite und griff nach dem Zauberer, der seiner Lily wehgetan hatte.

Lilianas Vater, getränkt in das Lebensblut des Mannes, den er gerade umgebracht hatte, lächelte und zeigte mit einem gezischten Befehl auf Micah … und die schwarze Rüstung verschwand. Er war den Klingen, die wieder zu wirbeln begannen, vollkommen ausgeliefert. Während sein Blut durch die Luft spritzte, machte er einige weitere Schritte auf den Magier zu, aber der Mann, dessen Augen Reptilien glichen, wo Lilianas voller Wärme waren, lachte. „Du wirst in Fetzen geschnitten, ehe du mich berühren kannst – und ich werde in deinem Blut baden. So mächtiges Blut. Wie das deiner Mutter.“

Micahs Wut war so stark, dass er das Flüstern in seinen Gedanken kaum hörte. *Ruhig, Micah, ruhig.* Die Stimme eines Geistes.

Es war Lilianas Stimme.

27. KAPITEL

Die Klingen fielen zu Boden.

Die Wut des Blutmagiers ließ seine Augen hervortreten und seine Adern anschwellen. „Ich hätte dieses Balg in der Krippe erwürgen sollen!“ Er warf einen Tisch voll magischer Tränke in Micahs Weg und wich zurück. „Sie ist sowieso bald tot. Dann lecke ich ihr Blut auf.“

Der Spott bewirkte bei Micah das Gegenteil von dem, was er sollte – er wusste jetzt, dass Liliana noch am Leben war. Jetzt wollte er nur noch eines: den Kampf beenden, damit er zu ihr zurückkehren konnte. Aber leider hatte der Blutmagier recht – so vollgesogen mit Macht, wie er von seinem letzten Opfer war, konnte Micah ihn nicht besiegen.

Nicht allein, Micah. Sie sind hier.

Wieder war es Lilianas Stimme, die ihn an Dinge erinnerte, die er längst vergessen hatte, ihn daran erinnerte, dass Land und Tiere nicht das Einzige waren, was er hier kannte. Er streckte etwas aus seinem Inneren aus, das keine Form, keinen Namen hatte, und suchte nach dem Blut, das sein eigenes rief.

Nicolai.

Dayn.

Breena.

Die Verbindung zu seiner Familie durchfuhr ihn und füllte ihn bis zum Rand mit Macht, und auf einmal war es egal, dass der Blutmagier eine Armee aus winzigen Insekten beschworen hatte, die wie Schmirgelpapier auf seiner Haut wirkten und ihm das Fleisch von Armen und Gesicht lösten. Er durchbrach den bösartigen Schwarm und auch das Blutschild des Magiers, als wäre es überhaupt nicht vorhanden, packte das Monster am Hals und zerrte es ans Fenster. „Sieh hin“, sagte er und zwang den Blick des Mannes auf den

Wald, der lichterloh brannte. „Wenn wir hier fertig sind, ist nichts von deinen Hinterlassenschaften mehr vorhanden."

Ein Lachen, bitter vor Bosheit. „Dann musst du Liliana auch umbringen."

Micah schlug den Schädel des Blutmagiers gegen den Stein, sodass der Knochen brach. „Sie ist nicht dein Erbe", flüsterte er dem Mann ins Ohr, ehe er ihm das Genick brach. „Sie ist allein sie selbst."

Die Insekten verschwanden mit dem Tod des Blutmagiers, aber Micah wollte sichergehen, dass das Böse nicht wiederauferstand. Er nahm sein Schwert, das er neben der Tür fallen gelassen hatte, hieb dem Mann den Kopf ab und fasste ihn an den Haaren, als er zurück zu Liliana rannte.

„Nein!"

Sie hob das Kinn und bemühte sich, ihre Augen offen zu halten – aber dann entdeckte sie seine Trophäe. „Er ist tot." Sie schenkte ihm ein rotes Lächeln.

Er warf den Kopf dem Schnappdrachen hin, der ihn aufgeregt mit dem Maul fing … und mit gieriger Freude zubiss, ehe er an ihnen vorbei auf den Rest des Leichnams zuwatschelte. Micah wischte sich die Hände an der Hose ab und legte sie an Lilianas Gesicht. „Du darfst nicht sterben, Lily." Er versuchte wieder und wieder, ihre Wunden mit der tiefen Magie in ihm zu schließen, aber ihm wurde schmerzlich bewusst, dass seine Macht nicht die des Heilens war.

„… in Ordnung." Ein Flüstern.

„Nein, *nein*." Er spürte etwas Nasses auf seinen Wangen und merkte, dass er weinte. „Du hast mich zum Weinen gebracht, Lily. Dafür werfe ich dich viele Tage in den Kerker."

Als ihre Lider sich flatternd schlossen, fuhr er sie an: „Hilf mir! Sag mir, was ich tun soll!"

Die Erde, Micah. Ich habe gelesen …

Der Gedanke schien sie den letzten Rest ihrer Kraft

gekostet zu haben, denn ihr Kopf kippte nach vorn, und sie regte sich nicht mehr. Er weigerte sich zu glauben, dass sie tot war, und fing an, ihren Körper von den Speeren zu befreien. Als ein weiterer Mann an dem toten Tausendfüßler vorbei die Treppe hinaufgerannt kam, hob Micah gerade lange genug den Kopf, um silberne Augen mit goldenen Flecken zu sehen – zu erkennen –, ehe er sich wieder hektisch seiner Aufgabe zuwendete. „Sie darf nicht sterben."

Nicolai half ihm augenblicklich, die Speere zu entfernen. Ihre Hände waren innerhalb von Sekunden in Blut gebadet. Sobald sie den letzten Speer entfernt hatten, nahm Micah Lily in die Arme und rannte die Treppe hinab, an einer erstaunten Frau mit weichem braunen Haar vorbei und hinaus in die verdorbenen Gärten. Diese Erde war zu gebrochen, zu beschmutzt, um so zu heilen, wie sie es einst vor langer Zeit für die königliche Familie getan hatte. Aber er musste es versuchen. Er legte Liliana auf den Boden, schnitt sich in die Handflächen und legte sie auf sein Land.

Die Erde fing unter seinen Handflächen an, sich mit einem Hauch Grün zu überziehen, aber langsam, viel zu langsam. Doch da erschien auf Lilys anderer Seite ein weiteres Paar blutender Hände. Dann ein drittes Paar – das eines grünäugigen Mannes mit dunklem Haar. Und noch ein viertes, weiblich und zart wie das blonde Haar, das das Gesicht seiner Schwester umrahmte. Und das Land um Liliana herum wurde endgültig grün. „*Rette sie*", flüsterte Micah der Erde zu. „*Rette die, die geholfen hat, dich zu retten.*"

Die Erde versuchte es, aber sie war zu beschädigt, und in Lilianas Adern floss kein Blut von Elden.

„*Nein, nein!*"

„Micah, es tut mir leid."

Er ignorierte die Stimme seiner Schwester, so voller Trauer, nahm Lilianas reglosen Körper in die Arme und weigerte sich, loszulassen. „Hilf mir, Lily", flüsterte er wieder und barg sein Gesicht in ihren Haaren. Es weckte eine Erinnerung in ihm, an ein anderes Mal, als er sie im Schoß gehabt hatte. Ihr Haar hatte sein Kinn gekitzelt ... und die Luft hatte nach Blut gerochen.

„Schlitz mein Handgelenk auf." Er hielt es seiner Schwester hin, und dafür, dass sie keine Sekunde zögerte, würde er sie immer lieben. „Hier, Lily, nimm", sagte er und presste das Handgelenk an ihren Mund, an ihre Wunden, an jeden Teil von ihr, den er erreichen konnte. „Du musst mich nicht im Schlaf umbringen. Ich gebe es dir freiwillig."

Eine endlos lange Zeit passierte gar nichts, ehe ihr Körper zusammenzuckte und die Magie in ihr die Kontrolle übernahm. Denn Liliana, seine süße sanfte Liliana, die ihn so zärtlich küsste und ihn anfasste, als wäre er zerbrechlich, war eine viel mächtigere Magierin, als ihr Vater es je gewesen war. Deswegen hatte dieser abgrundtief böse Mann sie so gehasst – obwohl sie nur ihr eigenes Blut benutzt hatte, konnte sie selbst an den Abgrund reisen, eine mehr als außergewöhnliche Gabe.

Um ihren Körper zu heilen, brauchte sie nur den Brennstoff, der ihre Macht entzündete.

Lilianas Blut hörte auf zu fließen, ihre Hand zuckte ... und endlich öffnete sie die Augen. Er wollte sie anbrüllen, aber er wartete, bis er sicher war, dass alle Wunden in ihrem Körper geschlossen waren, ehe er sie an seine Brust zog und ihr all die schrecklichen Dinge sagte, die er ihr antun würde.

Sie schlang die Arme um ihn, küsste ihn und brachte damit den Schwall seiner Worte zum Verstummen. Er beschloss, ihr diesen Kuss zu gestatten, aber da er sie hier nicht nackt machen konnte, unterbrach er den Kuss schließlich. „Warum hast du dein Gesicht verändert, Lily?"

Sie legte bei seiner Frage überrascht die Hände ans Gesicht.

Hatte ihr Vater etwa einen letzten Rachezauber gewirkt? „Ist es sehr schlimm?“, fragte sie flüsternd den Mann, der sie in stahlharten Armen hielt.

„Ich werde mich wohl daran gewöhnen“, murmelte er und küsste sie dann noch einmal, dieses Mal mit Zunge, und er drückte ihren Po – als wären seine Geschwister und die anderen Leute überhaupt nicht da.

Einen Augenblick entschied sie, dass es ihr egal war.

EPILOG

Ich werde mich wohl daran gewöhnen.
Liliana starrte ihr Spiegelbild zum tausendsten Mal an seit dem Tag, der das Schicksal von Elden verändert hatte. Die Frau, die sie im Spiegel sah, war die wahre Tochter von Irina, mit einem Gesicht von so strahlender Schönheit, dass Micahs Geschwister und ihre Partner kaum aufgehört hatten, sie anzusehen, und so seidigen Haaren, dass man sich fast darin spiegeln konnte. Es schien, dass der Tod ihres Vaters einen Zauber gebrochen hatte, statt ihn zu schaffen, einen, den er auf sie gelegt haben musste, als sie noch ein Kind gewesen war.

Warum, das würde sie nie erfahren. Vielleicht war es, wie Micah sagte … Er hatte ihre Macht gefürchtet und deshalb versucht, sie zu brechen. Oder vielleicht hatte es ihm Spaß gemacht, sie und andere auf diese Weise zu kontrollieren. Es musste ihm grausame Freude bereitet haben zu sehen, wie die Männer einander aus dem Weg schubsten, um die Hand einer so hässlichen Frau zu gewinnen. Aber dieser Schuss war nach hinten losgegangen.

Denn Micah hatte sie vorher geliebt, und er liebte sie jetzt. Er war der Einzige, der sie nicht ihrer Schönheit wegen ansah – denn für ihn blieb sie einfach Liliana. Liliana, deren Augen eine undefinierbare Farbe hatten, die Micah Sturmhimmel nannte und von denen er entschied, dass sie nichts mit denen ihres Vaters gemeinsam hatten. Liliana, deren Körper sich dort, wo es darauf ankam, kaum verändert hatte. Ihre Beine hatten jetzt dieselbe Länge, aber ihr Rücken blieb von Narben übersät, und sie hatte noch immer winzige Brüste und einen riesigen Hintern. Beides wollte Micah nackt sehen, sooft es ging.

Sie errötete bei dem Gedanken daran, wie er sie am Morgen

geweckt hatte, so groß und verlangend zwischen ihren Beinen, und spielte mit dem Ring aus Smaragden und Diamanten an ihrer linken Hand. Der mittlere Stein hatte genau die Farbe von Micahs Augen. Der Ring hatte seiner Mutter gehört, wie Micah ihr erzählt hatte, ein Teil des Schatzes, den sie unter der Burg gefunden hatten.

Er hatte ihn ihr gegeben, weil er sie heiraten würde.

„Eigentlich ist es ja üblich, dass man erst fragt", sagte sie jetzt, als sie sich umdrehte und ihm dabei zusah, wie er ein schwarzes Hemd über der Brust zuknöpfte, die sie noch vor Kurzem geleckt und gesaugt und geküsst hatte.

„Warum?" Er zuckte mit den Schultern. „Ich lasse dir keine Wahl."

Sie wusste, dass sie ihn in solchen Anwandlungen nicht noch bestärken durfte, aber wenn eine Frau einen Mann so sehr liebte, war es schwer, streng mit ihm zu sein, also ging sie nicht weiter darauf ein. „Lass mich das machen." Sie schloss die Knöpfe und schüttelte den Kopf, als er mit der Hand ihren Rücken hinab bis zum Po strich. „Also besteigt dein Bruder Nicolai den Thron?"

Sie waren zum dritten Mal nach Elden zurückgekehrt – Micah konnte nicht lange vom Abgrund fortbleiben, denn das würde die Welten aus dem Gleichgewicht bringen und die Ödlande mit Schatten überfluten. Doch er hatte auch ein tiefes unstillbares Bedürfnis, die Erde hier zu heilen, obwohl seine Geschwister ja da waren und er deswegen nicht dauerhaft bleiben musste.

Also kamen und gingen sie. Die Reise fiel ihnen jetzt viel leichter, weil die Zauber ihres Vaters gebrochen und seine monströsen Kreaturen gestorben waren, weil seine Magie sie nicht mehr am Leben halten konnte. Meistens reisten Micah und sie über Land – die Nachtmähren betrachteten sie als ihr Eigentum und bissen alle nichtmagischen Pferde, die sie zu besteigen versuchten, seit sie ein zweites Mal bei den Wirtsleuten angekommen waren. Die temperamentvollen Kreaturen waren furchtbar besitzergreifend – genau wie der Mann, den sie noch mit ihrem letzten Atemzug anbetete.

„Ja“, beantwortete er ihre Frage, „er wird zusammen mit Jane regieren, seiner Frau.“

Jane war groß und schlank und sah zerbrechlich aus, aber sie würde eine starke Königin sein. Sie war auch keine Prinzessin, genauso wenig wie Alfreda, Dayns Auserwählte. Breenas Partner war ein Berserker, so wild und unzivilisiert wie Micah, da war sie sich sicher. Keiner hatte mit der Wimper gezuckt darüber, dass sie Teil der königlichen Familie werden würde. „Ich glaube“, murmelte sie, „dein Bruder wird ein ausgezeichneter König.“

„Ja.“ Er streichelte sie und beugte dann den Kopf, um ihren Hals zu küssen. „Dayn und seine Frau bleiben in Elden und übernehmen die Wache.“

Sie erschauerte, hörte auf zuzuknöpfen und fing an aufzuknöpfen. „Und deine Schwester?“ Seine Schwester, die eine Kriegerin geworden war, was ihre älteren Brüder fassungslos machte. Micah hatte ihr natürlich bloß angeboten, sich bei seinen Waffen zu bedienen.

Er saugte an ihrem Hals. „Sie reist mit Osborn und den Jungen zurück in deren Heimat, damit ihr Mann den Brüdern beibringen kann, was es heißt, ein Krieger von Ursa zu sein.“

„Ja.“ Sie griff mit beiden Händen in sein Haar und zog ihn fest an sich. „Die Berserker werden noch gebraucht.“

„Hmm.“ Er küsste sie weiter und fing an, sie zurück zum Bett zu drängen. „Sie werden in Elden immer willkommen sein, genau wie wir.“

Sie ließ sich von ihm aufs Bett drücken und wartete, bis er das Hemd ausgezogen hatte und sich auf sie legte. Aber statt sie noch einmal zu küssen, stützte er sich über ihr ab und sah sie ernst an. „Ich bin der Wächter des Abgrundes, Liliana. Ich werde meine Pflicht nie vernachlässigen."

„Natürlich nicht." Sie streichelte seine Brust. „Du kannst dein Versprechen an das Land halten, indem du es regelmäßig besuchst." Kurze und intensive Arbeit mit der Erde, hatten sie herausgefunden, war genauso wirksam wie ein ständiger Aufenthalt in Elden.

„Wird es dir etwas ausmachen, in der Schwarzen Burg zu leben?"

„Dort war ich zum ersten Mal in meinem Leben glücklich", sagte sie leise. „An dem Ort habe ich dich gefunden. Du bist mein Herz. Jissa und Bard und Maus sind meine Familie."

Sie war sehr dankbar, dass Jissa ihr nicht für die Gräueltaten ihres Vaters die Verantwortung gab und ihre beste Freundin blieb.

„Du – und auch Bard –, ihr könnt jetzt wirklich sterben, wenn ihr es möchtet", hatte sie der Brownie erklärt, auch wenn es ihr furchtbare Schmerzen bereitete, an eine Welt ohne Jissa zu denken. „Verlasst die Schwarze Burg für einen Tag und eine Nacht, und ihr wacht in der Ewigkeit auf."

Jissa hatte mit dem Kopf geschüttelt. „Die Bitterkeit würden weinen, weinen. Und ohne mich bekommst du mehr, noch viel mehr Ärger mit dem Lord. Im Kerker würdest du leben." Ein lachender Blick. „Und … ich würde gern noch mehr Schach mit Bard spielen und er mit mir. Wir spielen miteinander."

„Spielt ihr wirklich nur Schach?", hatte Liliana sie geneckt, unendlich froh über Jissas Wahl.

Die Spitzen von Jissas Ohren waren dunkelrosa angelaufen.

„Jissa."

Liliana lächelte bei der Erinnerung daran und sah tief in

Micahs wintergrüne Augen. „Die Schwarze Burg ist mein Zuhause."

Micahs Lächeln warf sie um, so strahlend war es, und es galt nur ihr allein. „Es gibt dort auch weniger Bedienstete", murmelte er. Die Burg von Elden war in der Tat voll von Bewohnern des Landes, die aus ihren Verstecken geschwärmt kamen, um zu helfen, die Burg für Nicolais Hochzeit vorzubereiten. „Das bedeutet, ich kann dich dort viel einfacher nackt machen."

Lachend schob sie ihm die Hände ins Haar und zog ihn zu einem langen trägen Kuss an sich, der damit endete, dass seine Hand auf ihrer Brust lag und sie ein Bein um seine Hüfte geschlungen hatte. „Ich werde allerdings ein paar Blumen pflanzen."

Er wich zurück. „In der Schwarzen Burg? *An der Pforte zum Abgrund?*"

Sie küsste ihn auf die Wange und stupste ihn mit der Nase. „Und ich will bequemere Möbel – meine Mutter kommt uns schließlich besuchen." Irina war ebenfalls von ihrem Zauber befreit. Sie kannte ihre Tochter nicht, aber sie hatte Liliana vom ersten Augenblick an mit Liebe behandelt. Die Verbindung zwischen ihnen würde mit der Zeit nur tiefer werden.

Micah stöhnte und fing an, das rote, *rote* Kleid hochzuziehen, das er ihr gebracht hatte, so wunderschön und mit Gold bestäubt. „Solange du nicht versuchst, den Kerker gemütlicher zu machen. Das erlaube ich nicht." Seine Hand lag auf ihrem Bein, fest und besitzergreifend.

Erschauernd zog sie ihn an sich. „Abgemacht."

Micah schmiegte sich an sie. „Lily?"

„Ja?", sagte sie an seinen festen und sündigen Lippen.

„Wir heiraten in einer Stunde. Ich habe schon mit Nicolai gesprochen."

Sie sperrte den Mund auf und fing dann an zu lachen.

„Mein schöner, arroganter, wunderbarer Lord", sagte sie und küsste seine Kiefer, seine Wangen, seinen Hals. „Ich kann es nicht abwarten, deine Frau zu werden."

„Jetzt sag mir, dass du mich liebst."

„Ich liebe dich." Sie küsste die Stelle, an der sie ihn einst in die Lippe gebissen hatte. „Soll ich es noch einmal sagen?"

Ein begeisterter Blick. „Ja."

Er ließ sie es noch zehn Mal wiederholen. Dann sagte er: „Dein Name steht auf meinem Herzen, Lily."

Das brachte sie zum Weinen. Micah schrie verärgert auf. Und dann küsste er sie.

Als der Tag vorüber war, war sie mit dem Wächter des Abgrundes verheiratet, in den Gärten der königlichen Familie von Elden, die wieder zum Leben erwacht waren. Der Schnappdrache benahm sich anständig und röstete keinen der Gäste.

Die Blumen der Asperia stehen wieder in voller Blüte. Was einst der Tote Wald war, ist jetzt ein junger grüner Spielplatz, mit Setzlingen, die sich nach dem funkelnd blauen Himmel ausstrecken. Die Feuertänzer sind zurückgekehrt und ziehen im Abendlicht ihre Runden um die Burg, ein unvergleichliches Schauspiel, und der See ist wieder sauber und klar.

Es gibt noch viel zu tun, aber Lachen erfüllt die Burg und das Land, denn die Zeit der Dunkelheit ist vorüber, und das Blut von Elden wandelt wieder auf seinen Wegen. Diese Wahrheit schreibe ich mit uneingeschränkter Freude nieder.

Aus den königlichen Chroniken von Elden, am einhundertachtundsiebzigsten Tag der Regentschaft von König Nicolai und Königin Jane

– ENDE –

Lesen Sie auch:

Stephanie Chong

Die Sehnsucht des Dämons

Band-Nr. 65063
8,99 € (D)
ISBN: 978-3-86278-466-0

Er schob sich weiter durch die Menge und betrat die VIP-Lounge. Auf den weißen Ledersofas knutschten Pärchen und vergnügten sich in Dreiergrüppchen ganz offen. In einer Ecke zog sich ein berühmter junger Hollywoodstar eine Line Koks vom entblößten Hintern eines Mädchens. Die Clubbesucher schauten zu.

„Seht zu, dass er Spaß hat", wies Julian einen Kellner an. „Und dass ihm der Stoff nicht ausgeht."

Mit stumpfem Blick begutachtete Julian die Szene, vollkommen gleichgültig für das laszive Geschehen um ihn herum. Dieselben lüsternen Bilder boten sich ihm jeden Abend dar, wenn der Club geöffnet war. Nichts von dem, was er hier sah, machte ihn auch nur im Entferntesten an.

Beinahe schon apathisch drehte Julian sich um, um sich wieder in den Überwachungsraum zurückzuziehen.

Und dann erblickte er sie.

In seinem Augenwinkel bemerkte er ihr Schimmern. Es glich einem Goldbarren, der an einem schlammigen Flussufer lag. Er blinzelte, unsicher, ob es nicht doch nur ein Lichtreflex gewesen war. Doch als er sich umwandte und genau hinsah, stand sie da.

Sie war gekleidet wie für einen Strandtag und nicht für einen Abend im Tempel der Sünde. Ihr schlichtes sonnengelbes Kleid betonte ihre gebräunten Arme und geschmeidigen Kurven. Das blonde Haar fiel ihr in Wellen auf den Rücken. Ihr Gesicht war von klassischer Schönheit, so perfekt, dass es selbst aus der Ferne auffiel. Auch die anderen Männer starrten sie an. Wie Haie, die Blut im Wasser rochen, umkreisten sie die Frau. Wen suchte sie? Hatte sie ihre Freundin aus den Augen verloren? Ihren Geliebten?

Er fixierte sie, und sie hob den Kopf – als könnte sie durch den Lärm und das Gewühl in der VIP-Lounge seine Gedanken lesen. Sie schaute ihm direkt in die Augen. Aus zehn

Metern Entfernung eine offene Herausforderung. Dann drehte sie sich um und verschwand.

Sein Jagdinstinkt war geweckt.

Julian folgte ihr durch die Menge, erhaschte mal einen Blick auf ihr blondes Haar, mal auf ihre bloßen Schultern, während sie immer tiefer in die tanzende Masse eintauchte. Der Puls der Musik erbebte in seinen Adern und trieb ihn voran. Er bahnte sich seinen Weg zu ihr, ohne Rücksicht auf Verluste.

Als er ihr nahe genug war, schloss er seine Finger um ihren Arm. Ihre Haut fühlte sich an wie die eines Neugeborenen, so zart und weich. Ihr Bizeps spannte sich unter seinem fester werdenden Griff an. Die Lust strömte von seinen Fingerspitzen direkt in seinen Unterleib. Sie erstarrte und drehte sich um. Von Weitem war sie schön. Von Nahem göttlich.

Mit einem Blick erfasste er ihre hohen Wangenknochen, ihre vollen Lippen, ihre großen, vertrauensvollen Augen. Die Unschuld, die er in ihnen las, hatte nichts mit Arglosigkeit zu tun, sondern mit Glauben. Er wollte sie verschlingen. Sich in sie versenken, Teil von ihr werden und sie nie mehr gehen lassen.

Die Zeit schien stehen geblieben zu sein. Kein Ton war mehr zu hören. Aber mit einem Mal platzte in die Stille das Rascheln von Federn hinein, das Ausbreiten von Flügeln. Kaum war ihm klar geworden, was da geschah, wurde er von einer neuen Energie erfasst: Sie war ein Engel. Ein Schutzengel, der niedrigste Rang der Himmelswesen, verantwortlich für den Schutz der Menschheit auf Erden.

Warum ihn diese Tatsache so überraschte, wusste er nicht zu sagen. Er hatte schon viele Engel getroffen, oft mit ihnen gekämpft. Aber keiner war je so dumm gewesen, einen Fuß in einen seiner Clubs zu setzen. Was hatte sie hier zu suchen? In seinem Hoheitsgebiet?

Um ihn herum kam das Leben wieder in Gang; der hämmernde Bass der Musik ergriff wieder von ihm Besitz. Sie wand sich, um sich ihm endlich zu entziehen. Er verstärkte seinen Griff, wollte sie nicht gehen lassen.

Aus welchem Grund auch immer – sie war ins *Devil's Paradise* gekommen, mit ihrem unschuldigen Sommerkleidchen und ihrem lachhaften Glauben an das Gute im Menschen.

Jetzt war sie auf *seinem* Territorium.

Was Serena St. Clair stoppte, war die Berührung von Fingerspitzen auf ihrem nackten Oberarm. Die Berührung eines Geliebten. So zart, so respektvoll und doch so sinnlich, dass augenblicklich die Begierde von ihr Besitz ergriff. Selbst im heißen Gewühl des Nachtclubs war dieses Gefühl so intensiv, dass sie fröstelte.

Als sie sich umdrehte, schaute sie in das Gesicht eines Gottes. So fein gemeißelte Gesichtszüge, so perfekt symmetrisch, dass Gottes Hand im Spiel gewesen sein musste. Aber in den Augen des Mannes las sie die reine Sünde. In seinem Blick war nichts Gutes, nur die nackte Begierde. Er stand vor ihr in seinem maßgeschnittenen Anzug, der seinen athletischen Körperbau hervorragend zur Geltung brachte; den obersten Knopf des Hemds hatte er geöffnet. Armani, tippte sie. Sein dunkles Haar war kunstvoll zerzaust, ein drastischer Gegensatz zu seinem ganz und gar nicht lässigen Blick.

„Willkommen im *Devil's Paradise*. Ich bin Julian Ascher."

Seine Stimme, leise und dunkel, ging ihr durch und durch. Ihr Körper schien zu vibrieren.

Einen Moment lang stand sie wie verzaubert da. Dann endlich kam sie wieder zu Atem. Sie schloss die Augen und schickte einen Energieschub in seine Gedanken, ein helles Licht, das seine Willenskraft brechen und die Erinnerung an sie auslöschen würde. Sie wartete darauf, dass er sie freigab und gehen ließ, damit sie ihre Aufgabe wahrnehmen konnte.

Ein Mensch befand sich hier, dessen Schutzengel sie war. Sie musste ihn finden und mit ihm so schnell wie möglich dieses Etablissement verlassen.

Nur leider ließ Julian Ascher sie nicht los. Für einen kurzen Moment blitzte Ärger in seiner ansonsten so lässigen Fassade auf. Doch schnell gewann er seine Souveränität zurück. In ihrem Kopf begann ein einziges Wort Gestalt anzunehmen.

Dämon.

Und tief in ihrem Innern raunte eine Stimme ihr zu: Lauf.

Arielle, ihre Ausbilderin, hatte jedem Trainee in der Kompanie der Engel eine elementare Weisheit eingehämmert: Wenn du einen Dämon triffst, der mächtiger ist als du, dann verschwinde augenblicklich.

Serena hatte ihre Ausbildung mit Auszeichnung abgeschlossen. Doch jetzt stand sie wie angewurzelt da, unfähig, sich zu bewegen. Julians Finger umschlossen immer noch ihren Oberarm. Allerdings war es nicht der Körperkontakt, der sie lähmte. Panik breitete sich in ihr aus, wie eine chemische Reaktion, die sie paralysierte.

„Versuch das nicht noch mal“, sagte er freundlich. „Kann sein, dass das bei Menschen funktioniert, aber bei mir ganz sicher nicht. Komm mit, dann können wir uns unter vier Augen unterhalten.“

„Tut mir leid, ich bin verabredet.“

Nick Ramirez. Den sollte sie beschützen. Er musste ganz in der Nähe sein, das spürte sie. Serena musste ihn finden und ihm auf seinem selbstzerstörerischen Trip Einhalt gebieten.

Die Kompanie zählte auf sie. Eigentlich war die Aufgabe selbst für sie, einen jungen Schutzengel, nicht allzu schwer. Wenn nur dieser Dämon sie gehen lassen würde. Der gefährlich gut aussehende Dämon, dessen funkelnde Augen ihr pure Lust versprachen.

„Das war keine Frage“, stellte Julian fest.

„Ich sagte, ich möchte nicht.“

Engel sollen nicht lügen, das wusste sie. In Wahrheit wollte sie ihn, wie sie noch nie einen Mann gewollt hatte. Mit einem Verlangen, das offensichtlich tief in ihr geschlummert hatte und erst jetzt entfacht worden war. Sie wollte seine Finger auf ihrem Körper spüren, wollte seinen süßen Worten lauschen und dahinschmelzen.

Da sie von menschlicher Gestalt war, erlebte sie auch alle Empfindungen und Emotionen, die mit dem Dasein auf Erden einhergingen. In diesem Moment empfand sie diese Gefühle als so überwältigend, dass sie sich ihnen fast ergeben hätte. Sie erbebte unter seiner Berührung, und instinktiv war ihr klar, dass dieser Mann sie zerstören würde, wenn sie ihn ließe.

Als sie sich losmachen wollte, verstärkte sich sein Griff.

„Wenn du dich weiter wehrst, werde ich ärgerlich, und das könnte nicht gut ausgehen“, warnte er sie. „Indem du die Schwelle dieses Clubs übertreten hast, hast du dich auf mein Territorium begeben. Und hier gelten meine Regeln.“

Sein Ton war so beiläufig, als hätte er sie gerade zum Tee eingeladen. Doch seine Finger umklammerten ihren Arm so fest und besitzergreifend, dass sie weder an seiner Macht noch an dem, was er sagte, zweifelte.

Julian schob sie durch die Menge. Einen Versuch, sich von ihm zu befreien, unternahm sie noch. Sie ließ sich nach hinten fallen und klammerte sich an ein Geländer. Aber mit den dünnen Sandalen hatte sie nicht genug Halt auf dem Holzboden; mit einem einzigen Ruck zog Julian sie weiter.

Durch mehrere Türen drangen sie ins Innere des Clubs vor, wo es schlagartig leiser wurde. Er führte sie einen Flur entlang in sein Büro. Es war ein schicker, moderner Raum mit klaren Linien. Dunkelrotes Leder und glänzendes Holz, wie in einer vornehmen Werbeagentur. So hatte sie sich eine Dämonenhöhle nicht vorgestellt. Er schloss die Tür und verriegelte sie; erst dann ließ er Serenas Arm los.

„Champagner?" Er deutete auf eine Flasche, die in einem fein gearbeiteten silbernen Kühler stand. Dann zeigte er auf eine Sammlung von Weinflaschen, die die Hälfte der Wandfläche einnahm. „Oder lieber etwas anderes?"

„Ich bin nicht zu meinem Vergnügen hier."

Jetzt konnte sie seine Augenfarbe erkennen. Dunkelblau, mit grünen und goldenen Sprenkeln. Glänzend, schön. Und so intensiv, dass ihr Puls schneller ging. Sie zwang sich, ihre Atmung zu kontrollieren und ihren pochenden Herzschlag zu drosseln.

„Spielverderberin. Dann vielleicht einen Apfel?", fragte er und nahm einen aus der Schüssel, die auf seinem Schreibtisch stand. Er hielt die glänzende Frucht wenige Zentimeter vor ihren Mund. „Beiß rein."

Sie drehte den Kopf zur Seite. Ihr Herz schlug so sehr, dass sie fürchtete, er könnte es hören. Oder sehen, wie es ihren ganzen Körper erzittern ließ. „Nein, danke."

„Du bist doch nicht etwa abergläubisch und glaubst an diese alte Geschichte? Von Eva und diesem Quatsch mit dem Baum? Das ist alles nur das Ergebnis von überschäumender Fantasie. Was kann unschuldiger sein als ein Stück Obst?"

Genussvoll biss er in den Apfel. Es krachte, als seine Zähne das Fruchtfleisch zerteilten. Er schloss die Augen, und als er schluckte, huschte ein Ausdruck höchster Zufriedenheit über sein Gesicht. Dann legte er den Apfel auf den Tisch.

„Und jetzt verrat mir, was ein Mädchen wie du an einem Ort wie diesem zu suchen hat."

„Das habe ich Ihnen bereits erzählt", erwiderte sie eigensinnig. „Ich bin hier verabredet."

„Schön, wenn du Spielchen spielen willst ... Muss ein guter Freund sein, dieser Mann, nach dem du suchst. Wie hieß er noch mal?"

„Seinen Namen habe ich noch nicht erwähnt."

„Wie schade. Denn wenn ich wüsste, wie er heißt, könnte ich dir vielleicht helfen, ihn zu finden. Ansonsten müssen wir wohl die ganze Nacht hier verbringen. Dann wird sich dein Freund sicher fragen, was dir zugestoßen ist."

Erneut griff er nach dem Apfel und biss hinein. Sie beobachtete, wie er sich den Saft von den Lippen leckte. „Aber wir beide werden schon etwas finden, wie wir uns amüsieren können." Julian beugte sich zu ihr vor.

Irritiert machte sie einen kleinen Schritt zurück. Zögerte.

Ich könnte dich für immer hierbehalten, verrieten seine Augen ihr. Liefere mir nur einen Vorwand.

Nach einer langen Pause und einem verstohlenen Blick zur Tür hatte sie einen Entschluss gefasst. „Er heißt Nick Ramirez."

Offensichtlich sagte ihm der Name etwas. „Ach ja, Nick. Hollywoods Liebling der Woche. Ich habe ihn eben erst gesehen, allerdings glaube ich nicht, dass er deine Hilfe braucht. Er scheint hier neue Freunde gefunden zu haben. Damen, wenn du verstehst, was ich meine."

Julian zog einen Mundwinkel nach oben.

Fasziniert und erschreckt zugleich presste Serena die Lippen zusammen. Sein Mund war so schön.

Es war klar, was er meinte. Nicks Vorliebe für weibliche Begleitung – bezahlte weibliche Begleitung – war kein Geheimnis. Doch seit Serena ihn als sein Schutzengel und als seine Yogalehrerin begleitete, zeigte er bereits Anzeichen von Besserung. Obwohl sie sich erst seit drei Wochen um ihn kümmerte, hatte er sein wildes Partyleben und seinen Konsum illegaler Substanzen schon erheblich eingeschränkt. Einen Rückfall wie diesen hatte sie eigentlich nicht erwartet.

„Ist da vielleicht jemand eifersüchtig? Ist er dein Liebhaber?“, erkundigte sich Julian.

Eine leichte Röte überzog ihr Gesicht. „Ich denke nicht, dass Sie das etwas angeht.“

„Also nicht. Ich wette, du hast gar keinen Liebhaber. Dann ist es wohl ein Auftrag. Wie dringend sollst du ihn denn hier rausholen?“

„Was meinen Sie damit?“

„Vielleicht können wir uns auf einen Handel einigen. Was hättest du mir anzubieten?“ Ungeniert musterte Julian ihren Körper.

Mit zitternden Händen suchte sie in ihrer Handtasche nach dem Portemonnaie. „Ich habe fünfzig Dollar. Ich weiß, das ist nicht viel, aber …“

„Erfrischend. Wirklich sehr amüsant.“ Er lachte und trat näher an sie heran. „Süße, ich hatte dabei nicht an Geld gedacht.“

„Etwas anderes habe ich Ihnen nicht anzubieten. Ich bin eine einfache Yogalehrerin.“ Während Julian sie mit bedächtigen Schritten umkreiste, blieb sie einfach regungslos stehen.

„Du meinst, du gibst dich als solche aus. Dabei wissen wir beide es doch besser. Aber besprechen wir das gleich. Da du darauf bestehst, nur eine Yogalehrerin zu sein …“ Sie spürte seinen brennenden Blick auf ihr. Jetzt blieb er unmittelbar vor ihr stehen. „Würdest du sagen, dein Körper ist dein Tempel?“

Beinahe unmerklich – aus Angst, sich zu bewegen – nickte sie.

„Dann lass mich ein und dich anbeten.“

Noch ehe er geendet hatte, umfing er mit einer Hand ihre

Taille, die andere legte er in ihren Nacken. Serena wollte sich ihm entziehen, aber sein Griff war wie aus Stahl. Er zog sie näher an sich heran. Als sein Mund ihren berührte, schloss sie die Augen. Sie hatte einen brutalen Kuss erwartet, doch die Berührung war sanft wie die einer Feder. Mit seiner Zunge glitt er zwischen ihre Lippen und erforschte ihren Mund mit einer Zärtlichkeit, die ihr völlig fremd war. Er schmeckte nach ungekannter Süße und verhieß absolute Befriedigung. Er vergrub die Finger in ihrem Haar, zog sie eng an sich, sodass ihre Brüste gegen seinen muskulösen Oberkörper gepresst wurden.

Wann hatte sie das letzte Mal die Hände eines Mannes auf ihrem Körper gespürt, einen Körper so eng an ihrem?

Vor einer Ewigkeit. Aber ... Sie protestierte leise und hob die Hände, um ihn wegzuschieben. Schnell hielt er sie fest. Jetzt begann er, an ihrem Ohrläppchen zu knabbern. Sie keuchte – widerwillig und dennoch voller Lust.

Eine leise Stimme in ihrem Inneren rief ihr zu: ja.

Eine einzige Handbewegung, und er hatte seinen Schreibtisch freigefegt. Die Schale mit den Äpfeln landete scheppernd auf dem Fußboden, die Früchte rollten in alle Richtungen davon. Bevor ihr bewusst wurde, was geschah, hatte er Serena hochgehoben und auf die Schreibtischplatte gelegt. Und zu ihrem eigenen Erstaunen hätte sie fast nachgegeben.

Doch plötzlich regte sich trotz aller Begierde ihr Gewissen. Sie machte sich los und stützte sich auf die Ellbogen. „Warten Sie. Lassen Sie mich gehen. Ich gehöre nicht hierher."

„Und was ist mit Nick?"

An Nick hatte sie überhaupt nicht mehr gedacht, ihr Geist war nur noch von Begierde erfüllt. Ihre Haut fühlte sich an, als stünde sie in Flammen, ihr Atem ging keuchend und stoßweise. Die Lust hatte sie überwältigt, und ihr einziger

Gedanke war Julian. Sie war geweiht worden, ein göttliches Wesen – aber dem Fliegen war sie nie näher gewesen als jetzt.

Er beugte sich über sie und küsste sie noch einmal. Dann murmelte er, während er sie mit seinen Blicken förmlich verschlang: „Mein Engel."

Zweifelsohne hatte er erwartet, sie mit seinen Worten noch mehr zu erregen. Doch das Gegenteil war der Fall. Sie fühlte sich, als wäre sie in eine Badewanne voller Eis gestoßen worden, und kehrte im selben Moment wieder auf den Boden der Tatsachen zurück. Zurück zu ihren Pflichten. In diesem Augenblick war ihr Schutzbefohlener irgendwo in der Nähe und vergnügte sich mit einem Haufen Prostituierter. Und sie … sie war keinen Deut besser. Sie hatte sich von ihrer Lust hinreißen lassen.

„Sie haben bekommen, was Sie wollten. Und jetzt geben Sie mir Nick."

„Wir haben nicht einmal angefangen, das zu erforschen, was ich von dir haben will." Er umfasste mit seinen Händen ihre Taille und streichelte sie aufreizend. „Seine Seele oder deine, Süße? Welche soll es sein?"

Gena Showalter
Die Herren der Unterwelt 5 – Schwarze Leidenschaft
Band-Nr. 65040
8,95 € (D)
ISBN: 978-3-89941-892-7
eBook: 978-3-86278-092-1
512 Seiten

Gena Showalter
Die Herren der Unterwelt 6 – Schwarze Lügen
Band-Nr. 65045
8,99 € (D)
ISBN: 978-3-89941-959-7
eBook: 978-3-86278-122-5
464 Seiten

Gena Showalter
Die Herren der Unterwelt 7 – Schwarzes Geheimnis
Band-Nr. 65056
8,99 € (D)
ISBN: 978-3-86278-325-0
eBook: 978-3-86278-412-7
464 Seiten

Band-Nr. 65070
9,99 € (D)
ISBN: 978-3-86278-495-0
eBook: 978-3-86278-569-8
480 Seiten

P.C. Cast
New Tales
of Partholon 5 –
Beseelt

Nur wenn sie die gefährliche Seelenreise in die Anderwelt antritt, kann Brighid ihren Geliebten retten. Auf keinen Fall will Brighid die Nachfolge ihrer Mutter antreten! Deshalb hat sie ihre Familie verlassen und auf der Burg MacCallan ein neues Zuhause gefunden. Erst als Cuchulainn die Burg nach dem grausamen Tod seiner Verlobten verlässt, wagt Brighid sich aus den schützenden Gemäuern, um ihn zu suchen. Weit draußen im Ödland findet sie ihn – bei den geflügelten Kindern, die in das Land ihrer Mütter zurückgeführt werden müssen. Während Brighid mit ihm einen Weg sucht, die Kinder zu retten, spürt sie Cuchulainns Schmerz und kann sich vor ihrem schamanischen Erbe nicht länger verschließen. Will sie die Seele des stolzen Kriegers heilen, muss Brighid ihren Schwur brechen und in die ihr unbekannte Anderwelt reisen. Aus Liebe zu Cuchulainn wagt sie diesen Schritt – nicht ahnend, dass sie damit das eigene Schicksal für immer besiegelt ...